Schuh · Der Stadtrat. Eine Idylle

Franz Schuh

Der Stadtrat

Eine Idylle

RITTER KLAGENFURT

ISBN 3-85415-166-7

Lektorat: Ralph Klever
Titelbild: Maria Ziegelböck
Herstellung: Druckerei Ritter Klagenfurt

Eine Idylle war geplant
(Tilman Moser)

Es brennt der Hut

In der Stadt ist die Wahrheit des Menschen unübersehbar. Der Schüler Hiller sitzt seine Zeit im Bundesrealgymnasium Wien XV ab, in der Diefenbachgasse, dem FRANZ GRILLPARZER-GYMNASIUM. Die Droge Unterricht wirkt bei ihm nicht; er hat alle Gegenmittel eingenommen, alle Gegenmaßnahmen getroffen, er kann am hellichten Tag wie ein Schwerbetrunkener dämmern („wer ist Franz Grillparzer?") und jeden Versuch, ihn zu unterrichten, durch inneren, seelischen Nebel auflösen. „Wichtig ist, daß davon nichts bleibt!", erzählt er zuhause seinen Eltern über den Unterricht und in der Straßenbahn tauscht er mit seinen sogenannten „Mitschülern" quälendes Verhalten aus. Eine Dame, die in der Linie 60 zum Lainzer Platz („Platzl") fährt, beobachtet das Schülerknäuel im Waggon. Die 16jährigen schleudern einander gegen die Haltestangen und, wenn's gut geht, treffen sie mit ihren Körpern einen Fahrgast. Sie rufen abwertende, erniedrigende Ausdrücke aus. Die Dame hat die seltenen, elaborierten Schimpfwörter in dem Augenblick schon vergessen, in dem sie sie hört. Aber sie denkt – mit vivisektorischer Schärfe –, diese Jugend hat beileibe nichts Liebliches, sie hat etwas Zynisches.

Zynisch? Hiller ist der schlechteste Schüler im FRANZ GRILLPARZER-GYMNASIUM, das ist nicht leicht, denn das Gymnasium hat Tradition, aber Hiller schafft es, er wendet all seine Jugendkraft auf, die Säfte kreisen überhitzt in seinem Körper: „Sportlich", sagt der Turnlehrer, der manchmal, höchst selten, aber dann doch den Turnhosen in den Schritt greift. Hiller, der sein Leben lang „heterosexuell“ sein wird (langes Leben, kurzes Leben?), Hiller, der also auf Frauen steht, wird auch nicht vergessen, wie er beim Umkleiden einmal die Eier von (hier wird der Name nicht genannt) zum Betrachten bekommen hat. Sein Leben lang wird Hiller, der, wie man hier noch lesen kann, schon ganz andere Erfahrungen hat, an diese Eier denken: „Diese Eier sind ein Symbol meiner Geilheit, sie stehen dafür ein, was ich alles zusätzlich hätte empfinden können“, sagt er eines Tages, sich Rechenschaft gebend, etwa beim Fernsehen im Garten seines Badner Hauses, das er schwer erworben haben wird. (Oder vielleicht erwirbt er gar nichts und geht zu Grunde – aber es ist gleichgültig, diese Eier kommen ihm so oder so nicht aus dem Sinn.)

Es ist jetzt 8 Uhr 45, mitten im Ende der ersten Stunde. Hiller widmet sich seiner Beschäftigung: er hat die Flugpläne studiert (im Sommer möchte er am Flughafen Schwechat arbeiten) und er notiert die Anflugzeiten des internationalen Luftverkehrs über dem FRANZ GRILLPARZER-GYMNASIUM genau. „Genau!“, ruft er aus, als OS/277 über dem FRANZ GRILLPARZER-GYMNASIUM planmäßig erscheint.

Über dem FRANZ GRILLPARZER-GYMNASIUM liegt, wenn nicht alles täuscht, die Einflugschneiße des internationalen Flugverkehrs; neben dem FRANZ GRILLPARZER-GYMNASIUM ist gestern ein Haus explodiert, der Stadtrat war um die Ecke bei einem Geschäftsessen, er stürzte mit seinen Gästen aus dem RESTAURANT DIEFENBACH, sah die Bescherung und sagte deutlich vernehmbar zu Redakteur Lichtenegger: „Entsetzlich!“

Es hatte ein ganzes Haus aus der Straßenzeile herausgerissen, die Straße kam dem Stadtrat wie ein fauliges Gebiß vor, aus dem nur noch ein paar Zahnruinen emporragten, die es auch nicht mehr lange machen würden. Reißen, so viel hatte man sich schon aus dem Herzen reißen müssen, es ist ein Reißen bis ans Ende der Welt. „Gott sei Dank, die Schule ist unversehrt“, warf der Bezirksrat ein, der immerhin drei Klassen Gymnasium seinerzeit überstanden hatte; er durfte als der dickste Bezirksrat der ganzen Stadt gelten, es hieß, daß er pro Tag zwischen 45 und 70 Deka zunahm, daß er also zu einer überirdischen, himmlischen Breite heranwuchs. Lichtenegger sagte darüber gerne vertraulich, eines Tages könne der Herr Bezirksrat sich selber in seinem Bezirksmuseum ausstellen. Aber der Dicke war stets „gemütlich“ geblieben – allerdings, seitdem er zur Heilgymnastik mußte, zur „Therapie“, war manchmal Bitterkeit in sein Wesen und Kreuzschmerz in seinen Körper gelangt. Jedes Verfahren, eine eingefahrene und erprobte (eine „ausprobierte“ sagt man hier im Lande), jedes Verfahren, eine ausprobierte Krankheit wieder gesund zu kriegen, ist gefährlich. Das Haus war nun einmal weg, explodiert, und solche Sachen passieren in der Stadt nicht einmal, sondern öfter einmal: Arbeiter arbeiten sich zu undichten Stellen vor, eine chemische Substanz fängt Feuer, ein Haus explodiert, noch die friedlichste Stadt ist der reinste Krieg.

Der Stadtrat dachte an einige Selbstmörder, die sich in die Luft gesprengt hatten und denen es in ihrer ureigensten Verzweiflung gleichgültig war, ob sie ein ganzes Haus mit in den Tod rissen. Am Schluß nichts mehr wollen als das selbst bezahlte Gas, falls diese Rechnung nicht auch offen stand, einatmen. So einen möchte er nicht in seiner Nähe wohnen haben. Aber war der Stadtrat leicht selber „so einer"? So ein Rücksichtsloser? Er erinnerte sich mit Unbehagen an die quallige häßliche Frauensperson, die in ihren schmuddeligen Röcken den Graben auf und ab schritt, mit einer krankhaften, einer „geisteskranken" Würde und die in einem fort rief: *„Dann werden diese Drecksmenschen keine Macht mehr über mich haben. Dann werden diese Drecksmenschen keine Macht mehr über mich haben."* Die Städter widmeten diesem Geschrei keine Aufmerksamkeit. Als aber der Stadtrat aus Richtung Jasomirgottstraße in den Graben kam, stand er plötzlich vor der Kranken, die ihn mit ihrem Satz direkt anschrie; er spürte ihren Atem, der nach schlechter Knackwurst roch (von der sie, wie er am Abend Frau Dr. Strutz erzählte, „sicher auch die Haut gefressen hat"). Einige Passanten lächelten und brachten damit den Stadtrat auf die Idee, daß sie dachten, mit dem Satz sei er persönlich gemeint gewesen.

Aber auch Lichtenegger hatte seine Sensation im Kopf, oder besser an der Wange. Es mußte ungefähr drei Wochen vor der Explosion, vor dem Geschäftsessen gewesen sein, als Lichtenegger am Schwedenplatz mitten in den Flug einer Taube hineinprallte. Der Rumpf des schmutzigen Tiers schien an seiner Wange zu zerschellen. Während das Tier sich auf und davon machte, hörte die Empfindung der Wange nicht auf; der Redakteur trug den Eindruck eines Tiers mit sich herum, er fuhr sich oft ins Gesicht, um den Vogel zu verscheuchen, der ungefähr schon vor drei Wochen das Weite gesucht hatte. „Eine Welt voll vergeblicher Gesten", hätte Lichtenegger, der Spezialist für einflüsternde, richtungsweisende Bemerkungen, gesagt, wenn es ein anderer gewesen wäre, der einen Vogelrumpf von der Wange hätte jagen müssen.

Nichts Gesundes ging also von den Männern vor der Hausruine aus. Der Bezirksrat dachte an die Unannehmlichkeit seiner Turnübungen, etwas Verbissenes steckt sowieso im Stadtrat seit eh und jeh und der von einer verflogenen Taube Gequälte fühlt sich seit ein paar Wochen nicht wohl. Die drei standen wie ein einziges Schulterzucken vor dem in die Luft gegangenen Haus.

„WAS GENAU?" fragt anderntags der Professor für Darstellende Geometrie den Schüler Hiller, dessen Zeichnungen immer auf das widerwärtigste verschmiert waren. „Herr Professor, ich schwitze in den Händen". Mit einem Naturvorgang versucht Hiller gewöhnlich, den prüfenden Fragen, den treffenden Vorwürfen moralisch zu entgehen. Das Medizinische liegt ihm, seinen größten Erfolg hatte der der Darstellenden Geometrie selten Obliegende mit der Erwähnung, gerade Blut gespuckt zu haben: Eine Blutspur im Speichel … Sofort schickt man ihn nach Hause, in einem Speichel ist vieles ansteckend, und, als sich dann herausstellt, daß es höchstens blutiges Zahnfleisch war, muß Hiller wieder zur Schule. Kinder, Kinder!

Lichtenegger arbeitet aber ähnlich; bei seiner letzten Heldentat vom Chef erwischt, sagt er mit mattem Glanz in der Stimme, genau so, als ob er sich in perfekter Trance befände: „Ich habe Psychopharmaka eingenommen, ich weiß nicht, wie mir das hätte sonst passieren können." Der Stadtrat lächelt, das Doppelspiel ist durchschaut: Draußen in der Welt wird ein Redakteur einer Heldentat wegen gefeiert, die er seinen Nächsten gegenüber verleugnen muß. „Das scheißt uns zusammen“, sagte der Stadtrat damals, leider einen seiner typischen Fehler begehend, denn es hätte natürlich heißen sollen: „Das schweißt uns zusammen.“

Zuhause, daheim. Frau Dr. Strutz holt ein Videoband aus dem Rekorder; sie ist enttäuscht, verärgert. Wann endlich wird sie („werde ich“, sagt sie selbst) dieses Zittern der Erwartung nicht mehr spüren, nicht mehr dieses verzerrende, verrückte Beben empfinden, wenn es ernst mit der Frage wird, was denn am Schluß auf einem Band wirklich drauf ist? Sie erinnert sich gerne an die Zeit, als sie ihr Gerät in Betrieb nahm. Sie saß Tage und Nächte vor dem Bildschirm und sah einen englischen Film nach dem anderen.

Aber da fällt ihr auch der erste Unfall ein: Linde, die Putzfrau, war mit dem Staubtuch am Hauptschalter des Rekorders angekommen und sie hatte das Gerät ausgeschaltet. Als Frau Dr. Strutz nach dem Film sehen wollte, bekam sie am Schirm nichts als diese artifiziellen, künstlich erregten Schneeflocken zu sehen, diese von nichtigen Geräuschen untermauerten Zeichen der Bilderlosigkeit. Frau Dr. Strutz geriet in Panik über das Gerät, sie versuchte die Kassette mit immer heftiger werdender Brachialgewalt herauszuziehen. Es krachte im Inneren des Rekorders, das Videoband kam schief zu liegen, aber es ließ sich nicht entfernen. Schweißtropfen rannen Frau Dr. Strutz von der Stirn in die Augen, sie wollte sich den Juckreiz wegreiben, aber das verschärfte den Reiz nur, sodaß sie fast blind vor ihrem neuen Rekorder auf die Knie ging. Ah, da sah sie es, mit dem letzen Rest ihres Augenlichts: Der Hauptschalter war abgeschaltet, aber diese Genugtuung wollte sie ihrer Linde nicht geben. Sie holte Linde vor den Bildschirm, nahm selbst davor Aufstellung und wies auf die Schneeflocken. „Die Kassette“, sagte sie, „die Kassette!“ Linde (sei es nun, daß sie Zeit ihres Lebens so viel Schuld auf sich geladen hatte und daher an Schuld gewöhnt war, oder sei es, daß sie so benommen und unsicher durchs Leben zu gehen pflegte, daß sie niemals wissen konnte, was sie getan oder unterlassen hatte) leugnete derartig lautstark, daß an ihrer Schuld kein Zweifel bestehen konnte.

Das war der Tag der Entzweiung und Frau Dr. Strutz, die ihr Verhalten Linde gegenüber niemals vergessen konnte, (nicht zuletzt wegen dieses Verhaltens war sie über sich selbst „moralisch vorgewarnt“), sagte gerne: „Die Menschen sollen es nicht zulassen, daß Maschinen sich in ihre Angelegenheiten drängen. Niemals sollen Maschinen zwischen Menschen stehen!“ Das mußte sie im besonderen ihren Schülern mitteilen, die Jugend ist nämlich unsere Zukunft (Hiller?), aber es war auch sonst nicht, zumindest nicht direkt Heuchelei: Frau Dr. Strutz wußte ja, wovon sie sprach. Sie dachte oft, was sie alles von Linde schon ertragen hatte: Lindes ununterbrochenes Sprechen, ihr sich einmischendes Gerede: „Frau Doktor, eine Frau muß Kinder haben“, ihr familiäres Getue, dieses parasitäre so Tun, als ob man „dazu“ oder besser „zusammen“ gehörte. Auch der Schaden, den Linde im Laufe der Zeit angerichtet hatte, war, wie Frau Dr. Strutz es ausdrückte, „nicht von schlechten Eltern“. Frau Dr. Strutz mag Ausdrücke; Floskeln gewiß. Sie durchschaut sie als Philologin durchaus. Aber dennoch (was nützt schon Erkenntnis?) zergehen sie ihr auf der Zunge wie die PEZ-Zuckerln aus ihrer Kindheit.

„Schlaue Dinger", denkt sie, als das Gedächtnis ihr gegenüber die PEZ-Zuckerln erwähnt hatte, und in der Tat, diese waren schlau: Das Kleinste an Größe, nämlich genau so groß wie notwendig, um ihnen noch eine definitive Form zu geben: diese Briketts-Form, kleine Kohlen von strahlendem Weiß; schlau war auch ihr Geschmack, dieser durch die Gaumenbakterien schneidende REINSTER ATEM VON DER WELT PFEFFERMINZ GESCHMACK! Aber am schlausten war das Gerät, mit dem ein PEZ nach dem anderen in den Mund befördert wurde. HAPTISCH, HAPTISCH ist das Wort dafür: Der PEZ-IN-DEN-MUND-BEFÖRDERER war aus billigstem Plastik, aber gestylt, von der glitzernd schundigen Art, mit der „das Schönheitsbedürfnis der Massen", wie Frau Dr. Strutz dergleichen ausdrucksvoll zu sagen pflegte, zuverlässig, das heißt: „massenhaft" zufrieden gestellt wird. Das Gerät ließ sich mit PEZ wie eine Waffe laden, die Ladung drückte eine Feder hinunter, und wenn oben am Kopf des Geräts gedrückt wurde, gab die Feder in ihrer Spannung nach und ein PEZ verließ den Behälter. Dieser schlichte PEZ-IN-DEN-MUND-BEFÖRDERER stellte die wunderbarste Harmonie zwischen Drücken und Schlecken her und dar, die es auf Erden jemals gegeben hatte. „Einfach himmlisch", diese Einheit aus Mechanik und Geschmack, diese „sophisticated simplicity", die Frau Dr. Strutz zu ihrer Zeit erlebt hatte, und jetzt waren, jetzt sind ganz andere Zeiten. Verblaßt in ein altes Blau, das die moderne Drucktechnik nicht mehr erzeugt, das daher fremd, verfremdet im Gedächtnis von Frau Dr. Strutz aufliegt, ist die PEZ-DAME; es scheint, als hätte diese weibliche Plakatfigur, diese Reklamegestalt aus Gnaden einer Süßwarenfirma, diese damals (aus der

Sicht von Frau Dr. Strutz) alle gleichrangigen Geschöpfe in den Schatten stellende Dame, als hätte sie eine schwarze Ledertasche umgeschnallt; darin gewiß PEZ forever. Die PEZ-DAME war eine symbolische Agentin des sozialen Wandels, eine Vorkämpferin der Dienstleistungsgesellschaft, die angeblich eine andere Art von Gesellschaft abgelöst haben soll. Sie trug ein Stewardessenkostüm, auf dem Kopf dementsprechend eine runde Kappe, war also ebenso praktisch wie seriös distanzierend gekleidet, das heißt: mit aufmerksamkeitserheischender Unaufdringlichkeit. Aber das war es weniger, was sie zum Idol gehobener Dienstbarkeit entmaterialisierte. Es war dieser eine Gestus, und von ihm hatte Frau Dr. Strutz eine geradezu exakte Erinnerung, während alles andere, wie gesagt, verblaßte. Es gibt, so könnte man sich dieser Exaktheit nähern, Gestalten, die aus ihrem Element, dem Plakat, herausspringen (oder die umgekehrt sich in ihr Element zurückziehen) wollen. Aber die PEZ-DAME neigte sich aus dem Plakat heraus, und wenn es auch nur deshalb war, um einer anonymen Allgemeinheit, dem Publikum, ein PEZ anzubieten (hatte sie nicht den PEZ-IN-DEN-MUND-BEFÖRDERER in einer ausgestreckten Hand?), so war dieser eine Gestus doch der Inbegriff des Begriffes von Neigung, Zuneigung – und zwar, weil es um die ehrliche Ware PEZ ging, ganz ohne Hintergedanken. Im Hintergrund, von der PEZ-DAME fast schon verdeckt, sah man die Umrisse des damals an vielen Mäuern befestigten PEZ-Automaten: eine kleine Maschine, etwas bullig, mit einer Münze zu füttern und gefüttert PEZ-Packungen ausspuckend.

Frau Dr. Strutz wird plötzlich schlecht, die Erinnerung spielt ihr Streiche: in ihrem Magen geht es zu, als hätte die

Vorstellungskraft süßlich ein bis zwei Kilo PEZ hineinbefördert. Aber schon erinnert sie sich an etwas Abstraktes, dem Magen Ungefährlicheres, nämlich an eine visitkartenartig auf den Apparat montierte Schrift, die alle Weltanschauungen des neunzehnten und zwanzigsten Jahrhunderts ohne zu zögern in sich vereinigt: „BEI VERSAGEN KNOPF DRÜCKEN" stand da in schmucklos-stolzen Buchstaben und Frau Dr. Strutz atmete bei der Lektüre gelassen auf. Was ist aus PEZ geworden? Ist es vom Markt verschwunden, oder hat es, was gleich viel wäre, sein Monopol verloren? Was kein Monopol mehr hat – so spricht der Stadrat –, kann auch seine „integrative" Rolle, seine Rolle beim Zusammenfügen von Zustimmungssymphonien nicht mehr weiterspielen. Es gibt Begeisterungen, die durch Konkurrenz verschwinden, es gibt Produkte, die schon durch einen einzigen Konkurrenten alles verlieren – und das gibt es nicht nur auf dem Gebiete der Kunst. Frau Dr. Strutz war oft nahe daran gewesen, sich zu fragen (und zwar mit der erkünstelten Würde, die, wie sie selber meinte, billigen Gerechtigkeitsbedürfnissen armselig anhaftet), warum denn der Schöpfer der PEZ-Dame nicht weltberühmt geworden sei, warum denn die Werbung keine Tradition bilde, warum sie so geschichtslos von jeweiligen Gegenwarten versklavt werden könne? „Wär's anders, dann wär' auch alles andere anders!", sagt sie in diesem Fall und in vielen anderen Fällen. Billige Gerechtigkeitsbedürfnisse (recht und billig?), das sind für Frau Dr. Strutz solche, die nichts kosten und die die Sphäre des geschwätzigen Nichtstuns bevölkern. Als Pädagogin war ihr das zuwider. Der Erziehung sollten Taten der Erzogenen folgen, und gerade die englische Sprache, die sie mit Eifer unterrichtet, schien ihr dafür gut geignet. Oder glaubt man das immer von dem Fach, das man mit Eifer unterrichtet?

Es gab ja auch Schüler wie Hiller, die in der fremden Sprache das Gegenteil von Zungenfertigkeit an den Tag legten, während sie in der sogenannten „eigenen" redeten und redeten. Es gab ja auch Lehrer wie diesen einen, den sie nicht vergessen konnte, der sogar in ihren Träumen als immerhin mittelmäßige Herausforderung auftauchte: Prof. Lederer hatte ihr im Konferenzzimmer erklärt (während er in ein fettiges Käse-Wurstbrot biß und hinter ihnen das Pausenleben und -treiben herrschte), wie er seine Mission im Lehrkörper und überhaupt gleich in der ganzen sogenannten „Kultur" sah.

„Meine Aufgabe", sagt Prof. Mag. Lederer im Konferenzzimmer (damals! und im Strutz-Traum jederzeit wiederkehrend), „sehe ich darin, den Unterricht so zu gestalten, daß keiner dieser Schüler in die Lage versetzt wird, jemals sich an den kulturellen Gütern zu vergreifen. Ich verstehe also meinen Unterricht als ein Bollwerk gegen Schüler; Schüler lernen von mir *nichts*, außer Disziplin, die zu nichts gut ist, die ihnen aber schwer aufliegt", und jetzt (im Konferenzzimmer und im Traum): ein Biß ins Käse-Wurstbrot, Brösel fallen auf den ohnedies schon mit Schuppen versehenen Kragen des Blazers dieses Lederers. „Ich", führt dieser weiter aus, und zwar in allen Medien, die Frau Dr. Strutz dafür zur Verfügung hat, im Traum und in der Wirklichkeit, „ich schneide diese Schüler aus der abendländischen Kultur heraus, wie aus einem Schnittmuster, indem ich ihnen eine solche Disziplin beibringe, daß sie jedesmal, wenn ihnen ein Kulturgut – gewiß ohnedies nur zufällig – begegnet, an die von meiner Wenigkeit verursachten schlechten Gefühle denken müssen. Diese Reiz-Reaktionsdeppen, diese konditionierten Reflexler", so lauteten Lederers Ausführungen in beiden Medien, „werden durch mich die Kultur hassen, so wie die Kultur sie ebenfalls durch mich haßt." Beherzter Biß ins Käse-Wurstbrot.

Frau Dr. Strutz ist, war damals verdutzt, seinerzeit, und während sie in der Wirklichkeit sagte: „Na, selbst in dieser Hinsicht ist der Schüler Hiller von einer unüberwindlichen Unerziehbarkeit." Wörter wie „Unregierbarkeit" waren damals im Umlauf, und sie, die Strutz sagte, konferenzzimmermäßig – im leicht überlegenen, allen Sticheleien zum Trotz und an ihnen erprobten, aber doch angeschlagenen Ton: „Hiller, der ist auch für Sie nicht zu erziehen, denn er scheint ja doch schon das perfekte Produkt ihrer Erziehung zu sein. Sie geben ihm doch ‚sehr gut'?" Aber im Traum, dem zweiten Medium dieser Begebenheit, sagt Frau Dr. Strutz nichts. Dafür ertönt eine Stimme aus dem OFF: „Dem Lederer hat Schopenhauer ins Hirn geschifft!" Schiffen, ganz im Sinne von Wasserlassen, wie es die Kinder sagen, wenn sie gemeinsam die Schultoilette betreten (oder wenn sie schon dort sind, oder bei weiß Gott wie vielen anderen passenden, nicht zu reden von den unpassenden Gelegenheiten): „Kein Germane/schifft allane", sagen die Kinder, und es ist einer Lehrkraft unmöglich, nicht ebenfalls von den Schwächen ihrer Schüler (wie es vielleicht Lederer zu verstehen gegeben hätte) „affiziert" zu werden. Frau Dr. Strutz kennt Lehrer, die im Netz der Kalauer, die sie den Kindern verbieten, hoffnungslos verstrickt sind. Manchmal kommt ihr, der Philologin, der Kalauer vor wie das Rettungsnetz aller Lehrer und Belehrten. In den Kalauer kann man sich fallen lassen; das ist ein Weg: vom schlechten Ernst der Lehrstoffe in die falsche Lustigkeit des Kalauers. „Und ist nicht jeder Mensch", denkt/dachte sie in einer etwas synthetischen Mischung aus Pathos und Ironie, nämlich auf eine artifizielle Art ebenso gläubig wie skeptisch, „und ist denn nicht ein jeder Mensch ein Leben lang Lehrer und Belehrter zugleich?" *Verdutzt* war sie von Lederers ernsten Ausführungen geblieben (und wird es *auf ewig* sein – falls ein Weiterleben nach dem Tode für sie eines Tages in Frage kommt, für sie eines Tages in Frage gekommen gewesen sein wird).

Lederer war in Pension, bezog heute Pension (die eine „Pension" ist der Zustand, die andere ist das Geld: Die Pension ist also das zustandsgebundene Geld). Lederer widmete sich in der Pension Studien, und bezog die Zeitung DIE ZEITUNG im lieb, im unabdingbar gewordenen Abonnement, ließ darüber, und im besonderen über die Sonntagsbeilage derartige Sätze fallen: „Unlesbar, aber halt das Beste, was es hier gibt."

Ach, dachte Frau Dr. Strutz (sie ist eine von denen, die „ach" auch tatsächlich denken), „ach, diese ganze Lederer-Pädagogik interessiert mich nicht, und auch Lederer mit seinen ZEITUNGS-Leitartikeln interessiert mich nicht!" Was interessiert einen schon ein *Kollege,* der fort ist, der nicht mehr „an der Schule" ist. „An der Schule". Sie sprach diese Wörter, spricht sie so vor sich hin, dreimal aus, bis sie wie eine Adresse klingen, an die man hinschreiben kann. Übrigens bewundert Frau Dr. Strutz DIE ZEITUNG, sie bewundert grundsätzlich Waren, deren Eigenname genau so lautet wie das Produkt, für das mit einem Namen eigens geworben wird: Das Utopia der Philologin war eine Welt, in der Benzin BENZIN ist (= heißt), Zucker ZUCKER, in der diese liebe Not nicht herrscht, die aus der Kluft zwischen den Namen und den Markennamen kommt. Der Stadtrat hätte darüber den Kopf geschüttelt: „Du willst eine einförmige Welt? Weißt Du nicht, daß man in der Werbung diejenigen, denen solche Namen einfallen, DIE KREATIVEN nennt?“ Ohne Kreativität mochte niemand mehr leben. Dr. Strutz dachte daher an Lederer und daran, was sie an ihm so *verdutzte.* Es war das Gewalttätige, das in Lederers Meinungen (die er ja tatsächlich für „gewaltig“ hielt) zum Ausdruck kam. Ja, Lederer, der sich Studien hingab, sagte von Zeit zu Zeit das Nötige, nicht zuletzt über Grillparzer: „Grillparzer, den eine präpotente Kulturschickeria in die Klause der Ahnfrau stekken will ...“ Aber sie konnte einfach nicht einsehen (obwohl gerade sie Grund defür gehabt hätte), daß so Schönes wie Grillparzer und die Kunst überhaupt derartig häßliche und, wie sie meinte, bis zur Gewalt erhitzbare Anhänger besaß. Von Gewalt wußte sie wenig und das in diesem Jahrhundert!

Sie hatte einmal interessiert zugeschaut, wie auf der Seilerstätte ein Taxilenker einen Radfahrer paradoxerweise mit einer Fahrradkette schlug. Aber dieser interessante Vorgang kam ihr, verglichen mit Lederers Dauerhaß, wenig exzessiv vor, weniger als das, was es war, und es war eine *Ausschreitung.* Lederer schritt ein, in der Klasse, aber eine Ausschreitung (Disziplin!) war von ihm nicht bekannt. Die Ausschreitung auf der Seilerstätte erschien Frau Dr. Strutz als Einzelfall, als etwas, was im einzelnen durchaus fällig war: eine Prügelei unter Verkehrsteilnehmern! Derartiges hat auch seinen Nutzen, hat etwas Ökonomisches: Es bringt Unterhaltung in den trüben Sinn der Passanten und es geht vorüber.

Vorübergehend wird man sich danach in eine Normalität zurückmischen, in die gewohnten, pazifizierten Abläufe, in den „Alltag". Eben Mischen, so wie einmal gezogene Spielkarten (zum Beispiel die, die gerade gestochen haben) ja dann doch wieder ins Spiel zurück gemischt werden. Außerdem kann man sowieso alle Details, die an einem Straßenkampf unangenehm wären – (Die Kette trifft den Radfahrer schnalzend auf den Hinterkopf, die Kopfhaut platzt auf, Blut näßt die Haare, der Radfahrer tritt dem Taxler in die Nieren, der Taxler schlägt dem Radfahrer *jetzt* übers Ohr, die beiden steigern aneinander ihre Wut, ins sogenannte „Unermeßliche", ein zweiter Tritt in die Nieren hebt den Taxler aus seiner Standfestigkeit, schlägt ihn mit einem Mal vom Boden weg und noch im Flug plaziert er die Kette ein zweites Mal auf den abduckenden Kopf, Schmerzensschreie, Stöhnen und Knochenkrachen im Akustischen und im Optischen eine durch die Luft peitschende Fahrradkette) – ÜBERSEHEN.

Man kann *abschalten.* Das normale Leben (in dem man in der Art, in der man Fernsehprogramme abschaltet, abschalten kann) hat solche Skandale nötig, jedenfalls bis zu dem Augenblick, in dem die Polizei kommt, die Gegen-Gewalt, mit der ihrerseits ein neues Schauspiel beginnen kann. Dieser Inszenierung vertrauen viele, es ist vielen nie etwas passiert. Aber welche Rückversicherung gab es/gibt es gegen Lederers Art von Gewalt? Seine Gewalt war ein Konzept, also von vornherein kein Einzelfall (an dem man vorüber geht) und seine Haltung war „ständig bereit", und in dieser ewigen Bereitschaft trat er zugleich als der Dompteur seiner selbst auf, als der Meister der (Selbst-) Kontrolle unter den Bedingungen höchster Explosionsgefahr. *Vorpreschende*

Zurückhaltung, eines Tages ... „KLASSENHASS", nannte der Stadtrat die Pädagogik des Lehrers Lederer (wenigstens dieses eine Mal in der Lage, einen Doppelsinn zu genießen, den er obendrein noch willentlich produziert hat). Klassenhaß, und er erzählte Frau Dr. Strutz die Geschichte, die sie lieber niemals gehört hätte, weil sie den Erzähler in einer Bedürftigkeit zeigte, mit der sie, eine Frau Dr. Strutz, nichts anzufangen wußte: Weder war sie bereit, *sich* als Antwort auf eine stadträtliche Bedürftigkeit zu geben, als eine „Befriedigung" eines Stadtrattriebes, noch war sie darauf aus, den Mann andauernd über seine Schwächen zu beherrschen.

So nützte ihr die Erzählung, das Geständnis des Stadtrats nichts, daß er, als seine erste Ehe, was zumindest deren körperliche Pflichten betraf, vorüber war („den Mann in sich aufnehmen, sich in die Frau hineinlassen", wie der Stadtrat das nannte), daß er damals seinen Liebesdurst in der ZEITUNG annoncierte und auch selber Inserate beantwortete. Die Pädagogin malte sich, da er in diese Details niemals ging, den Wortlaut seiner Anzeigen aus: „Persönlichkeit des öffentlichen Lebens sucht privat lebenslustige Freundin. Unter der Chiffre Soundso an den Verlag."

Das war es, was ihr Schamgefühl verletzte und was ihr den Mann in Details verleidete: Die Chiffren, unter denen das Private, die Intimität öffentlich laufen, eine schmierige Vermischung der Sphären, die getrennt nicht mehr zu haben sind und die doch nur halten, was sie versprechen, wenn sie Grenzen setzen, die den immer Überschreitungslustigen auch mit der Kraft abzuschrecken entgegenwirken. Derartig abstrakt kann man ausdrücken, was einem am Schluß doch nur *peinlich* ist; *ekelhaft* war für Frau Dr. Strutz ein aus Not inserierender Stadtrat, eine solche Not inseriert man nicht. Der ihr so vertraute Mensch berührte sie damit wie eine der Talkshows, die sich mitten ins Reden hinein, mitten in die Konventionen des faden, geordneten Getratsches einen Anflug von Sexuellem leisten – Einblendung: „Sie leiten einen Partnerclub. Was passiert denn da, was geht denn da vor sich?" Und die Augen der Moderatorin leuchten, es ist darin ein Feuer, angefacht vom Konflikt zwischen der ihr angeborenen Manierlichkeit und der Geilheit des auf dem Programm stehenden Themas.

Diese Frau, sie heißt, wie nach einem Phantasiegewerbe, Schreinemakker oder Schreinemacher, stellt die Vertiefung des Durchschnitts dar; nein, sagt sich Frau Dr. Strutz, diese Schreinemakker ist die Verkörperung des repräsentativen Querschnitts der west-deutschen Bevölkerung, sie ist *das Gleiche*, ungeachtet von Geschlecht, Charakter, Religion und Vermögen und von alledem, was es sonst noch gibt. *Westdeutschland, wo bist Du hin? Überfressen hast Du Dich an den „neuen Bundesländern"*. Die Schreinemakker ist eine statistische Größe aus Fleisch und Blut. Sie ist berechenbar bis in den geringsten ihrer Überraschungseffekte, sie kommuniziert gerade über Fernleitung mit dem Leiter eines Partnerclubs. Der aber sieht mehr wie der Leiter einer Badestube aus, das Reinliche bringt die Kamera sozusagen „über die Bühne", auch dann, wenn es einer Schreinemakker ganz schmutzig ums Herz wird. Dieser Bademeister, ein ältlicher Herr, in einem abgetakelten Bademantel (im Club benötigt keiner einen Mantel), wird umringt von einer kleinen, den Whirlpool besetzenden Schar. Da Frauen Geschlechtsteile, wenn auch bloß die sekundären, in Brusthöhe tragen, sieht man sie auf dem Bildschirm, der züchtig ist, nur von hinten. Aber weit, weit im Hintergrund des Raumes tummelt sich doch die zweifache Nacktheit von Mann und Frau. Der Mann, der Frau Dr. Strutz als Doppelgänger des Bademeisters erscheint, liegt hingestreckt auf einer Saunapritsche und die Frau, mit jeder Faser ihres Körpers auf die Vorgänge rund um die Kamera eingestellt, streichelt gedankenlos ihre Oberschenkel. Inzwischen hat aber der Bademeister die Gesellschaft, wie man erfährt, seiner Frau erhalten. Auch die Frau, eingehüllt in ebenfalls räudiges Alibi-Frottee, „findet nichts dabei", „findet es gut", „macht es gerne selber", „benötigt es mehr als der Gatte", und diese Aussagen werden plötzlich alles andere als gestört durch eine junge Dame, die in vollendet inszenierter Zufälligkeit, nämlich: ganz absichtlich vorbeikommt. Sie wandert frontal in den Bildschirm hinein, macht aber vorm Whirlpool halt, dreht sich dort um, reißt sich in einer teils eleganten und teils übereilten Bewegung die Reizwäsche vom Hintern, nimmt im Whirlpool Platz, wo man ihrer Ankunft schon mit einem plätschernden Hin- und Herrücken entgegengesehen hat. Das Aufregende an der jungen Dame ist eben nicht die dramaturgisch verhinderte Nacktheit, sondern – für Dr. Strutz – sind es die Brillen, ist es das Augengläserpaar, das die sonst, abgesehen von ihrer Reizwäsche, Nackte trägt. Die Brillen kleiden sie perfekt, sie hüllen den Körper ganz in ein Sekretärinnenkostüm, es gibt mit diesen Brillen kein Ausgezogen-Sein, keine Chance vom Beruf weg in die Orgie zu entschlüpfen. Schlüpfrig fragt die Schreinemakker den Bademeister nach einem Punkt, von dem sie gehört habe; es sei ein Punkt auf der Fußsohle, der, wird er massiert, die Erregung steigert. Der so Befragte heißt seine Frau, das rechte Bein auszustrecken. Das Bein kommt willig aus dem Bademantel gestreckt hervor und der Mann bearbeitet einen Punkt auf den nackten Fußsohlen seiner Frau. Dahinein, nämlich mitten in diese Szene wird das *item* auf der Inseratenbörse, sprich das Inserat des Herrn Stadtrat, von Frau Dr. Strutz höchstpersönlich hineinprojiziert.

Jetzt gerade wieder hört sie die Schreinemakker-Stimme („Ich finde generell, daß jeder Mensch das probieren sollte, was ihm Spaß macht") im Ohr und sie phantasiert einen dazu nickenden (Stimme-und-Zustimmung) Stadtrat, der ihr erzählt, wie er einmal auf ein Inserat hin eine Frau getroffen hat, ach, sie war im besten Alter, ihr Haar war rot und leuchtend, ihr Gesicht fein (wie ziseliert), die Nase ganz nahe an dem, was man ein „Näschen" nennt, und der Mund hatte einen leichten Schwung, davon geprägt, was zu versprechen er gewohnt war und was man ihm aufs Wort glaubte. Sie sprach in leisen, rauhen Tönen, sprach gleichsam schluckweise, in chaotisch aufeinanderfolgenden Portionen – sie kam dem Stadtrat vor wie eine zu ihm hergehetzte Botin, die nach ihrer ersten Rast Bericht aus einem Reich des Lasters erstattete, in das er Einlaß begehrte. Sie hatte sein Begehren mit dem Wortlaut ihres Antwortbriefes („leichtsinnige Melancholikerin" und so weiter) nur mäßig berührt, jetzt aber, da er hier, in einem Kaffeehaus am Stephansplatz, mit ihr saß und die Wermuts aufgetischt waren, wurde ihm heiß im Unterleib. Er suchte nach Störendem: Die Hände der Frau waren etwas zu sehr beringt, überhaupt war sie zu sehr geschmückt – im Stile jenes Überflusses, der, wie der Stadtrat formulierte, „so selten in guten Geschmack mündet". Sie war, erfuhr der Stadtrat, die Gattin eines hohen Beamten, der sie aus den Augen verloren hatte, und Frau Dr. Strutz, die vom Stadtrat Nam' und Art des Beamten erfuhr, entwickelte sich zu einer hämischen Beobachterin einer Beamtenkarriere: Immer wenn in Film, Funk und Fernsehen oder in der Zeitung von dem erfolgreichen Mann die Rede war, genoß sie triumphierend das Gefühl, genau zu wissen, wer dieser Mann – durch seine Frau – „wirklich" war. Heute erinnert sich der Stadtrat, der wegen des Schocks viele Details des Nachmittags vergessen hat, an etwas, das er „die Aura der Frau" nennt, genauer daran, daß sie ihm den Eindruck einer perfekten, das heißt in der Entfaltung endgültig abgeschlossenen Traurigkeit machte; sie erzählte ihm von einer großen, von ihr exklusiv bewohnten, schloßartigen Villa und er sah *sich* in einer offenen Limousine durch einen sommerlichen Park fahren, der die Hitze abhielt und das Licht dämpfte. Aber dann geschah es plötzlich (sozusagen „Schlag auf Schlag") und es war schockierend: Der Blick der Frau glitt weg vom Stadtrat, der sein braunes Sakko trug und die dunkelrote Krawatte, die er so schätzte. Der Blick der Frau glitt hinaus und fing sich unten am Stephansplatz, wo gerade eine Fuhre Menschen aus der U-Bahnstation herauskam. „Herausquoll", hätte der Stadtrat höchstens gesagt, aber die Frau sagte: „WIE DIE RATTEN" und sie wiederholte, damit alles klar war: „WIE DIE RATTEN!" „Billiger Vergleich", hätte der Stadtrat am liebsten herausgeschrien („billig" wegen des inflationären Gebrauchs der MENSCH-RATTE-Analogie), aber im Moment dieses Wollens, im Augenblick des im Hals steckengebliebenen Schreis kam der Stadtrat aus dem seelischen Gleichgewicht, und WIE DIE RATTEN stellte ihm die

Frage, ob er nicht auch WIE DIE FRAU dachte; aber das ließ er sich nicht als Frage stellen, das konnte er *ausgesprochen* nicht ertragen, dazu fühlte er sich nicht ermächtigt, nicht stark genug. Er schluckte alles hinunter und hatte das Gefühl sich selbst glücklich verschluckt zu haben und später dachte er, daß ihm deshalb niemand etwas angemerkt hatte, weil ja gar nichts davon übrig gewesen war: *Was ihn betraf, saß keiner mehr da.* Er hatte sich beurlaubt – und vielleicht, wenn sein Gemüt weich ist, wenn die Stimmung danach sein wird oder wenn er einer Hilfe bedarf, wird er Frau Dr. Strutz auch die Kleinigkeit erzählt haben, die sich hinterher abspielte: „Liebe gnädige Frau", sagt der Stadtrat hinterher am Telefon; er muß irgendetwas Normales tun, wieder irgendwie in seine Rolle hineinfallen und er sagt zur Frau: „Entschuldigen Sie, daß ich Sie anrufe. Ich störe doch nicht?" Die Frau schweigt, sie hat sich nun einmal eingelassen und der Stadtrat fährt fort: „Das war doch ein sehr nettes Plauderstündchen", und die Frau gesteht telefonisch, daß es ein nettes Plauderstündchen war, aber sie glaubt nicht im geringsten daran – es ist das Millionste ihrer gelogenen Geständnisse, durch die hindurch sie freilich ihre ewige Wahrheit klarmachen will, nämlich WIEDER NICHTS und NICHTS UND WIEDER NICHTS. Der Stadtrat spürt es genau, aber es ist ihm gleichgültig; er benützt die Frau jetzt nur, um eine Ausgangssituation durchzusetzen, von der aus er verzichten wird weiterzugehen. „Diplomatie", sagt der Stadtrat in aphoristischer Weise, „ist die …", und er bricht rechtzeitig ab, bevor ein erneuter Aphorismus über Diplomatie in dieser Welt vorkommen kann.

Frau Dr. Strutz wußte nichts von den hier zuletzt vorgekommenen Peinlichkeiten des Stadtrats. Sie verfolgte in Gedanken den Faden der Gewalt und es befiel sie ein Gefühl von Friedfertigkeit. Sie würde nichts tun, niemandem schaden. Das galt *im Prinzip*, denn in Wirklichkeit hatte sie ja gerade Linde Unrecht getan. Leider kann man Prinzipien bloß deshalb, weil man sich nicht an sie hält, keineswegs fallen lassen. Es ist besser, sagt sie sich, wenn die Leute heucheln, als wenn sie gleich dreinschlagen – und wie weit ist bei der Vergänglicheit von allem, bei der Verhältnismäßigkeit von jedem, alles Ehrliche von heute nicht morgen schon verlogen? Die Heuchelei ist wenigstens eine Anstrengung, ein Dienst, den man am Prinzip leistet, das man ja auch überhaupt und nicht bloß in der Praxis verachten könnte. Prinzipien haben eine eigene Würde, eine Unverletzlichkeit, die man niemals von dem abhängig machen darf, was man selber tut; sie haben eine allgemeine Gültigkeit. Prinzipien muß man schon allein deshalb aufrecht erhalten (hoch halten), weil sie die Möglichkeit bieten (garantieren), andere darauf einzuschwören, von anderen zu verlangen, sich danach zu verhalten. Das schafft moralischen Raum, genannt „Spielraum", und Frau Dr. Strutz war ironisch, will sagen: einsichtig genug, um ihren Spielraum genau nach den erwähnten, unübertrefflichen Prinzipien einzuschätzen. Aber sie hielt sich zugute, daß sie ihre, wie sie sagte: „Grunderfahrung von Gewalt" Linde niemals heimgezahlt hatte.

Damit hat es nun folgende Bewandtnis: Eines Abends war Frau Dr. Strutz in ihre Wohnung zurückgekehrt, sie hatte den ganzen Tag in der Schule verbracht, zuerst unterrichtend, dann aber bei einer Konferenz, deren Langeweile den Teilnehmern die Lebenskraft aus dem Rückenmark zu saugen pflegte. In ihrer Erschöpfung sehnte sie sich nach den „eigenen vier Wänden“, und als sie die Wohnungstüre aufschloß, war ihr auch zumute, als ob jetzt das steinerne Gebirg des Alltags endlich ins Rutschen käme. Ihre Lungen holten tief Luft und in dem Augenblick schien es, daß Stunden des freien Atmens bevorstünden. Sie warf ihren Schlüssel in die Ecke, heute würde es nichts mehr zu sperren geben, und ging noch im Mantel in die Küche und dort sah sie, wie sie es dem Stadtrat gegenüber später bezeichnete, „die Bescherung“: Ein Radiator der Etagenheizung war aus dem Verbund der anderen Radiatoren („Gladiatoren?“) herausgerissen. Die Verbindungsrohre waren geknickt und der schwere Heizkörper lag funktionslos und gleichsam „wie zerstört“ auf dem dunkelroten Linoleum. Da wurde Frau Dr. Strutz von Panik erfaßt und sie lief aufgeregt durch die Strutz-Stadtrat Wohnung. Sie durchsuchte den kleinsten Winkel nach dem gewaltsamen Eindringling und seinen Spuren, und während sie schwer atmend nichts fand, obwohl sie die Suche immer wieder von neuem aufnahm, fiel ihr ein Satz ein, den ein viel von sich hermachender Bestohlener auf einer Party vor sich hinsprach, nicht ohne dabei ein Weinglas wie für ein Kunststück blitzschnell in der Hand zu drehen. Es sei nicht der materielle Wert, sagte der Mann, nicht das schnöde Verschwundene, das einem nach einem Diebstahl Sorgen mache. An dieser Stelle holte er tief Atem und er murmelte feierlich, als plauderte er ein Priestergeheimnis aus: „Es ist das Gefühl, ein Fremder“, er meinte damit keine Person, sondern das Anonyme schlechthin, „hat deine Privatheit verletzt, hat, ohne daß du sein Gesicht kennst, deine Wohnung betreten, deinen Besitz in Augenschein genommen, deinen Lebenslauf gestört, dich verstört, denn wenn einer eingedrungen ist, warum sollte nicht morgen ein anderer kommen und dir vielleicht noch größeren Schaden zufügen?"

Aber in dem Augenblick, in dem Frau Dr. Strutz die falsche Dramatik des Betroffenen eingefallen, nämlich von neuem auf die Nerven gegangen war, fiel ihr auch schon ein, was wirklich geschehen sein mußte: Linde hieß in den von ihr bedienten, eingeweihten Kreisen DER PANZER, weil sie in Geist und Körper jeden Widerstand ungerührt zu überollen pflegte. Die Kraft hatte freilich den Nachteil, subtileren Aufgaben im Wege zu stehen und so hatte DER PANZER, um die Küchenfenster zu putzen, den Radiator erklommen und der fiel um! Das Folgende war bloß eine Frage des Umgehens mit einer Schuld. Linde entschied sich, keine zu haben und sie sah Frau Dr. Strutz, die ihrerseits kein Wort von einem besonderen Vorkommnis erwähnte, kalt, ja „metallen" in die Augen. Beide waren sie dabei ein Verhalten auszuprobieren, das Geschehenes ungeschehen machte, und solche Proben gehen immer gut, wenn man konzentriert zusammenarbeitet und genau im Auge behält, was nicht gewesen zu sein hat. Frau Dr. Strutz lächelt heute über ihre gemeinsame Anstrengung mit Linde und während sie sich unglücklich am Videorekorder zu schaffen macht, staunt sie angenehm über sich selbst: „Da steckt doch ein Widerspruch in mir, wenn ich einen echten Schaden übersehe, und einen, der gar keiner ist, niemals verzeihe, bloß weil er mir entschieden einer zu sein schien". Es gibt eben Umstände, belehrt sie sich, in denen man jemanden benötigt, der Schuld hat, und andere, in denen einem die Schuldigen nur lästig sind. Die Zerstörerin des Radiatoren-Verbunds, die Herausreißerin einer Heizkörperinstallation kostete Frau Dr. Strutz nur das berühmte Lächeln des Ich-weiß-es-du-weißt-es-und-wir-reden-beide-nicht-darüber. „Kommunikatives Beschweigen“ heißt das in der höheren Pädagogik, und man ist ganz erstaunt, denkt die sich am Rekorder zu schaffen machende Frau Dr. Strutz, wenn man selbst in eine Lage kommt, in der man derartig geschichtsmächtige Strategien anwendet. Es ist dann so, als ob sich die große Welt in der kleinen spiegle, während „in Wahrheit“ (wer sagt heute noch „in Wahrheit“?) sich höchstens die kleine in der großen spiegelt und man bloß diesen Anschein von Größe (und das denkt Frau Dr. Strutz auch) zerstören, am besten zerstreuen müßte, um zu erfahren, was „in Wahrheit“ gespielt wird.

War Frau Dr. Strutz Skeptikerin? Je nachdem eben, und das ist die wahre Skepsis, in der man eben – je nachdem – auch aus der skeptischen Rolle undogmatisch fällt, wie sie eben aus dieser Rolle gefallen war, als sie den vermeintlich von Linde zerstörten Videorekorder wahrnehmen mußte. Sie denkt, hell auflachend und genau an der Schnittstelle, an der die Skepsis in Zynismus übergeht, daß dies das Geheimnis der Gewaltfrage sei, und sie drückt das Geheimnis der Gewaltfrage in einer der beiden westdeutschen Wendungen aus, die sie in unerbittlicher Selbstironie gerne verwendet. Die andere Wendung lautet: „Das kann ich nicht auf die Reihe bringen“, und darin klingt etwas von einer Zahnreihe an oder von Soldaten, die in einer Reihe Aufstellung nehmen sollen, aber einer ist unter ihnen, der wegen Unförmigkeit, wegen Monstrosität auf diese Reihe nicht zu bringen ist. Jetzt verwendet Frau Dr. Strutz allerdings die andere westdeutsche Wendung, denn sie sagt sich, hell auflachend:

„Wenn's ans Eingemachte geht ..." Wenn's ans Eingemachte geht, dann ist eines jeden Menschen Friedensliebe bedroht und der ganze Abscheu vor der Gewalt pervertiert sich leicht zu dem Wunsch, selber gewaltig zu werden. So gewöhnlich und treffend wird die Skepsis gegenüber den weitverbreiteten Idealen der Gewaltlosigkeit, mit denen man anscheinend nur darauf wartet zuzuschlagen, mit denen man auf der Lauer liegt, um dann, wenn es ans Eingemachte geht, endlich hervorzubrechen.

Frau Dr. Strutz durchschaut in diesem Moment die falsche Friedensliebe, den gekünstelten, veröffentlichten Ekel vor der Gewalt, der ausschließlich aus dem Unverständnis kommt, daß für andere etwas anderes das Eingemachte ist und daß andere für ihr Eingemachtes schon so erbittert kämpfen, wie die heute Friedensliebenden für ihr Eingemachtes schon noch kämpfen werden. Dennoch fragt sich die Pädagogin, die an der Schule eine Zeit lang STAATSBÜRGERKUNDE, also den Frieden gelehrt hatte, wie man Schülern beibringen kann, daß falsche Friedensliebe fast so wenig wie echter Haß der Gewalt entgegengesetzt ist. Sie, eine friedliebende Person, hätte Linde *umbringen* können, und das war obendrein noch ein Gefühl von solcher Überzeugungskraft, daß sie keineswegs das Unrecht bereute, mit dem sie die Putzfrau für einen Schaden bestrafte, den diese höchstens ausgelöst, aber gar nicht verursacht hatte. „Man hat es eben immer mit doppelten oder mehrfach verschachtelten Wahrheiten zu tun", sagt der Stadtrat so gerne und er wiegt dabei stets den Kopf, als wollte er ausprobieren, ob man aus einem Hemdkragen entschlüpfen könnte, ohne das Hemd im ganzen überzuziehen. „Hätte ich", fragt sich Frau Dr. Strutz ehrlich, „vor die

Schüler treten sollen und ihnen sagen, daß auch mich die Wut mitreißt, wenn es mir ans Eingemachte geht?" Soll man zugeben/gestehen und über die Schwächen ein Gefühl für Moral erzeugen, oder soll man in der Staatsbürgerkunde den harten Kern eines moralischen Gesetzes herausarbeiten, in dem alle zum Guten aufgerufen, aber zugleich schon für ihr Böses verurteilt, vor-verurteilt sind? Über Urteile bekommt die Moral keine Anhänger, zumindest nicht unter denen, gegen die sich diese Urteile richten, aber fast ausschließlich um die „geht es", der Rest der Braven bedarf keiner Moral, um sich vom Sinn der Bravheit zu überzeugen. Vielleicht sollte man in der Staatsbürgerkunde (modern: „politische Bildung") überhaupt nur Kitsch und Konventionelles lehren, weil etwas Tiefergehendes ohnedies nie tief geht und weil die Konventionen, ja, die Manieren das einzige sind, was die allmählich erwachsen werdenden Bestien am Schluß im Zaum gehalten haben wird. Aber mit dieser Ansicht fraternisiert man zu sehr mit Lederer, oder um es abstrakt (also gegenstandslos) zu sagen, mit einer „pädagogischen Verzweiflung", vor der die Skepsis Frau Dr. Strutz Gott sei Dank bewahrt. Wer weiß, sagt sie sich (und sie ist dankbar für den Einfall), vielleicht ist Lederer bloß gekränkt und seine Bosheiten helfen ihm dabei, nicht schon wieder eine neue, auf das Konto seiner Herzensgüte gehende Kränkung in Kauf nehmen zu müssen. Im Umgang mit Menschen kommt es eben darauf an, was man unterstellt und man kann es sich in den Unterstellungen bequem machen – denkt Frau Dr. Strutz, die es endlich geschafft hat, ihr Videoband abzuspielen.

Aber es ist erstaunlich, was dabei passiert. Frau Dr. Strutz muß nicht wenig von ihrer ironischen Energie mobilisieren, um es zu ertragen. Sie hat auf SWF3 den BADEN-BADENER DISPUT aufgenommen, auch weil sich am Disput einer der jungen deutschen Philosophen beteiligt, die zur Zeit, wie Frau Dr. Strutz es selber genießerisch mit den Lippen auskostend sagt: „in aller Munde" sind.

Natürlich hat sie immer daran gezweifelt, daß geistige Menschen, wenn sie ihr zu Gesicht kommen, etwas gewinnen. Frau Dr. Strutz empfindet es als ihren höchst persönlichen, eigenen Verlust, wenn diese jungen geistigen Menschen sie enttäuschen. Die alten enttäuschen sie ja nie. Besonders nicht dieser eine Professor, dessen Namen sie jetzt vergessen, also: im Augenblick nicht präsent hat: es ist nicht zu glauben, aber der Mann hatte in ihr ein unerschütterliches Vertrauen in die Atomphysik erweckt. Man neigt ja in dieser unsicheren Welt dazu, gerade dort am meisten zu vertrauen, wo man am wenigstens Ahnung hat. Die Ignoranz spendet Geborgenheit, und zwar unermeßliche, wenn es nötig ist. Wo man sich auskennt, dort wird man leicht unsicher, mißtrauisch und man hat es schwer, ganzheitliche Gefühle wie „Vertrauen" en gros zu entwickeln. Von Physik, hatte der Professor gesagt, müsse ein Philosoph heutzutage etwas verstehen, ja, ein Philosoph *muß* Physik studiert haben, denn in der Physik stecke das dem Jahrhundert gemäße Wissen. Aber er sprach nicht wie ein Eiferer, sondern tatsächlich wie ein Weiser, dessen wesentliche Erfahrungen praktischer Natur waren; er sprach wie einer, der gerade von einer langen Seefahrt zurückgekehrt war und der den Landratten nun das Nötigste über die verschiedenen, ihnen unbekannt bleiben müssenden Gebiete mitteilt. „Wie exotisch Weisheit doch in unserer nüchternen Welt wirken muß", dachte Frau Dr.

Strutz einerseits ironisch, anderseits aber ganz im Ernst. Das schlohweiße Haar des Professors leuchtete am Bildschirm; es war mit einer von der Geometrie inspirierten Eleganz geschnitten: eine Fülle an Haar ohne Überfluß und ein Scheitel, der genau weiß, wo es lang geht. Ungreifbar Aristokratisches (das Inkommensurable macht einen Menschen aus) drückte sich in seiner Koordination von Mimik und Gestik aus. Sein Wesen war spielerisch beherrscht, diskret verantwortungsvoll und sehr besorgt. Er erzählte von der Physik und wie es ihm damals mit Heisenberg ging. Das war seine Art, sich an Laien zu wenden: die eigene Lebensgeschichte, das eigene Begehren, den eigenen Wissensdurst mit den Kenntnissen des Jahrhunderts zu verknüpfen. Da aber sein eigenes Leben derartig geglückt schien, gewann sein Fach plötzlich etwas Beruhigendes. Sein Auftritt war eine vertrauenserweckende Maßnahme; niemals wird sich Frau Dr. Strutz mehr vorstellen können/müssen, daß eine Disziplin wie die Atomphysik, in solchen Händen, jemals aus der Ordnung geraten würde.

Und das war gut so, denn Sorgen hatte die Frau ja genug; das Band, das sie jetzt abspielt, ist sprachlos: Man sieht zwar Wesen, die offenkundig der Aufgabe des Diskutierens nachkommen, sogenannte „Diskutanten“, wohl eine Abart von „Mutanten“, hätte Lederer ohne weiteres sagen können. Die Wesen scheinen an ihrer Sprache sehr zu kauen, einmal kaut dieser mehr, ein andermal jener. Aber das Band gibt von keinem einen verständlichen Satz her. Anstelle dessen dröhnt der Raum, ein unermeßlicher Meßton hallt aus dem Rekorder. Frau Dr. Strutz stellt den Apparat nicht leiser. Hätte sie einen Sinn dafür, dann würde sie jetzt bemerken, wie durch einen technischen Zufall der Meßton vollkommen einem Kunstwerk entspricht, das THE SECOND DREAM OF THE HIGH-TENSION LINE heißt. Dieses Werk, geschaffen von einem Tonsetzer namens La Monte Young, hat sie schon einmal gehört, damals als quälenden Ausklang einer quälenden „Party", und sie hat das eine mit dem anderen, also beide zusammen einfach vergessen. Vielleicht fühlt sich Frau Dr. Strutz jetzt in die „Ich-traue-meinen Ohren-nicht"-Lage versetzt, und zwar „unbewußt", sodaß sie ganz neugierig darauf ist, zu hören, was sie schon einmal gehört hat. Sie läßt, während sie sich weiter in Gedanken verliert, das Band laufen und bewußt ist ihr dabei höchstens die Hoffnung, daß es „besser" werden, daß vielleicht bei 1'20" oder von ihr aus bei 2'10" etwas vom BADEN-BADENER DISPUT verständlich werden könnte.

Mit einer Zärtlichkeit, die einen in Versuchung führt, sie eine „gewisse Zärtlichkeit" zu nennen (weil sie eben unbestimmt und angenehm nebelhaft ist), mit dieser gewissen Zärtlichkeit denkt Frau Dr. Strutz an einen Moment im Vortrag des Professors: Während dieser zu Fragen seiner Geschichte mit Heisenberg *(„Als ich nun selbst als junger Physiker, als Schüler Heisenbergs, mit der Physik zusammentraf ...")* weit ausholte, schmuggelte sich eine einsame Hand links unten beim Bildschirm zum Pult des Professors hinauf, um dort ein Glas Wasser abzustellen. Der Professor nahm sogleich einen Schluck und sein Timing war dabei derartig angemessen, daß die Unterbrechung in eine dramaturgisch wohlgesetzte, rhetorische Pause fiel. Es war ja kein Durst, sondern eine gleichsam klinische Befeuchtung von Stimmbändern; der Professor befeuchtete sie (jedenfalls mehr als im eigenen) im Interesse seines Publikums, das zahlreich und neugierig erschienen war und das einen von keiner Rauheit der Stimme angekränkelten Vortrag hören wollte. Ein Schluck aus dem Glas unterstrich daher den dienenden Ernst der Ausführungen; trinkend vereitelte der Professor die Heiserkeit und er konnte mit einem kleinen, biographisch getönten Exkurs zur *„Einheit der Natur"* fortfahren. Skeptisch, wie Frau Dr. Strutz nun einmal denkt, ist ihr die „Einheit der Natur" genau so gleichgültig wie die „Einheit der Sozialistischen Partei" oder all die anderen Einheiten, die beschworen werden, um ihren Zerfall ungestört voranzutreiben. Aber sie erkennt an dem Professor eine „Würde", die man hämisch, also: würdelos, „altvaterisch" hätte nennen können – „und wenn es auch mit dem Väterlichen zu tun hat", sagt sich Frau Dr. Strutz, „so hat dieser Professor doch in meinem Kopf einen ganz anderen, mir lebenswichtigen Gedanken ausgelöst." Sie erkennt nämlich im Professor den Meisterschüler, der, nun selbst ein Meister, diese Meisterschaft niemals von seinem Lernen, von seiner Lehrzeit getrennt vorführt. „Das ist der ewige ‚Heisenberg'!" sagt sich Frau Dr. Strutz, die sich ja auch hätte sagen können: „Der Alte rühmt sich, einem Nobelpreisträger die Aktentasche nachgetragen zu haben." Aber sie sieht sehr genau, was mit dem Professor gleichsam los ist: Er verkörpert eine pädagogische Utopie und die Verwirklichung einer einzigen gibt Frau Dr. Strutz schon die Kraft zu glauben, daß ihr Englisch-Unterricht einen Sinn hat; nein, wenn sie ganz aufrichtig ist, dann ist ihr die „gewisse" (siehe oben) Hybris nicht fremd, daß Erziehung überhaupt die wichtigste, ja die einzige Utopie ist: Nur indem man von einem anderen etwas lernt, ist man in keinem der beiden so verheerend beliebten Zustände: Man ist weder hoffnungslos für sich/noch erwartungsvoll einem anderen unterworfen. Frau Dr. Strutz will sich im Augenblick nicht mit dem frömmlerischen Idealismus dieser Ohne-Zweifel-Wahrheit befassen. *Jetzt* hört sie auch auf, eine verständliche Wiedergabe des BADEN-BADENER DISPUTS für möglich zu halten. TREUERABATT ist extra groß auf dem Einband des Bands zu lesen gewesen, das dann nicht im geringsten funktioniert hat, aber im Grunde (wer sagt heute noch „im Grunde"?) stört es Frau Dr. Strutz nicht, denn sie weiß ja, sie kann ruhig sein, der BADEN-BADENER DISPUT wird wiederholt, und zwar auf 1PLUS, dem *Kulturprogramm* der ARD und des ZDF.

Der Stadtrat hat den Kopf voller Brände. *„Brandstifter"* ist eines der Lieblingswörter in der Stadt, es quillt von vielen Lippen (Lichtenegger?) und es füllt die leeren Herzen und Säle. Wer ist der Brandstifter heute?, gemeint ist der „eigentliche" Brandstifter, im Unterschied zu dem, der Brandstifter bloß genannt wird, und zwar vom eigentlichen Brandstifter, der als Brandstifter nicht erkannt sein will, um es unerkannt umso schlimmer, umso „eigentlicher" zu sein. Der bloß so genannte Brandstifter schreit auf: „Es brennt" und dann blickt er weit und ruft weitblickend aus: „Dort läuft der eigentliche Brandstifter", während dieser (im Sinne eines Wahrzeichens, nämlich wie ein Dritter Mann) in einer Seitengasse verschwindet, oder anders rum, sich in den nächst liegenden Lichtkegel begibt, und dort jenen Brandstifter Lügen straft, von dem er der „eigentliche" Brandstifter genannt wird. So brennt es überall in der

Stadt, kleine Feuerfetzen flammen aufreibend durch die Gassen und Zeitungen, in denen der Stadtrat oft selber steht: Als der Redoutensaal brannte, war er in der Plankengasse. Die Funken sprühten. Die Leute der Plankengasse dachten, es brennt, die Buchhandlung an der Ecke brennt – so nahe kommt ein Feuer vom Josefsplatz den Leuten von der Plankengasse.

Der Stadtrat, der jetzt den Kopf voller Brände hat, eilte damals in die polizeilichen Absperrungen hinein, sie fingen ihn auf. Heisere Sprüche aus dem Polizeifunk gingen ihm ins Ohr, die ganze Aufregung einer disziplinierten Großstadtkatastrophe *(„Unermeßliches Kulturgut für immer zerstört …")* rührten ihn an. Spöttisch dachte er: „So bedrohlich es ist, so beruhigend ist es zugleich!" – „Das gilt für das ganze ‚moderne Leben' überhaupt, Herr Stadtrat", sagt ihm Lichtenegger, fühlend, daß der Stadtrat den Kopf voller Brände hat. *„Zwei Verletzte forderte … durch die Wucht der Explosion … Detonation … verwüstete … nach Angaben der Feuerwehr … flog über den gesamten Hof, landete in einer Baumkrone … die evakuierten Personen wurden vorübergehend … es herrschte Alarmstufe …"* Wie durch eine Kunde aus weiter Ferne erinnert sich der Stadtrat, daß er, schwungvoll sprechend, mit einer glänzenden Rede im Lichterglanz einmal den Feuerwehrball eröffnet hatte. Oder war es der Jägerball? *„Alles Walzer!"* Waren es Uniformen oder Trachten? Die widerwärtige Süßlichkeit, diese auftoupierte Ballgestimmtheit packt den Stadtrat, fährt grob über seine einzigartige Seelenwunde, reibt seinen Schmerz, seinen Haß, kitzelt seine Ohnmacht hervor, und, bereit zum Erbrechen, wäre er vor Lichtenegger fast auf die Knie gesunken, hätte ihm die

Schuhe voll gespieen – aber seine Erinnerung war in diesem Fall zu ungenau, um ein Bild zu liefern, das die Krankheit des Stadtrats hätte ausbrechen lassen können.

Der Stadtrat, den Kopf voller Brände, steht entsetzt vor dem verkohlenden, zum Himmel rauchenden Nichts, das in der Diefenbachgasse ein Haus gewesen war. „Was ist, was war?“ – *„Eine Explosion … eine Detonation!“* Die Antworten werden kurz, aber treffend gefaßt. „Eine Detonation ist auch eine Nation“, erwidert dagegen der saudumme Bezirksrat; er hätte sich der Lage, ohne sie zu kommentieren, zu sehr ausgeliefert gefühlt. *Die Stadt ist voll abwehrender Kommentare, im Grunde herrscht Panik.* Ein Unglück, das ihn nichts angeht, das aber dennoch „praktisch“ vor seinen Augen geschieht, hat etwas Herausforderndes. Es provoziert das Mundwerk. Der Stadtrat schaut dem Bezirksrat in die Augen, auffällig und fest. Er ist an der Dummheit interessiert, ja, von ihr fasziniert, er sucht in den Augen des Fetten nach ihren untrüglichen Anzeichen. Aber hinter den Fleischschlitzen zeigt sich nichts, es scheint, als könnte der Fette die Augen nicht bewegen und in die verschiedenen Himmelsrichtungen nur sehen, indem er den Kopf nach ihnen dreht. Plötzlich hat der Stadtrat das Gefühl, dieser Bezirksrat sei so etwas wie ein Gott, dessen Schwerfälligkeit ihn sakrosankt macht. Lichtenegger, der die Verstimmung des Stadtrates spöttisch bemerkt (und der sie sich zugute halten will), murmelt etwas; es ist im Lärm der Löscharbeiten und der an Menschen durchgeführten Rettungsaktionen kaum zu hören. Aber es wird nach folgendem geklungen haben: „Hören Sie, die Resignation ist auch eine Nation, die größte, heißt es, und warum soll die Detonation nicht auch eine sein, wenigstens die kleinste?" *Das Zeitalter des Detonationalismus.* Was gilt für das ganze moderne Leben überhaupt?

Mitten in dieser kleinen Diefenbachgassen-Hölle sieht der Stadtrat zwei ganz andere Bilder vor sich und hört ein paar ganz andere Stimmen als die, die sich hier das Nötigste und auch das Überflüssigste zurufen. Er sieht *erstens* sich selber, wie er in der überheizten Redaktion von Lichteneggers Zeitung aus dem ersten Stock auf die Straße hinuntergeblickt hatte: Dort warf gerade ein Mann, der in einem furchtbaren Streit mit einer Frau begriffen sein mußte, zwei schwarze Lederhandschuhe auftrumpfend in den Schneematsch. Der gequälte Dummkopf hatte noch etwas von sich zu werfen, etwas, das ihm gehörte, das ihm nicht die Hände band, das ihm zu einem Ausdruck seiner Freiheit verhalf. Aber dann, nachdem der Wurf geschehen war, hatte er nichts Besseres zu tun, als (weil ihm die Handschuhe gehörten) sie wiederum aufzuheben. Die verbissene Wut des Mannes, mit der er hinter der Frau her war, trat daraufhin in einen für den Stadtrat, wie er sagte, „irritierenden" Gegensatz zur behutsamen, ja, zärtlichen Pedanterie, mit der der Mann seine aufgehobenen Handschuhe vom Schneematsch reinigte. *Zweitens* erinnert sich der Stadtrat in der Diefenbachgasse an einen Vorfall, bei dem das Wort „Irritation" laut geschrien wurde: Es war in der U-Bahnhaltestelle Schottenring, gegen halb zehn Uhr abends – keine Zeit für irgendetwas: Leute, die irgendwohin wollten, waren schon dort, und Leute, die da waren, waren vielleicht schon irgendwo gewesen, wo es sich zu bleiben nicht gelohnt hatte. Inmitten dieser allgemeinen, von allen geteilten Aussichtslosigkeit brach es aus einem Mann hervor. Er schleuderte einer kleinen Frau (seiner kleinen Frau?), deren ganzer, im Mantel zusammengehaltener Körper etwas Abduckendes annahm, die Worte entgegen: „ES SIND DIE IRRITATIONEN IN DEINEM GEHIRN, DIE DIESEN GANZEN WAHNSINN AUSMACHEN.“

Stadtrat ratlos – lautet eine von Lichteneggers Lieblingsüberschriften über ihn, den Stadtrat, der sich jetzt die IRRITATIONEN als Kerben im Gehirn einer Frau vorstellt, wo sie den GANZEN WAHNSINN ausmachen; er hätte (ein Geschenk für die Wissenschaft?) sie gerne kennengelernt, aber da war schon der Zug eingefahren und die beiden hatten sich schnell hinter dem Zugsführer in ihre Unsicherheit gebracht, wo der Stadtrat nicht mehr stören wollte.

Er wird jetzt seinerseits vom Bezirksrat gemustert; in diesem ist gerade ein unbändiger Wille ausgebrochen, Bezirksvorsteher zu werden.

Von Zeit zu Zeit hat er, koste es, was es wolle, diesen Wunsch. Er ist gar nicht dumm, wie es die Dummköpfe glauben. Die Dummheiten, die er sagt, bezeugen vielleicht wirklich nur seine absolute und kluge Gleichgültigkeit, mit der er die Welt für ihre Existenz bestraft und mit der er zugleich sich und seine Belange feiert: Im Kopf hat er, neben dem plötzlichen Wunsch *zu werden* (in der Hierarchie hinaufzuwachsen), nichts als den Schmerz im Kreuz, diesen peinigenden, den gesamten Rücken umschließenden Panzer aus der Therapie, die ihn doch gesund und beweglich hätte machen sollen.

Fünfunddreißig Mal im letzten Monat hatte er jeweils dreißig Minuten für seine Gesundheit aufgeopfert; er war auf einer Art Bahre gelegen und seine Therapeutin hatte ihn mit Kommandos versorgt, denen er recht und schlecht nachkam. Der jungen Frau hätten selber einige Übungen gut getan, denn sie ging „aus dem Leim" – wie es einem längst aus dem Leim Gegangenen sofort auffällt: Ein aus dem Leim Gegangener quittiert seinesgleichen mit einem gefühlsmäßigen Mittelding aus Resignation (das eigene diesbezügliche Fortgeschrittensein betreffend) und aus spöttischer Übereinstimmung (die Gewißheit auskostend, daß ihm wieder einmal jemand nachfolgen wird). „*Linkes Bein hoch – Streeecken*! Die Bahre war für den Bezirksrat in einer kleinen Kabine untergebracht, damit ihm die Prozedur *privat* zuteil werden konnte. Draußen tummelten sich Patienten der Krankenkassen, die ihre Übungen in Gruppen durchführten; sie hatten alle, wie man sagt, einen „sehr eigenen" Humor entwickelt, eine private Fachsprache sozusagen für ihre Leiden und Therapien. Während der Bezirksrat, den riesigen Bauch vor sich, auf der Bahre das linke Bein hob und mehr oder weniger streckte, erschallte draußen ein Auflachen und ein Zurufen, eine beinahe hysterische Fröhlichkeit, die entweder mit der gemeinschaftlichen Überwindung von Schmerzen zu tun hatte oder damit, daß die Kombattanten die aufdringliche Nähe ihrer therapeutischen Verrenkungen zum Geschlechtsleben genossen.

Draußen hatte in der Tat eine aufregende Frau das Kommando, Frau Kurzschmidt, die mit hänselnder Stimme die Männer in den T-Shirts und Turnhosen zu Höchstleistungen aufreizte. Der Bezirksrat, geistig von seinen Streckungen keineswegs ausgefüllt (und körperlich zu ihnen kaum fähig), konnte bald die turnenden Persönlichkeiten, die immer zur selben Zeit wie er befohlen waren, voneinander unterscheiden; er machte in seiner hoffnungslosen Lage auch noch Bekanntschaften: Da war ein Herr Apotheker, dem, wie der Bezirksrat vernehmen mußte, die Hüfte schmerzte und der mit einer schrillen Stimme den grell mit Neonröhren ausgeleuchteten Turnsaal entsprechend in Beschlag nahm. Ein anderer pfiff gleich beim Hereinkommen und beim ersten Anblick der Frau Kurzschmidt einen lauten Ton des Kompliments. Dieses Pfeifen verschaffte auf die Dauer dem Bezirksrat einen wunden Punkt; während sein Fräulein Gabi auf das Kommando *„Rechtes Bein hoch – Streeecken!"* überging, sann er (vorerst unter Verzicht auf jede Bewegung) darüber nach, mit welchem Geräusch sich denn er der Kurzschmidt nähern sollte. In der Leistengegend verspürte der Bezirksrat nämlich seit langem schon ein süßes Ziehen, das ihm aber oft bitter wurde: Er begehrte Frau Kurzschmidt ohne Chancen – *und hier kommt jedes Mal ein Trottel herein, der einfach herauspfeift, was diesbezüglich in einem Bezirksrat fest verschlossen bleiben muß.* Der Bezirksrat (jetzt hob er tatsächlich das rechte Bein und streeeckte es) war nicht einmal in der Lage, so weit an Frau Physiotherapeutin Kurzschmidt heranzukommen, daß eine Koketterie, ein Spiel zwischen begehrenden, manchmal auch wissenden (nämlich von ihrem Begehren wissenden Menschen) plausibel geworden wäre. Die Kälte des Einschreibvorgangs („verflucht noch einmal") war in ihrem Verhältnis konserviert geblieben; alles, was einem Auftauen gleichgekommen wäre, hätte sofort den erst recht hinderlichen Anschein einer Peinlichkeit erregt. Der fette Mann lag da, seine Beine abwechselnd streeeckend, ziellos, wenn auch nach Kommando und hilflos wie ein Insekt, das man auf den Rücken gedreht hatte, um es in Ruhe beim Sterben zu beobachten. Rein physikalisch gesehen war der Bezirksrat durch seinen Bauch schwerkräftig in die Unterlage festgerammt. Es war eine Situation, der er mit Gemütlichkeit nicht gewachsen war, und das Schlimmste daran war nicht einmal, daß seine Schmerzen immer ärger wurden. Zuerst überreichte man ihm dafür das Wort „ERSTVERSCHLECHTERUNG", ein geniales Wort, das Therapien aller Art in ein Termingeschäft verwandelt, bei dem am Schluß die Wechsel immer platzen. ERSTVERSCHLECHTERUNG hat die Logik für sich, daß ein Leiden, von einer Therapie in Angriff genommen, sich zuerst einmal verschlechtert, und zweitens bietet es den Therapeuten die Möglichkeit, die Heilung auf die lange Bank zu schieben und währenddessen die Kosten der Behandlung einzukassieren, bis die Aussichtslosigkeit so klar wird, daß der Patient die Therapeuten wechselt. Die Schmerzen konnte der Bezirksrat im Sinne des Wortes ERSTVERSCHLECHTERUNG seit Monaten verwinden; was aber seine Gemütlichkeit ernsthafter gefährdete, war eben diese Reduktion auf die Lage in der Kabine.

Draußen wetteiferten Männer mit Witzen, mit Ausfälligkeiten, um einen möglichst hohen Grad an Präsenz zu erringen, oder anders gesagt: sie bemühten sich, während er, der Bezirksrat passiv lag, um eine verstärkte Anwesenheit; hier wie dort (semper et ubique) gilt, daß einem Menschen sein bloßes Dasein leider nicht genügt, um ihm das Gefühl, schwach an eigener Gegenwart zu sein, zu ersparen. GEGENWART ist nicht nur eine Zeit, sondern der Raum, den man mit sich ausfüllt; von ihr hat man umso mehr, je mehr andere man aus diesem Raum hinausdrängt. Aber ganz allein darf man dort auch nicht sein, denn sonst wird einem keiner dabei zusehen, wie gegenwärtig man ist. Man spricht in diesem Sinne von Zeitgenossen. Die Zeitgenossen sprechen einander ihre Gegenwart zu oder ab, dafür sind sie da. Aber der Dicke in seiner Kabine, unter Gabis Kommandos, hat auf einen solchen Zuspruch keine Hoffnung mehr. Er hielt, als er wieder einmal vom Strecken des rechten Beines zum Strecken des linken Beines überging (um damit die Dauer der Erstverschlechterung zu verlängern), das Private plötzlich für einen Fluch; es gibt Fälle, in denen die Krankenkasse die besseren Möglichkeiten bietet und man weiß ja aus Spitälern, daß Patienten, die, wie es heißt: *„auf Klasse liegen"*, oft sterben müssen, weil in der Nacht der Herr Professor nicht anwesend ist, und weil nächtlich Anwesende zur Sicherheit die Privatpatienten des Professors niemals anrühren. So privat konnte er auch nicht in den Genuß der Gegenwart von Beate Kurzschmidt kommen; seine üblichen Methoden, in den Genuß einer Gegenwart zu kommen, versagten hier, gehörten hier einer „Vergangenheit" an, die, wie man wohl sagen darf, für den Mann nicht ohne Genüsse abgelaufen war. Der sportlichen Frau gegenüber empfand er seine Beleibtheit als schweres Handicap und seine einschmeichelnde, leicht babyhafte Art, Frauen *„zum Essen"* einzuladen, schien ihm hier der reine Wahn. So kam zur immer schlechter werdenden Erstverschlechterung die sich immer mehr verschlechternde Chance, Beate Kurzschmidt, sagen wir zum Heurigen auszuführen und ihr dort bei Schweinsbraten, Liptauerbroten, Pfefferoni und Salaten näher zu kommen. Der sexuelle Reiz, den Frau Kurzschmidt auf einen mit Gabi in der Kabine turnenden Bezirksrat ausübte, führte zu denkwürdigen Bezirksratsgedanken: Was, dachte der mit seiner Beleibtheit ringende und im analytischen Denken kaum gebildete Mann, was macht eine Kurzschmidt derartig anziehend? In einen nassen Traum hinein stellte er mittels Einbildungskraft die Kurzschmidt vor sich hin: Das Krankenschwesterliche des weißen Kittels, der nicht streng zugeknöpft, sondern den Knien viel Platz ließ, um herauszuschauen; die Strümpfe, die sich aneinander rieben, wenn die Frau hinter dem Einschreibpult hervorkam, ein Geräusch, das reinste Elektrizität in den Ohren des Bezirksrats war; die Biegsamkeit ihres Körpers im ganzen, wenn sie in einem, jeden ihrer Muskeln betonenden Trikot den Männern draußen die Anweisungen gab, denen sie selbst vorbildlich nachkam; dann Beates Gesicht, das spöttisch und geschäftsmäßig von Natur aus schien und das eine Unbekümmertheit, eine hübsche und endlos weite Oberfläche versprach, wie sie die Seele eines modernen Bezirksrats benötigt, um darin unterzutauchen.

Der Bezirksrat stand in Flammen, während er, zur Bewegungstherapie, aufgebahrt in der Kabine lag und eine Erektion ebenso zu vermeiden wie zu genießen suchte. Im Sommer war er mit der Sekretärin der ENERGIEKOMMISSION INNERE STADT oben am Berg gewesen, am STEINERNEN TOR oder bei der EISERNEN HAND, wie solche Orte eben heißen. Dort kannte er ein entzückendes Platzl, einen kleinen Heurigen, wo man auf einer Wiese, die in verschiedene Etagen geteilt war, Essen & Trinken konnte. Der Bezirksrat hatte in der zweiten Etage einen Tisch bestellt, der schnell mit Schweinsbraten, Liptauerbroten, Pfefferonis und Salaten bedeckt war. Ein Fräulein trug Wein auf, die Luft war lau und vom Schlucklärm des Weintrinkens und vom Kaulärm des Essens erfüllt. Die Sekretärin der ENERGIEKOMMISSION INNERE STADT hatte plötzlich begonnen, dem Bezirksrat zwischen die Beine zu greifen. Dort hielt sie keineswegs still, sondern sie rieb, was sie fand. Die Unschuldsmiene, die die Frau dabei „nach außen", also einem eventuell unwillkommenen Publikum gegenüber machte, unterstrich das Hingebungsvolle ihrer intim-öffentlichen Tätigkeit: Es war ein süßes Geheimnis, das diese beiden Menschen miteinander hatten, und ob es jemand aufklären konnte, es vielleicht mit ihnen durch Zusehen teilen, sei dahingestellt. Der fette Mann jedenfalls saß an den Heurigentisch gepreßt, unter der Schürze seines Bauches befand sich die Frauenhand, aber oberhalb dieser Befindlichkeit war alles wie gewöhnlich, ein Kauen, ein Schlucken genau wie bei den anderen, unter deren Tischen nichts vorkam. Die Frau, die den Mann bei einer Sitzung der ENERGIEKOMMISSION INNERE STADT kennengelernt hatte, dachte ironisch, aber nicht ohne die Art von Zuneigung, die sich beim Zerfließen der üblichen Charakterfestigkeiten durch Wein, laue Luft und Begierde einstellt, an mittelalterliche Kirchenmänner, an alte Philosophen, denen man zum Segen den Tisch an ihrem Platz ausgeschnitten hatte, damit sie ihren Bauch dort anstandslos unterbringen konnten. Der Bezirksrat hörte zwar nicht die Englein singen, aber dafür nahm er mit einer bisher nicht gekannten Deutlichkeit das Knacken der elektronischen Insektenvernichtungsapparate wahr, die – wie Flutlichtanlagen Fußballfelder – eine moderne Vergnügungsstätte im Freien umgeben. Auch das stumpfe, blau aufflackernde Licht der Insekten den Tod bringenden Apparate stach dem Bezirksrat wie nie zuvor ins Auge; es ist ja das Seltsame, daß die Sinne, bevor sie schwinden, noch ganz scharf werden.

Der Bezirksrat fühlte an sich selbst eine Farbe: ein Knallrot im Gesicht und Fräulein Gabi, die diese Knallröte am Bezirksrat von dessen Turnübungen her kannte, wurde nicht müde zu fragen, ob das Herz auch in Ordnung sei. „Mit dem Herzerl stimmt alles", sagte der Bezirksrat stets, nicht ohne Stolz, der Menschen zueigen ist, die die Beweise für eine offenkundige Unglaubwürdigkeit zu haben wähnen. Für Gabi wäre ein toter, ja auch schon ein halbtoter Mann in der Therapie ein Unglück gewesen; oft träumte sie, wie die Rettungsmannschaften, bestehend aus zwei schlichten Wehr-Ersatzdienern und einer nervlich überreizten Ärztin, dem Toten nur mehr das Ableben bescheinigen können; im Traum sah sie oft den kritischen Wehrersatzdiener vor sich, der ihr mitteilte: „Dieser eine Mensch hat Ihre Therapie mit seinem Leben bezahlt. Ich hoffe, Fräulein Gabi, das war ihnen teuer genug!" Der Bezirksrat, dessen Herz gut ging, ahnte nichts von den verworrenen Träumen seiner Therapeutin, die die ERSTVERSCHLECHTERUNG ins Endgültige ausdehnte, in den Tod (der vielleicht auf seine pervertierte Art beredt die Antwort auf alle Fragen gibt). Der Bezirksrat starrte Fräulein Gabi ins gleichgültige Berufsgesicht und hörte hypnotisiert ihrer Stimme zu, wie sie jede Silbe in der üblichen Service-Leistungssüßlichkeit badete, sodaß es mehr ein Gesang war als die Sprechsprache, mit der sie den sterblichen Bezirksrat einhüllte. Die Kommandos stachen etwas, aber niemals zu sehr aus der Süßlichkeit hervor, die das Stigma der heilenden Berufe, jedenfalls der besser bezahlten, ausmacht. Rezitativ ohne Arie, aber wenn Gabi sang: „Fräulein Winter/Sie können schon Pla-atz/in Kabine 2 nehmen", dann war eine solche akustische Spannung erzeugt, von der man erwarten durfte, daß sie sich plötzlich in einer Arie entladen würde. Der Bezirksrat befand sich durch seine aussichtslosen Anstrengungen, aber auch durch sein vertracktes Begehren, manchmal in einem gesteigerten Zustand, in einer Trance aus Erschöpfung, in der ihm alles gleich möglich schien, sei es ein Ende der ERSTVERSCHLECHTERUNG oder eine Umarmung der Kurzschmidt.

Knallrot im Gesicht („und ihr Herz ist in Ordnung?") schlüpfte er nach den Übungen in seine Hosen. *Mein Gesundheitszustand,* denkt er jetzt, vor dem fast erloschenen Flammenmeer. Lichtenegger hatte ihm nämlich im Restaurant einen Artikel hingeknallt und ihn auf die Lektüre mit den Worten eingestimmt: „Mit einem Schlagerl stoppt das Herzerl." Der Bezirksrat hatte leutselig gelacht, wie es einem Mann geziemt, der dafür bekannt ist, alle Dinge, auf die es im Leben ankommt, am liebsten nur im Diminutiv zuzulassen.

Der Artikel war gearbeitet, Lichtenegger war schöpferisch gewesen. *„Studie ortet grobe Mängel in der Betreuung"*, hatte er als kleine Überschrift über die Schlagzeile: „SCHLAGERL WIRD ZU LEICHT GENOMMEN" getippt. Sein Blick war durch das trübe Fenster des Büros im siebzehnten Stock des ZEITUNGSHAUPTQUARTIERS geglitten und hatte sich in einem optisch Unendlichen verloren. Wie alle wahren Künstler hatte Lichtenegger nach einem Gegenüber gesucht, nach einem Adressaten, durch dessen Lesen sich seine Schrift erst realisieren würde; es war ihm, nach einiger Zeit des stumpfen, metaphysisch leeren Schauens, der Bezirksrat eingefallen und Lichtenegger hatte bei der Vorstellung des fetten

Mannes eine große Freude am Schreiben: „*Die Österreicher nehmen das ‚Schlagerl' zu wenig ernst. Es gibt für den weitverbreiteten Hirninfarkt bundesweit zu wenige Diagnose-, Behandlungs-, und Nachbehandlungseinrichtungen!*". Dann hatte Lichtenegger die Wörter „Risikofaktoren", „Intensivbetten", „Neurologe", „Lähmungserscheinungen", sowie „Gefühls- und Empfindungsstörungen", „Rehabilitationszentrum" und „Tabuthema" sinnstiftend angeordnet und mit anderen, weniger wichtigen Wörtern, die aber vom wichtigsten Wort, nämlich von „Studie" begleitet waren, in einen Artikel verpackt. Wie immer nach einem fertiggeschriebenen Artikel hatte die Welt für Lichtenegger auch diesmal wieder ganz anders ausgeschaut als zuvor (mit dem unfertigen im Kopf oder mit dem ungeahnten nirgendwo) es war ein Druck von der Welt genommen, der Blick aus dem ZEITUNGSHAUPTQUARTIER im 17. Stock war der Blick eines Autors geworden, und der Autor hatte im RESTAURANT DIEFENBACH die Wirkung seiner Schrift auf den impliziten Leser überprüfen wollen; er hatte sie, wie schon gesagt, dem Bezirksrat auf den Tisch geknallt und ihm, neben der Einstimmung, noch zusätzlich die Wörter zugerufen: „Blutdruck, Übergewicht, Alkohol- und Nikotinmißbrauch", und der Bezirksrat hatte, lachend, ja so lachend (nämlich mit ganzem Herzen den Scherz nach außen hin billigend), den Schluß schnell studiert: „*... wegen Hirngefäßerkrankungen ins Krankenhaus eingeliefert. Innerhalb eines Jahres sterben davon mehr als 11.000*", und die Ziffer 11.000 hatte sich gleich in sein Herz eingegraben und nun steht er mit seinem gesamten, durch die Schmerzen am Rücken verkörperten Gesundheitszustand vor der Ruine eines fast vollständig in die Luft geflogenen Hauses.

Die Männer der Feuerwehr, aus ihren großen roten Wagen hervorgesprungen, haben den Brand „im Griff", der aus vielen Griffen besteht, deren Sinn und Abfolge den Laien des Löschwesens fremd bleibt. In dieser Fremde gibt es einen Augenblick, in dem der Stadtrat von einem Bedürfnis nach Offiziösem gepackt wird (übermannt?) und er will zu einem der Feuerwehrmänner gehen, den er für den Kommandierenden hält, um ihm zu sagen: „Ich bin es – ein Stadtrat dieser Stadt", aber der abweisende Blick des Mannes, der diesen Stadtrat offensichtlich nicht erkennt, vereitelt die Möglichkeit, sich durch Händeschütteln mit der Lage vertraut zu machen oder sich gar souverän in sie einzumischen. *„In Dublin entging gestern nacht ein Stadtrat nur knapp dem Tod; auf sein Haus war ein Brandanschlag verübt worden."*

Lichtenegger, sich mit einer zur Routine gewordenen Nervosität an die Wange fassend („Sie haben einen Tick, Herr Lichtenegger", sagt die Redaktionssekretärin ihm gerne ins Gesicht; hinter seinem Rücken sagt sie lieber noch: „Er tickt nicht richtig, der Lichtenegger!"), Lichtenegger also, mit der Hand an der Wange, erklärt seine Ansicht: Es gelte für das ganze moderne Leben „überhaupt", daß, wo Gefahr sei oder ein Unglück passiere, zugleich die Rettung mit Sicherheit käme; ein jeder wisse das in der Stadt und deshalb fühle man sich in ihr so sicher, und immer zugleich auch beruhigt, gerade wenn ein Unglück passiert, das, so Gott will, einen nicht selber trifft.

Der Stadtrat hört nicht zu, er hört nicht zu, denn für sein inneres Ohr spricht er die Worte: „Ich bin ein unbekannter Mandatar, ich bin ein unbekannter Mandatar."

Die Glücksinsel

Es ist immer dasselbe. In der Stadt ist die Wahrheit des Menschen unübersehbar; etwas fehlt einem dauernd. Man wird durch die Mangel genommen; es ist der Mangel, der einem etwas sagt. Er sagt dir, was du bist, was dir fehlt. Er flüstert dir zu: „Du, nur Du, wirst mich beheben!“ Genug davon: das sind die zivilisierten Verhältnisse. Sie bieten die Möglichkeit, auf deine (auf ihre Rechnung) zu kommen. Pas de chance. Barbarisch ist, wenn du keine Chance hast, wenn dir nur eine Rechnung bleibt, dann bist du unzivilisiert. Überall in der Stadt hat Lichtenegger offene Rechnungen. „Du wirst bezahlen, Du Schuft!“ Der Charme des Beschuldigten. „Was wollen die Menschen?“, fragt Lichtenegger, als ob er von der Antwort eine Ahnung hätte. Seine Wange schmerzt nicht, aber manchmal (jetzt, wo er auf einem Barhocker Platz nimmt) …

Vieles in mir, sagt sich der Stadtrat, hat keine Aussichten. Natürlich, sagt er sich ebenso, ist selbst das eine Frage der Perspektive: des Gesichts und der Sichtweise. Die Kurzschmidt blickt währendessen in Lichteneggers Bargesicht. Von seiner Seite muß sie ihrerseits einen Gag wahrnehmen, einen blassen Witz, eine Zote. Lichtenegger, der sich jüngst an einem städtischen Feuer gewärmt hatte, hätte sie heute gerne gevögelt. Die Kurzschmidt hält sich ein Knie, sie findet Lichtenegger „nett“, aber ans Vögeln denkt sie zur Zeit nicht. „Was an Ihnen ist barbarisch, gnädige Frau?“ Sie lacht, wie man sagt: *auf.* Up, up and away.

Zuhause liegt der fette Bezirksrat in warmen Decken und am Rücken. Dieser Rücken schmerzt, ein Barhocker wäre heute für so einen Rücken orthopädisch nicht vertretbar gewesen. Die Heilige Dreieinigkeit (Dreifaltigkeit?) aus Lichtenegger, welcher die freie Presse, aus dem Bezirksrat, welcher den Bezirk, und dem Stadtrat, welcher die Stadt vertritt, hat sich daher in eine stattliche Dualität verwandelt. Wer fehlt? Es fehlt ja an nichts! Meistens fallen nur die unteren Schichten aus und wahrscheinlich ist es das, was die Leute wollen, nämlich eine klare Hierarchie, ein deutliches Oben und Unten, wo sie (nicht) anstreifen dürfen.

Der Vertreter der freien Presse hat allerdings keine Ahnung, daß der Bezirksrat in seinem Rückenschmerz ausgerechnet die Kurzschmidt liebt. Hätte er es gewußt, dann hätte sein Penis erigiert das Hosentor gesprengt. So aber sagt sich Lichtenegger, wenn sie mit mir nicht vögeln will, dann macht es auch nichts.

Auch der Stadtrat denkt ans Vögeln, nicht ans eigene, da ist er eigen. Er sieht bloß, daß Lichtenegger jetzt ans Vögeln denkt und er erinnert sich unwillkürlich, wie ihm einmal Frau Dr. Strutz die Augen über das Vögeln öffnen wollte. „In dieser Frage vertrete ich den dekadenten Standpunkt“, hatte sie ihm seinerzeit eröffnet, „daß diese Bewegungen bei der geschlechtlichen Vereinigung lächerlich sind; nicht obszön, nicht erregend, lächerlich“, und dabei machte sie mit ihren Händen langweilige und dann immer schneller werdende Flügelbewegungen von Vögeln nach.

Auf seinem Barhocker dröhnt dem Stadtrat das ICH von lächerlICH im Ohr und er sieht sich das Gesicht von Frau Dr. Strutz in den Barspiegel hinein: Ich schaue Dir in die

Augen, Strutz, das ist meine Sichtweise. Ich sehe dir ins Gesicht und sehe, wie Du daraus heraussiehst. Du merkst es nicht, denn ich habe den blicklosen Blick geübt. Man sieht mir nichts an, ich bin ein angesehener Mann; wie man angesehen wird, so sieht man sich im Spiegel. Ich sehe Dich im Spiegel. Ich mußte mir oft zuschauen, die Zeit vergeht, man muß sich zuschauen, daß man weiter kommt.

Stadtrat in Zombie-Town? Dr. Strutz verschwindet aus dem Spiegel. Es gibt nur eine Wahrheit, aber die hat viele Gesichter. Kennt man *sein* Gesicht? „Man kennt es genug", sagt sich der Stadtrat, dieser unbekannte Mandatar, „damit ich mich schuldig fühlen kann. Aber zu wenig, um mich frei zu fühlen."

Er hätte jetzt gerne offen gesprochen.

„Nehmen wir einmal an", hätte er am liebsten gesagt, „es gäbe nur ein Gesicht, aber viele Wahrheiten."

Der Stadtrat versucht, dieses eine Gesicht in den Barspiegel hineinzusehen. Aber bevor es Umrisse annimmt, hätte er gleich lieber gesagt gehabt: „Entweder Gesichter und keine Wahrheit oder Wahrheit und keine Gesichter!"

Er hätte es gern gemischt, so wie der Barkeeper die Säfte mischt, die Spirituosen. Ronald, der Keeper, arbeitet hinter der Bar mit filmischen Gesten, er hat die Schüttelkrankheit. „Erlöse mich, Dr. Strutz, von diesen Schüttlern", betet der Stadtrat leise vor sich hin, und Beate Kurzschmidt wird in diesem Augenblick (und nur für diesen) auf ihn aufmerksam. Sie mustert das bauchige Glas Weinbrand, das der Stadtrat mit einer scheinbaren Ruhe in den Fingern der rechten Hand dreht.

„Ein Bouchet, Herr Stadtrat?"

„Voulez vous couchez …“, brüllt jetzt Lichtenegger, fast alles verratend heraus. Er mußte so laut werden, denn er hatte plötzlich das Gefühl, es sich nicht mehr leisten zu können, daß ihr Blick auch nur für einen Augenblick auf den anderen fiel. Der Stadtrat sah aus Lichteneggers Augenwinkeln, wie man sagt: „gut aus“, er war ein eleganter, sehr großer Herr mit gebirgseeklaren Augen.

„Mein Gott, *er* vögelt sie heute“.

Dieser Gedanke schießt Lichtenegger ins Hirn und eine Riesenfuhre Wehleidigkeit begräbt all seine Unternehmungslust; er fühlt sich plötzlich wie tot und schreit in sich hinein: „Ach, könnte ich ihn hassen!“, denn das ist ja die Art, mit der er seinem Neid gewöhnlich beikommt: er verwandelt ihn in Haß, und im Haß kann man sich großmachen, sich aufbäumen, während der Neid, das Grundmuster, die Grundierung seiner Seele, ihn immer so klein macht.

Lichtenegger hat ein merkwürdiges Gefühl, eine Erinnerung, einen Schmerz: Als er das letzte Mal mit einer Dame wie dieser, also mit einer flüchtigen Bekanntschaft, zuhause war, hatte es, wie man sagt: „nicht geklappt“, die Dame war flüchtig geworden. Zuerst hatte sie noch von seinem Wodka getrunken, um sich innerlich zu befreien, um ihn frei an sich heranzulassen, aber als er dran hätte sein können, hatte es überhaupt nicht geklappt, er hatte, als ihre Hand ihn an Ort und Stelle berührte, sofort losgespritzt, ohne Lust und Empfindung. Das aber war bei der Dame so schlecht angekommen, daß sie aufgesprungen war und an der Türschwelle (von daher kommt der Schmerz) mit einer, wie Lichtenegger denkt: „unweiblichen Kälte sondergleichen“ gerufen hatte: „Man soll ein Pferd nicht füttern, das man nicht reiten kann.“

Der Stadtrat aber sagt zur Kurzschmidt in vollkommener, einer Andacht gleichkommender Abwesenheit: „Das ist Ronald, der Barkeeper. Er mixt die Drinks."

Der Barkeeper Ronald, Drinks mixend, empfindet sich als vorgestellt. Ein warmes Gefühl in der Brust treibt ihm ein Lächeln ins Gesicht, er sagt zwar oft, daß er auf die Gäste scheißt, aber er scheißt lieber auf Gäste, die, wie er sagt, „nett" sind, als auf andere, die sich nicht um ihn scheißen (wie er sagt), die ihn nicht einmal eines Blickes würdigen, die ihn wie ein Stück Mobiliar benutzen, ärger, wie einen ausrangierten Fetzen, die sich nichts aus ihm machen, die aus ihm ein Nichts machen, die ihn erniedrigen, die ihn auf der Straße, bevor er sie nicht grüßt, ihn immer schon nicht gegrüßt haben.

„Ich bin Ronald, der Mixer", sagt Ronald zu Beate Kurzschmidt, die kein Wort von „couchez" und so verstanden hat. „Avec moi", das ihr doch etwas gesagt hätte, war ja ausgefallen, aber das Gemeinte hat sie durchaus nicht überhört. Seit einigen Augenblicken denkt sie: „Vielleicht will er mich vögeln und wenn er es will, macht es ja auch nichts."

Das ist jene Parallelität, jenes Angemessen-Sein des Aneinander-Denkens: „Verstehen". Wenn zwei Menschen einander verstehen, sie verstehen sich auf, sie stehen auf. „Wie-du-mir-Sodomie", spricht Lichtenegger dergleichen an: das große Unisono. Beate Kurzschmidt spürt den Lohn ihres Trainings: Wärme rieselt durch ihren Körper, aber Lichtenegger fällt die Dame an der Türschwelle ein, und ihr Satz durchbohrt kalt wie ein spitzer Eiszapfen seine Blase und die Prostata. Überall Schmerz, du tragischer Lichtenegger.

Gehen wir, bleiben wir?

Heute morgen ist etwas Seltsames geschehen. Der Schüler Hiller hatte zu seinen Eltern gesagt: „Heute morgen werde ich keineswegs zur Schule gehen. Lieber Vatta, liebe Mamma, bedenken Sie doch, es könnte der Fall eintreten, daß ich zur Schule ginge; ich, gesetzt der Fall, beträte die Gasse, plötzlich geschähe etwas Historisches, ich wäre in das Historische verwickelt – und, erlauben Sie mir, liebe Eltern, es folgendermaßen auszudrücken: In etwa zwanzig, fünfzig oder hundert Jahren, in solcher Zeit würde ein Arschloch vom Fernsehen, vom Film oder aus der Literatur dies Historische verarbeiten; ich möchte aber nicht, daß sich in, sagen wir, hundert Jahren, wenn ich nicht mehr da bin, irgendwer auf meine Kosten gesundstößt, und deshalb, liebe Eltern, sehe ich keinen anderen Ausweg, als weiterhin das Bett zu hüten."

Zum ersten Mal begriff Hillers Vater, daß der, der da lag, etwas Besonderes war, und er erinnerte sich am Bett dieses Kindes, wie verzerrt die Gesichtszüge Professor Lederers beim *Sprechtag* waren: Diplom-Ingenieur Hiller hatte seinen Namen nicht einmal ganz, sondern nur bis „Hil" genannt und schon war ihm Lederer mit einem wortlosen, gestochen scharfen Zischen über den Mund gefahren, um dann wörtlich zu erklären: *„Hiller hat hier keine Chancen!"*

Für den Vater war es unklar, ob der Pädagoge mit „hier" die ganze Welt oder ausschließlich das FRANZ GRILLPARZER-GYMNASIUM gemeint hatte, aber jetzt, am Bett seines Sohnes, fiel ihm ein, ein Kind, dem es gelingen konnte, einem erwachsenen Mann wie dem Lehrer Lederer eine derartige Bitterkeit einzuflößen, *mußte* etwas Besonderes sein. Dieses Müssen verstand sich auch als Zwang – als Zwang, daß der kleine Hiller so sein *mußte,* weil ihm nichts anderes übrig blieb, oder als Zwang, daß man es glauben mußte, weil einem sonst als Vater nichts anderes übrig blieb.

Der Vater musterte die Mutter; sie hatte drei und ein halbes Semester Politikwissenschaft studiert und konnte das Problem, wie man sagt: „auf den Punkt bringen." Der Punkt war, daß genauso wie es amtsführende und nicht-amtsführende Stadträte gab, es auch erziehende und nicht-erziehende Erziehungsberechtigte geben sollte und diesem Sohn gegenüber fühlten die Eltern sich nicht einmal zur Erziehung berechtigt. Was hätte auch ein Recht genützt, sagte sich der logisch denkende Vater Hiller, ohne die Gewalt, es durchzusetzen?

So kam es darauf an, die, wie man sagt, „Gesprächsbasis" aufrecht zu erhalten und, wie man ebenfalls sagt, die „Brükken nicht abzubrechen"; es sollte bei Hiller zuhause, im Hillerschen Heim niemals ein Mangel an Redensarten und an Geräuschen aus Sprache herrschen: Besser nur Worte wechseln als diese Seelen aufschneidene Stille ertragen, die umso mehr qält, je enger man aneinander gebunden ist: Familie.

Die Eltern umstanden das Bett des Sohnes wie eitle, ratlose Ärzte. Dann löste sich der Vater aus der Gruppe, die er mit der Mutter gebildet hatte, und fragte den Sohn: „Wann siehst du eine Möglichkeit, daß das Historische an dir vorübergeht?"

Der Stadtrat hat im Lokal eine Sinnestäuschung; er sieht Ronald plötzlich als Menschen ohne Unterleib, nein, nicht als Menschen (so hätte der Stadtrat genauer Auskunft gegeben), sondern als Maschine, die hinter der Bar auf Geleisen hin und her, auf und ab fährt. Ronalds vollkommen weißes, im Halbdunkel des Lokals hervorstechend strahlendes Hemd, sein langer, viereckiger Oberkörper, seine dem ganzen Hemd vom Kragen bis zum Hosenbund treu aufliegende Krawatte, der militärisch konstruierte Haarschnitt, alles so perfekt, daß nichts anderes an Körper mehr notwendig scheint und Ronald „unten" gut und gerne aus Chromröhren hätte bestehen können.

„Sie haben den idealen Oberkörper für ihren Beruf", will der Stadtrat, aus einer Sinnestäuschung wieder einmal etwas für eine Konversation herausschlagend, sagen. Aber ins Lokal ist ein Herr gekommen, in einem deutlich („signifikant") nach Maßschneider aussehenden Tweedsakko, seine Schuhe, mit Eiseln versehen, klirren auf dem Fußboden. „Ein Lebemann", denkt der Stadtrat, denn der Mann sieht verlebt aus: graues Haar und ein weiches, von den Genüssen aufgebrauchtes, nun in großen Brocken zerrinnendes Gesicht. Der Mann schwankt, er ist betrunken und seine Eleganz schlägt bereits (nicht zuletzt seines Geisteszustandes wegen) ins Verlotterte um. Er spricht hastig, außer Atem, als hätte er, der schwer geladen hat, auch tatsächlich schwer getragen; seine Stimme hält den Sinn gerade noch zusammen: „Wodka mit Eisss", und Ronald fährt ihm schon dazwischen mit der Zeitangabe: „Morgen!" Der Herr versteht nicht, wiederholt die Bestellung und Ronald darauf in Eiseskälte („on the rocks"): „Morrrgen!" Es ist, als ob der Herr sich plötzlich eines Falls bewußt wird, eines Absturzes, er sucht Halt an der Bar, Halt nur für den einen Schwung, um kehrtzumachen. Der Stadtrat merkt, hier hat einer „sein Gesicht verloren", fühlt sich abgedrängt in eine Kategorie, in der er nie zu passen geglaubt hat, in die Kategorie: „An Betrunkene wird nichts ausgeschenkt". Unter dieser Kategorie leben, ja, dürsten Millionen und Abermillionen Menschen, zum Beispiel in Liverpool, in Kapstadt oder in St. Pölten, aber diesem einen hier ist es zu viel. Der eine geht gebückt, wie erschlagen, nun kantiger schwankend als zuvor, zum Ausgang; er ist „in seiner Würde gekränkt", geht an anderen Würdelosen vorbei, denen es aber besser geht, weil sie's hier nicht nötig haben zu wissen, wer oder was sie sind. Deshalb kommen sie ja, gehen sie ja und kommen ja wieder! „Er aber hat es erfahren", sagt sich der Stadtrat und denkt über die Relativität in der Welt nach: „Alles ist relativ absolut", sagt Frau Dr. Strutz, wenn er einmal selber nicht leidet und ein Leid, das einen anderen voll und ganz trifft, „nicht versteht".

Der Stadtrat hat den Kopf voller Brände und mitten in diesem rauchlosen Kopf-Feuer (ruchlos) hat er Gedanken. Nicht jeder Einsatz der Feuerwehren ist *wirklich,* sagt er sich beruhigend; er spricht überhaupt sehr viel zu sich selbst, der Ruhe wegen, fragt sich auch, ob die anderen gleichfalls so viel selbst zu sich sprechen, er sieht, buchstäblich *sieht* er im Selbstgespräch die Milliarden von Antworten, die die Gespräche mit anderen verweigern. „Bevor ich etwas sage, schüttelst du schon den Kopf", hört der Stadtrat hinten im Lokal eine Frau passend sagen. Sich jetzt umwenden und in der Dämmerung, in dieser bis in die nackte Frühe verlängerte blaue Stunde der Bar, wen oder was sehen? Die traurige Gereiztheit der Mit-Menschen, den toten Blick an der Wende von Lebensfülle und Abschlußveranstaltung, die ausgebrannten Wracks einstiger Lieben, *habe dich vergessen, denke mit keinem Wort mehr an dich, nicht mit einem einzigen der*

Wörter, die ich an dich so inbrünstig richte, als ob du schuldig wärest – ja, schuldig bist du! und: da du nicht für deine Schuld zahlen willst, erhebe ich Vorwürfe, sie werden die Münze unseres Zusammensitzens auf ewig sein, und der Groll, der mich beben macht, kann auf dich niemals verzichten, und während ich gehofft habe, dir eines Tages den Körper zu zerschmettern, hast du mich zerschmettert, nein, da dreht sich der Stadtrat keinen Moment um –, dem kehrt er den Rücken.

Er ist mit seiner eigenen Schuld befaßt, und er denkt nach, daß er immer Frau Dr. Strutz fragen möchte, wie Nero es mit dem Brand von Rom gehalten hat (Hintergrundinformation) und daß er es immer wieder vergißt, die Frage zu stellen. Rom brennt auch nicht an einem Tag nieder, das Brandschatzen, es glost und glüht dahin, die Frage nach dem kalten Feuer? Strutz, was soll ich mit meiner Schuld, ich habe es nicht getan, ich zündle nie – „ein Bouchet, Ronald, morgen werde ich einen Brand haben, dann trinke ich den ganzen Tag über WALDQUELLE-prickelnd". Was macht es, die Quellen versiegen nicht, es prickelt unterirdisch bis zum Jüngsten Tag, oder kann dieses durstige Maul, das Gesamtmaul aller Menschen (geborgen in den Generationen) alles austrinken, die Zukunft verdursten lassen, der Krieg um das Wasser wird anderswo geführt, beim Brandeinsatz wird hierzulande Wasser in Hülle und Fülle vergossen: „Ich habe nicht gezündelt", und manchmal, beim Wasserlassen, besonders vor politischen Veranstaltungen (Wählerversammlungen) flüchtet sich der Stadtrat noch für einen letzten Augenblick ins Pissoir, richtet sein Glied auf die stinkende Schale und ruft den Namen von Frau Dr. Strutz, damit es zu rinnen beginnt – *die Körperfunktionen in ihrem Namen!*

„Verdammt“, sagt der Stadtrat, haargenau in der Lautstärke, daß Ronald ihn hören, aber noch nicht verstehen kann. „Verdammt, warum hat mir niemand erzählt, daß man fürs Leben Kraft braucht?“ *Der neue Parteiobmann verlangt, ganz wie der alte, Geschlossenheit und Realitätssinn.*

Nicht jeder Einsatz der Feuerwehren ist wirklich, real, es gibt das Manöver, das um keinen Deut unwichtiger ist als der brutale, lebensrettende, aber auch die Retter gefährdende Einsatz. Ohne Manöver, wie der Brandmeister sagt, keine Manövrierfähigkeit im Ernstfall. So ist es im Leben oft, hätte der Stadtrat auf die vom Brandmeister oft wiederholte Brandmeister-Maxime gesagt. Aber der Stadtrat ging dem Brandmeister, dem obersten Brandlöschbeauftragten der Stadt aus dem Weg, besonders seit dem Brand des Redoutensaals; es ist nicht notwendig, etwas wirklich getan zu haben, um Schuld dafür zu empfinden. Das Schuldgefühl (man sagt bei Menschen sei es „brennend“), ist frei, ja, bei manchen Menschen kann es sogar sein, daß sie sich von ihren Schuldgefühlen erst dann befreien, wenn sie, was immer „es“ auch ist, „es“ wirklich tun. „Ich kann doch nicht die Stadt anzünden“, sagt er zu Ronald im selben unerhörten Ton wie vorhin. Aber eines der grenznahen Atomkraftwerke vielleicht? Eine Explosion, so etwas könnte ganz von selber kommen, ohne Zutun, ohne Schuld. Mit der Apokalypse, denkt sich der Stadtrat „sophisticated“, dürfte die Zeit derzeit keine besonderen Schwierigkeiten haben. Aber dieser Gedanke tröstet ihn nicht, die perfekte Unvernunft seines Schuldgefühls ist stärker als jede Überlegung; steckte da ein Genuß darin, eine heimlich ausgekostete Freude, Freude darüber, daß er sich am Brand des Redoutensaals schuldig empfindet?

Dem Stadtrat wird ganz heiß bei dem Gedanken; er nippt verstohlen am Bouchet und stellt sich einen großen Gerichtsprozeß vor: ER, am Ende, schließlich, schuldig gesprochen, eingeschlossen in die absolut unbrennbaren Mauern von Stein. Ein Glücksgefühl überkommt ihn, endlich darf er sühnen, wenn auch nur für ein Verbrechen, das er gar nicht begangen hat, niemals hätte begehen können, die für Pyromanie notwendigen Kenntnisse beschränken sich bei ihm auf das Zuschauen, auf das Betrachten von Brandvorgängen. Im Rathaus laufen die Drähte heiß, wieder ein Brand, in manchen Wochen ist dieses „den Flammen zum Opfer fallen" an der Tagesordnung, und der Stadtrat, dem die Lippen eben nicht feucht, sondern jetzt trocken werden, nippt wieder am Bouchet und die 38 % Alkohol waschen seine fürs freie Auge unsichtbaren Schrunden aus: seine Lippen schmerzen jetzt, Schleimhäute sind ja stets in Gefahr, sind andauernd anfällig für Schmerzen und Überreizungen.

Der Stadtrat, nun sein Glas Bouchet geradewegs in den Schlund leerend, hält sich recht und schlecht an dem Wort WUNDBENZIN fest. „Haben Sie so etwas schon einmal gehört, lieber Ronald", murmelt der Stadtrat weiter dem Mixer zu/ und zugleich unerhörbar für diesen. *Frauenarzt legte Feuer und erschoß sich dann.* Sich dann. Was für eine Welt in diesem SICH-DANN, lieber Ronald. *Motiv für Feuer im Morgengrauen war vermutlich Einsamkeit und „Schiffbruch" in Liebe und Ehe.* Alles war dem Mann ins Wasser gefallen und er war mit allem – Richtung Wasser – auf die schiefe Bahn geraten. „Schiffbruch" steht dann unter Anführungszeichen. „Hör mal Ronald, der Doktor hatte nichts getan; er hatte seine Familie verlassen, aus Liebe, also aus einem der schönsten Gefühle, zu dem wir Menschen imstande", zu dem wir also unfähig sind, hätte eine Frau Dr. Strutz dazwischengesprochen, „dazwischengefunkt", wie es in der modernen Welt, den vielen unsichtbaren Wellen entsprechend, die bei dem einen Ohr hinein und bei dem anderen hinausgehen, besser hießen.

Ronald versteht nicht, weiß nicht wie ihm ist, aber genau das wirkt sich am angenehmsten aus, so kann er unbesorgt daran denken, was ihm wirklich zu schaffen macht: Er möchte wieder in die Küche, dort steht ein kleiner Schwarz-Weiß-Fernseher und eine der alten (oder neuen Folgen?) vom ALTEN RICHTER steht auf dem Programm; Ronald sieht diese Folgen gerne, denn er stammt aus dem Dorf, in das sich der alte Richter zurückgezogen hat, um nach der Pension erst recht „aktiv" zu sein, es zu werden, das heißt jeden aktiven Richter wie nichts aus dem Felde zu stechen, an die Wand zu spielen.

Der Mann vor ihm, ein Stadtrat, redet, aber ohne daß Ronald ein Wort davon verstehen muß; es ist die akustisch ausgeblendete Rede von der Tragödie eines Gynäkologen, der Frau und Kind aus Liebe (zu einer anderen Frau, einem Kinde noch) verlassen hatte und der, als die andere ihn ihrerseits verließ, zum *„Feuerteufel"* wurde, ein *„Inferno"* auslöste. „Auslösen" kennt der Mixer, ein gelernter Koch und Kellner aus dem Umgang mit Koteletts, wie soll da eine „Kommunikation" möglich sein. Zu wünschen ist, daß eben keine angestrebt wird, und so geschieht es auch, denn der Stadtrat ist in das Schicksal des Gynäkologen versunken. „Er hat sich selbst und alle anderen gehaßt!" Ah, das ist praktisch, da herrscht ein Gleichgewicht; man stelle sich nur vor, einer haßt sich selbst, aber nicht die anderen, dann ist er im

Arsch, weil ihm die anderen derartig über den Kopf gewachsen sind, daß mit jedem Tag, an dem er sein Dasein fristet, der Selbsthaß größer wird, bis eines Tages seine Tage gezählt sein werden, weil der Haß ihn aufgefressen haben wird/und jetzt kommt die Alternative: Man stelle sich vor, jemand haßt nur die anderen, sich selbst aber nicht, dann wird er sich so überragend fühlen, daß die anderen danach trachten, ihn zu Fall zu bringen, was ein leichtes sein wird, denn von den einsamen Höhen aus, in denen es keinen Selbsthaß gibt, sieht man das Treiben der verhaßten anderen nur noch unscharf. So bleibt einem nichts anderes übrig, als die anderen und sich gleich inbrünstig zu hassen. Sich dann. Es war vier Uhr früh: Lodernder Feuerschein und das Krachen der in der Hitze berstenden Fensterscheiben. Der Stadtrat, ein im Beobachten von Bränden Geschulter, ein sich schuldig fühlender Voyeur, sieht es vor sich: Lichterloh steht eine ganze Ordination in Flammen. Beißender Qualm. Großalarm, die Wohnung war mit WUNDBENZIN getränkt, Entzündung im Arzthaushalt, Ende eines Gynäkologen.

Damit ist das Wort WUNDBENZIN gelöscht, der Stadtrat hat nichts mehr, um sich daran festzuhalten. Nachmittags, vor genau 14 Tagen, der Stadtrat war überraschend, „auf einen Sprung“ nach Hause gekommen (jetzt ertönt in der Bar ein Lied der Billy Holiday, Lichtenegger, in Todesangst vor Räuschen jeder Art, hätte diese Musik, eingeschnappt und persönlich beleidigt, glatt Heroin-Musik getauft), also nachmittags vor diesen 14 Tagen hatte dem Stadtrat Frau Dr. Strutz, die Anglistin, einen Satz der Billy Holiday vorgesagt: *„Diesen Fall konnte ich nur durch das Fleisch um meine Knochen ertragen!“* „Frei übersetzt“, hatte ihm die Strutz noch zugerufen, aber er war schon wieder gegangen, er wollte von keinem Fall etwas hören.

Die Strutz hätte ihm damals etwas ganz anderes erzählen können, zum Beispiel die faszinierende Geschichte, die sie an dem Vormittag des besagten Nachmittags erlebt hatte; diese Geschichte von jemanden, der ihr gesagt hat: *„also wissen Sie, auf Parties, bei denen man etwas mitbringen muß, gehe ich nie*“, worauf sich folgendes entspann: Das Wort vom Nicht-Hingehen auf solche Parties, bei denen man etwas mitbringen muß, fiel in Gegenwart eines Menschen, der nur solche und nichts als solche Parties veranstaltete; es fiel im übrigen auch in Gegenwart eines anderen Menschen, der sehr wohl auf solche Parties zu gehen pflegte, der aber dabei die Praxis ausübte, entweder das von ihm Mitgebrachte wieder heimzuholen oder noch lieber etwas Besseres als das von ihm Mitgebrachte mitzunehmen. Dieser Mann hatte allerdings in der hier erwähnten, von Frau Dr. Strutz am besagten Nachmittag überhaupt nicht erwähnten Konversation geschwiegen; es sprach dafür der Veranstalter solcher Parties, bei denen man etwas mitbringen muß, und zwar sagte dieser zu dem Verweigerer solcher Veranstaltungen: „Ich werde Sie zu einer meiner Parties einladen und Sie werden sehen, wie schön solche Parties, bei denen man etwas mitbringen muß, sein können.“ „Aber ich habe doch gerade erklärt“, erklärte nun der Widersacher von neuem, „daß ich niemals auf solche Parties gehen würde, und Sie – Sie wollen durch ihre Einladung ganz einfach meine Erklärungen negieren?“ Zu diesem Zeitpunkt erschien der Gegensatz den beiden Kontrahenten noch unauflösbar, aber da der Veranstalter solcher Parties, bei denen man etwas mitbringen muß, den Verweigerer solcher

Veranstaltungen im Laufe der Zeiten niemals eingeladen hatte, löste sich schließlich der Gegensatz, ganz so, als ob er niemals bestanden hätte.

Davon hatte Frau Dr. Strutz an diesem Nachmittag kein Wort gesagt; sie sprach vielmehr von einem Fall und von einem Fleisch um die Knochen. Der Stadtrat auf dem Barhocker gerät dementsprechend in Zusammenbruchsstimmung. „Ein Bouchet, Ronald!" – und heiße Dankbarkeit für die stets getrunkene Marke, für das zum Schein französische Etikett (diese Mühen der Fälschung: der Camouflage) muntert plötzlich den inneren Ruin auf. Glosendes Feuer im schon abgebrannten Wrack, sinnlose Energie im schon ausgeschalteten Motor.

Der Stadtrat sieht auch Sinnlosigkeit *(„Die werden ununterbrochen ihren Sinn los")* um sich, das heißt hinter sich, also vor sich im Spiegel. Er zuckt die Achseln in ein Spiegelbild, das Spiegelbild zeigt, wie zwei Menschen hinter seinem Rücken miteinander umgehen, „aufeinander zugehen", die Prozession, ein Leidensweg: Eine Frau und ein Mann sitzen an einem der Tische, der Stadtrat hört ihren Rhythmus, erst weinen sie gemeinsam, dann steht einer der beiden auf, geht um den Tisch herum, geht zum anderen hin, tröstet diesen erreichten Menschen mit bemessener Handbewegung (ein Streichen über den Kopf) und hat während der Tröstung selber zum Weinen aufgehört, verliert aber dann seine Würde, weint an seinem Platz angekommen wieder ohne Hemmung, zuerst noch gemeinsam, bis der andere, sich erhebend, seinerseits zu weinen aufhört und, um zu trösten, zu ihm herüberkommt. Der Stadtrat verwandelt das Spiegelbild fürs innere Ohr in Kommandos: „We*iii*nen aufstehen gehen trösten und nun weinen und nun wechseln weinen aufstehen gehen trösten." Doch dieser dem Leben hinter ihm abgezweigte Rhythmus wiegt den Stadtrat nicht aus seinem eigenen Ruin hinaus. Der Fall. „Wem kann man schon seinen Fall erklären?"

Der Stadtrat blickt Ronald ins Auge. Ronalds Auge ist gerade ungesättigt, er hatte etwas schauen wollen und sich in die kleine Küche hinter der Bar begeben. Dort steht ein Toaster, ein Herd, ein Kühlschrank („alles für den kleinen Hunger") und auf dem Kühlschrank, ausgerechnet darauf, ein kleiner Fernsehapparat, ein alter schon, in einem mutigen Design vom Ende der siebziger Jahre, rot und gestaucht und darauf eine herausragende Zimmerantenne: kein Kabel, kein Satellit, nur die beiden einheimischen Programme, die ausgesuchte Wahrheit der Bilder, die national gelenkte Schau, einer der letzten Triumphe des Einheimischen.

Ronald, der eben kurz was schauen wollte, hatte den Apparat eingeschalten, Schalten und Walten, auf dem ersten Programm lief die Sendung PSST. Bei PSST muß man *ein Geheimnis* erraten und erhält zur Inspiration ein Wort, einen Satz, ein Fundament zum Raten, aber natürlich eine irreführende Grundlage, deren wahrer Sinn dem eingeweihten Publikum bekannt gegeben wurde, nicht aber den Ratenden, dem „Rateteam", einer Mannschaft verkommener, allseits Bekannter („Prominenter"), deren Namen über tausende Zungen schon gelaufen waren, sich aber nirgends, in keinem Kopf festhalten konnten, also stets aufs neue ins Gedächtnis gerufen werden mußten: Ins-Gedächtnis-Rufen/ eine laute Disziplin. PSST! Ronald hatte ein Ehepaar gesehen, es war mit einem kleinen Hund in der Sendung erschien, auf den Hund war der Satz zur Inspiration gemünzt. Der

Satz lautete: ER HAT DEN BOGEN RAUS, und Ronald hatte sogleich auf das andere Programm geschaltet und dort zeigte man ihm das Gesicht eines Mannes: es hatte tiefe Furchen, es war wie von *Geist* gezeichnet und eine tiefe, sehr deutsche Stimme wirkte auf Rolands Ohren, als wäre sie rauchig aus einem Keller herausgesprochen. Ein Meisterschauspieler sprach zu Ronald, dem Keeper, und der Meister sprach vom Edlen der Kunst und wie sehr dies selbst in den niedersten Zeiten triumphierte: dies Edle sei das Unzerstörbare – und durch die Mimik des Komödianten war ein herrliches Spiel gelaufen. Alle Gesichtszüge harmonierten und disharmonierten auf Verabredung, die Stimme spielte zum Antlitz auf. Der Künstler auf dem zweiten Programm hatte also Ronald davon informiert, wie seinerzeit, als Österreich zum Reich gekommen war, das preußische Staatsschauspiel naturgemäß auch Franz Grillparzer zur Aufführung brachte. *Es war wohl eine Geste gegenüber den nun ins Reich eingeliederten Österreichern, daß ihr Klassiker auch in Berlin gegenwärtig sein sollte.*

Ronald stand vor dem Schwarz-Weiß-Gerät, ein professionelles Gesicht fütterte seine Ohren mit den Worten: „Zu Grillparzers Stücken habe ich nie eine stärkere innere Beziehung gefunden; es gibt große Rollen, in die man hineingehen kann, die man ausfüllen kann mit einer schönen Menschlichkeit", und das Gesicht verbarg seinen Ekel hinter einem Bedauern. Dann rückte es mit der Sprache heraus: „Grillparzers Sprache ist nie die meine gewesen: mittelmäßige Poesie, gut gemeint, aber nicht körperlich. Wenn ich spüre, eine Sprache läßt sich nicht", und da regte sich, stellvertretend für das Gesagte, unter dem Gesicht ein ganzer

Körper, „ins Körperliche übertragen, dann werde ich wie gelähmt." Das „wie gelähmt" sprach das Gesicht aus, als hätte es „Was mich nicht umbringt, macht mich stark" gesagt, mit einer metallenen Härte, die sich eben das, wovon es redet, nicht bieten lassen wird. „Wie gelähmt." Kalte Empörung gegen das Nachtprogramm hatte Ronald erfaßt. Er pfiff auf das Nachtprogramm, und zwar den Refrain von Hector Paradisos Lied: IN DER BAR IN DER BAR SCHMECKT DER WHISKY WUNDERBAR.

Paradiso, der große Sänger, seine Kunst war in diesen Augenblicken, da Ronald auf sie zurückkam, wieder einmal Allgemeingut geworden. Der klare und zugleich utopische Text („lyrics") von IN DER BAR IN DER BAR stammte von Paradiso selbst, er hatte ihn gedichtet, als seine beiden ersten tragischen Lieder, das erste hieß DIE LIEBE BRINGT MICH UM ODER ZU DIR und das zweite AUS LIEBE KOMME ICH NIE MEHR LOS, als diese beiden Songs längst schon ein Erfolg gewesen waren. Paradiso wollte, wenn er es schon erdulden mußte, daß Kinder ihn anfielen und SCHNULZENSÄNGER SCHNULZENSÄNGER riefen, wenigstens diesen Ernst, dieses klebrige Gefühl von Schwere seinem Gesang austreiben; er wollte, da er sich nun schon selber so sehr als SCHNULZENSÄNGER haßte, wenigstens im Rahmen der Schnulze, die, wie er sagte, „Variationsbreite ausschöpfen" und „Humor hineinbringen". Er, Paradiso, der nachts, oft nach einem Auftritt, Proust las, wollte *sinnlicher* singen, heiterer werden und dann hatte er eben IN DER BAR IN DER BAR gedichtet, auch weil dies ein Lied war, das doch mit seinem Leben mehr gemein hatte, als die schlechthinige SCHNULZE, die ihn entzwei schnitt in den Proustleser einerseits und in Paradiso, den großen Sänger, anderseits. Daß der Hit IN DER BAR IN DER BAR wenigstens für Momente den Kopf eines fremden Menschen, dessen geistiges Ohr (ja, Ronald hatte ein geistiges Ohr!) ganz und gar erfüllte, das wäre für den beinahe weltbekannten Paradiso vielleicht doch auch eine Art Erfüllung gewesen. Wenn er manchmal in der Nacht von seiner Proustlektüre aufsah, weil ihn wieder einmal der Schmerz der Frage quälte: Wozu das alles? – der Schmerz war wie eine Trigeminus-Neuralgie, wie ein sich erst durch Dumpfheit ankündigender und dann plötzlich mit tausend Hämmern einschlagender Schmerz, jedenfalls wie ein Wangenschmerz –, dann dachte Paradiso, wie gesagt, von seiner Lektüre aufsehend: Vielleicht wenn ein Mensch in irgendeinem Augenblick einen Paradiso-Schlager auf den Lippen … Aber dann schüttelte es Paradiso: Eine Schnulze, nur eine Schnulze, und, den Proust weit von sich schiebend, begann er nachzudenken, ob sich nichts daraus machen ließe, zum Beispiel EINE SCHNULZE EINE SCHNULZE NUR oder etwas in der Art, vielleicht EIN SCHNULZENSÄNGER BIN ICH BLOSZ, und jetzt, dachte Paradiso, müßte etwas kommen wie VON HERZEN; VON HERZEN, also etwas, das klipp und klar legte, daß es zwar nur eine Schnulze, nur ein Schnulzensänger war, kein Proust, daß es aber VON HERZEN kam, also grund-ehrlich war, ehrlichen Herzens gesagt wurde, und Paradiso packte der Ekel vor sich selbst, vor seinem Zwiespalt, er trank gleich aus der Flasche, der Obstler verbrannte ihm die Zunge, es war immerhin die denkwürdige Nacht, in der der große Erfolg VON HERZEN entstanden war, direkt aus dem Ekel heraus und aus dem Obstler, der rauh den Hals des zwiespältigen Paradisos hinunterfloß. Paradiso wand sich vor

Widerwillen und er schrie in die Nacht hinaus: „Zwanzig Jahre Schwachsinn, zwanzig Jahre Schwachsinn: ICH!“

Ronald, dem IN DER BAR IN DER BAR auf die Lippen gekommen war, hätte für sein Leben gern ein einziges Mal dem großen Sänger einen Drink gemixt. *Aber war der nicht gerade im Rateteam gesessen?* Ronald hätte den Paradiso-Drink aus der Taufe gehoben. „Speziell für Sie, Mr. Paradiso“ und er hätte das Glas Paradiso gereicht. Ronalds Vorstellungen vom Drink für Paradiso waren in den Umrissen klar, im einzelnen verschwommen. Es müßte ein Drink sein, der alle Farben spielt, ein Glitzer-Drink, und Ronald hat den Geschmack auf der Zunge und die hauchdünne, schon beim Ansehen erfrischende Eisschicht am Glas vor Augen, während er dem Stadtrat wieder einen Bouchet *straight* serviert.

Der Stadtrat denkt an seinen Fall, er hat heute überhaupt keinen guten Tag gehabt. Im Büro hatte er zum ersten Mal in seiner Laufbahn DIE STRENG GEHEIME LISTE STÄDTISCHER EHRENPENSIONEN studiert. Aus all seiner Müdigkeit, aus seinem tiefen Desinteresse für jeglichen Willen zur Macht in der Stadt hatte dieses Studium dem Stadtrat eine politische Idee geboren. Er trug sie in der Fraktion vor: „Was“, rief er, „nützt der Stadt eine Ehrenpension, wenn sie geheim bleibt? Ist es nicht an der Zeit, gerade heute, alle Pensionäre beim Namen zu nennen und den Ruhm der Stadt als Wohltäter zu veröffentlichen?“ Die Fraktion war wie ein Mann zusammengezuckt; es gab grüne Gesichter, auch rote, zum Himmel sich drehende Augen, verzweifelte Seufzer, eisiges Schweigen, in den Bart Hineinmurmeln, Aufschreien und den Schrei im Ausstoßen schon wieder zurücknehmen, ihn einatmen, es gab einander zugeworfene Blicke, eindeutige

Gesten, Scharren mit den Füßen unterm Tisch und Aufschlagen mit den Händen auf die neuen, kommunalen Plastikaktentaschen und es gab den Stadtrat, der am Ende dann gesagt hatte: „Nun, ist wohl keine gute Idee gewesen", worauf einige sich beruhigten, andere in ein Lachen ausbrachen und immer wieder riefen: „Gute Idee, Gute Idee".

Ende der Debatte! befiehlt der Stadtrat seinem Kopf in der Bar und er flüstert zu seinem Bouchet: „Ich will jetzt über meinen Fall sprechen, oder ist es kein Fall, sondern mein Sturz gewesen?" Das war vor vielen Jahren. Der Mensch, der da an der Bar sitzt und von seinem Leben nur eines weiß: daß es unaufhaltsam verschwinden wird (und der sich diesem Verschwinden hingibt), war damals ein Kind.

Die Kindheit. Es geschah auf dem Weg, es war ein schwammiger Wintertag, naßkalte Luft, die Lungen atmeten gereizt, der Kinderkörper war zwischen fiebriger Erkältung und ungesunder Erhitztheit (wegen einer Flucht vor einer schon vergessenen Bedrohung?) außer sich; der kleine Stadtrat lief einen verdreckten Schneehaufen hinauf und stürzte sofort ab; er fiel auf den Rücken und sah schlagartig den Himmel. Er nahm verschwommen auch etwas von dem Zaun wahr, der auf der anderen Straßenseite eine kleine Stadt aus Kleingärten umgrenzte: Himmel und Zaun verschmolzen im Kinderauge zu einem Bild, das ebenso verwischt wie formstreng war; er lag auf der Straße, schmerzfrei, sein Bewußtsein war getrübt und hätte er sprechen wollen, dann hätte er wohl sagen müssen: „Ich bekomme keine Luft", aber er wollte nicht sprechen, denn es fehlte ihm nichts. Er war von der Ohnmacht durchdrungen, er genoß sie, war gefallen, ließ sich fallen und jetzt an der Bar, Aug in

Aug mit Ronald, hat er gerade, wie so oft, dieses Kindergefühl wiederum in sich hineingezaubert und er sagt zum Bouchet und zu Ronald: „Das ist mein Nirwana, niemand kann es mir nehmen."

Ronald überlegt, soll er jetzt sagen, ich will Ihnen doch nichts nehmen, ich will Ihnen was bringen, und er kürzt seinen Gedankengang schließlich auf die Zusammenfassung ab: „Einen Bouchet, Herr Stadtrat?" Der Stadtrat nickt nicht, sagt auch nicht nein, er läßt Ronald im Stich. Es ist nichts mehr los im Lokal. Die verklungenen Stimmen liegen tot herum, Rauch und Schweiß mischen sie auf. Der Geruch ist schlecht und der im Stich gelassene Ronald verschwindet in die kleine Küche, in sein Hinterzimmer; er kommt gerade zur Auflösung des Rätsels ER HAT DEN BOGEN RAUS zurecht. Der flimmernde Bildschirm zeigt einen kleinen Hund von exklusiver Rasse, der in großem Bogen sein blitzschnelles Wasser läßt. Ronald registriert mit einem merkwürdig freudlosen Behagen, daß keiner aus der Rategesellschaft dem Hund draufgekommen war. Ronald drückt am Fernseher den Ausschalteknopf, das Bild zieht sich auf ein blindes Rechteck zusammen und verschwindet endlich.

In der Stadt wäre heute nachmittag ein Mann zu sehen gewesen, der einen riesigen Sombrero trug; ein solcher Hut ist nur mit einem Band, das ums Kinn geschlungen wird, zu halten, sonst schwankt er. Besagter Mann jedoch trug das Kinnband seines Hutes um die Augen: Der Mann übte, fest ausschreitend, Blindheit unter einem Kopfschutz. *Vielleicht findet sich so ein Mann in dieser Stadt blind zurecht oder vielleicht findet er sich nur als Blinder zurecht?*

Frau Dr. Strutz, die den Mann gesehen hatte, fand dies merkwürdig: Warum kleidet, verkleidet das Lateinamerikanische so sehr?

Eine kleine Wunde lauerte diesbezüglich stets auf sie: Die Gattin des Stadtrats lebte derzeit nämlich in Brasilien, wo sie im Plaza Hotel auf der Copa Capana residierte und in den Briefbögen dieses gediegenen Hauses den Daheimgeblieben gelegentlich etwas über sich mitteilte. *Ich über mich.* Für Dr. Strutz und den Stadtrat war diese ferne Dame der Gesellschaft – gleichgültig, was sie mitteilte und wo immer sie auch steckte – nur die Adresse, die Endstation eines Geldflußes. Der Geldfluß, von der ERFOLGSBANK reguliert, floß stetig und ruhig an den beiden Menschen vorbei, hin zu der einen in ihrer jeweiligen Ferne. Der Geldfluß kam dem Stadtrat unversiegbar wie die Ozeane vor, oder besser: so unversiegbar wie einem Alkoholiker der Alkoholvorrat der Erde vorkommen muß, damit sein Leben etwas Selbstverständliches, etwas Unbefangenes und am Ende auch etwas (undramatisch) Sinnvolles haben kann. Daß das Geld zu ihr hinfließt, bedeutet, daß sie fort ist und daß er, wie nicht zuletzt heute nacht, durch die Drehtür jedweder Bar seiner Wahl ins Freie treten kann, um anderswo hinzugehen. Die Last, die einem ein Mensch verkörpert, mit dem man eine Wohnung geteilt hat, will sagen: diesen verdammten Tisch geteilt hat und dies elende Bett, wird man am besten los, indem man dem jeweils Unerträglichen den Unterhalt bezahlt. Ja, ein Lederer hätte gewiß gemeint, dies sei die Gesellschaft, in der selbst Liebe noch eine Geldfrage würde, und in der vor Gericht ende, was vor dem Altar vorläufig als endgültig beschlossen worden wäre. Aber der Stadtrat, ein

Andersdenkender, dachte anders; er denkt, welch ein Segen ist doch die Übersetzbarkeit von Geldeswert in so viel Wertvolles. Für Frau Dr. Strutz war weniger die Zauberkraft des Zahlungsmittels maßgeblich, sondern mehr, daß noch jemand „mitlebte", jemand, den sie nicht kannte, und der vermittels des DAUERÜBERWEISUNGSAUFTRAGS nahe, wenngleich weit weg in Brasilien war. Dieses Südamerikanische, hatte sie sich gleich heute morgen befremdet gedacht, es ist als Kostüm so einprägsam …

Schließlich hatte sie auch niemals vergessen, was ihr eines Tages im geliebten LONDON widerfahren war, als sie mit dem Bus vom Flughafen (Heathrow) in die Stadt fuhr. Natürlich war es ein regnerischer, ein grauer Tag gewesen und kaum mehr als ein paar Regentropfen konnten den Nebel durchdringen, aber plötzlich sah sie, wie auf einer der die Strecke begleitenden Verkehrsinseln ein Mann, inmitten der tobenden Motoren auch des Gegenverkehrs, ruhig saß; er lehnte mit Grandezza in einem Liegestuhl, auf dem Kopf hatte er einen Sommerhut, er trug hellstrahlende, chemisch weiße Hosen und ein ebenso klinisch weißes Hemd. Er sah aus wie ein südamerikanischer Landarbeiter – das erkannte Frau Dr. Strutz sofort, denn sie ging ja ins Kino und sah, was sich ja schon zeigte, nicht wenig fern. Dieser Mann in London spielte einen anderen Mann, der er nicht war, aber kann man denn sagen „spielen"? Der Mann deklarierte allein durch sein Dasein, daß er anderswo war als eben dort, wo er wirklich war. Der Mann erklärte einfach das Land, in dem er sich befand, durch seinen Aufzug zu einem ganz anderen Land (Unabhängigkeitserklärung) – und Frau Dr. Strutz, die gerade in „ihrem" Land angekommen war, in

England, fand das irritierend, aber da war der Bus schon an dem Kostümierten vorbei und London öffnete sich wieder einmal ohne weitere grundsätzliche Irritationen dem Blick der Frau Dr. Strutz.

„Die Engländer, die haben einen Spleen, ein Eigenleben auch, individuell und nicht nur biologisch“, sagte sie manchmal zum Stadtrat, zum Beispiel immer dann, wenn bei der Schreinemakker (oder wie diese nette Dame mit ihrer einmaligen Stimme, die man – anders als ihren Namen niemals verwechseln kann –, weil sie ein Bohrgerät ist, mit dem man alles Oberflächliche an- und umbohrt, bis es wie ein dicker schaler, schmutzig blutiger Klumpen in den Ohren ein- und ausgeht, in allen Ohren, die jetzt auf gut deutsch aneinander geöst sind und immer wieder diese eine, einmalige Stimme hören; sie hören sie zum Gedenkgottesdienst, zum Frühstück, während des Brutzelns der Bratwürste zum Abendessen, bei ihrer Erstkommunion, bei der Maturafeier oder im Mittagsjournal: *„Mahlzeit, hier spricht Christl Reiss, heute haben wir einen ganz besonderen Gast, im Journalpanorama erwarten wir ...“*, na, wen, verdammt noch mal, wen erwarten die?), also die Strutz sagte diesen ganz blöden Satz über den Spleen immer dann zum Stadtrat, wenn die Schreinemakker einen Engländer zu Gast hatte. *„Wer sagt, daß er Stimmen hört, ist heutzutage keinesfalls oder wenigstens nicht unbedingt oder vor allem in erster Linie nicht wahnsinnig“.* Das hatte tatsächlich der Engländer gesagt, der zuletzt bei der Schreinemakker zu Gast war, natürlich auf Englisch, und der Stadtrat war bei der Übersetzung aus einem tiefen Schlaf, nein, nicht aufgefahren, sondern herausgerutscht: *Stimmen hört, wahnsinnig, habt acht, kusch.*

Der Stadtrat besann sich gelegentlich, nämlich bei solchen Gelegenheiten und auch bei der Gelegenheit, als er *jetzt* spät in der Nacht aus der Bar heraustaumelte, einer unerhörten Fähigkeit. Dieser Mandatar, den wir hier taumeln sehen, konnte tatsächlich, durch eine nicht-überlieferbare, ganz eigene Meditationstechnik, sich die Welt vorstellen, wie sie mit einem Schlage ohne ihn ist/sein wird. Lederer hätte ihn als negativ transzendentales Subjekt bezeichnet („ausgelegt"), hätte Lederer nur die geringste Ahnung von der unerhörten Fähigkeit des Stadtrats gehabt, das Nicht-Sein zu simulieren, sich mit dem Nicht-Sein zu stimulieren, und Lederer wäre mit Schopenhauer, vielleicht auch mit einem Gespann aus Schopenhauer und Grillparzer dem Stadtrat ans Zeug gefahren.

Hatte der Stadtrat, dieser Lumpenpolitiker, es nicht einmal gewagt, genau in dem Moment, als er, Lederer, im Herzen der Frau Dr. Strutz schon sehr weit vorangekommen schien, zu behaupten, Bildung sei Schrott? Unter einem Schrotthaufen hätte Lederer den Stadtrat begraben gewünscht, aber fühlte Lederer nicht sich selbst „wie unter einem Schrotthaufen begraben"? „Ja, so fühle ich mich, aber nur, weil ich bei Frau Dr. Strutz nicht so recht vorankomme". Der Gerechtigkeit halber, jener alten aufgebrauchten Tugend wegen, die, weil sie sich in einem erschöpfenden Kampf der Un- und der Rechthaber aller Länder ohne Unterbrechung verschleißt, muß es im folgenden heißen: *Niemals* hat dieser Stadtrat behauptet, Bildung sei Schrott; so ausgegeklügelt denkt dieser Mann nicht, er spricht der Bildung nichts ab, das ist keinesfalls sein Niveau. Er selbst spricht Rioja „Riotscha" aus, und barrique wie „barikee"; den seiner Fraktion am nächsten und zugleich am fernsten stehenden Denker nennt er „Karl Max", also einfach bei zwei Vornamen, und den bedeutendsten Darsteller (aller Zeiten) des Winnetou, Pierre Brice, hätte er im Fall eines gemeinsamen Arbeitsessens ohne weiteres und unerschrocken mit „Peier Preiß" angesprochen. So ein Mann sagt nicht, Bildung sei Schrott, das hat er nicht nötig. Was war also geschehen? Nichts besonderes, Lederer hatte bloß das Gefühl, in Gegenwart dieses Mannes, vor allem bei Frau Dr. Strutz nicht zu zählen; er fühlte sich und damit den Schatz seiner Bildung wertlos, und plötzlich fühlte er es ganz deutlich, dieser Mann hatte gerade gesagt BILDUNG IST SCHROTT. Das muß man aufs Haar genau, meint Dr. Strutz, als die Weise nehmen, in der in der Stadt übereinander gefühlt wird. „So und nicht anders entsteht, was gesagt wurde."

Aber zur Frage der Bildung ist hier noch mitzuteilen, daß ein bestimmter Akt über den Schreibtisch des Stadtrats gegangen war und auf Grund dieses Aktes weiß der Stadtrat, daß man sich (Rückbezüglichkeit!) mit der Bildung nicht spielen darf; es war einmal (damit kann man die Nacherzählung eines Aktes beginnen) ein junger Mensch, der, weil es sich so ergab und weil dergleichen schon vorkommen kann, nicht lesen und nicht schreiben konnte. Die Schule hatte in ihm alles grau belassen, nicht theorie-grau (das Grau der Theorie zieht ja die Motten an wie das Licht), nein, es war ein Grau, aussichtslos und undurchsichtig, wie das Grau der Sonntagsvormittage im November, in der noblen Vorstadt (Hietzing?), nach dem Kirchgang der Rechtsanwälte, der Immobilienmakler, Universitätsprofessoren, Fluglotsen und Diplomkaufleute, ein Grau – wie das berühmte Londoner Grau – zur Suppe verdickt. *Silence is grey.* Im Kopf des jungen Menschen hatte also nichts, was einer deutlichen Schrift glich, Spuren hinterlassen, Gestalt angenommen; der junge Mensch konnte zwar, wie jeder andere, der zu seiner Umgebung gehörte, sprechen, also Laut geben. Er war daher unauffällig, solange er nicht durch Schrift festhalten mußte, was er sagen wollte (oder was er gesagt haben wollte) – ein junger Mensch im Alter von zwanzig, nicht in der Lage, aus eigenem jemanden schriftlich zu addressieren! Der junge Mensch war auch unfähig zu jeder Lektüre, und dabei fand er sich/verlor er sich, so wie alle, die lesen können, auch, in einer Flut von Schriftzeichen, in immer anderen Konstellationen des Alphabets. Die Buchstaben, die ihn ausschlossen, waren ihm ein Gefängnis, dem er niemals entkam. Überall sah er lesende Menschen und auch schreibende, selbst Menschen, die mit ihm die knochenerdrückenden Hilfsarbeiten gemeinsam verrichteten, hatten die aufsehenerregende Kraft, in den Arbeitspausen zu lesen. Manchmal, während er dabei saß mit einem schneidenden Gefühl von Ausgeschlossenheit – er fühlte sich, während er den Lesenden Gesellschaft leistete, vom Leben wie „abgeschnitten", wie abserviert – manchmal las einer der Arbeiter laut aus der Zeitung vor. Dann, ja dann hörte der Analphabet genau zu, damit die vorgelesene Geschichte (darunter oft eine von Lichtenegger verfaßte) nicht bei dem einen Ohr hinein und bei dem anderen hinausgehen konnte.

So hatte dieser arme Mensch, der nicht lesen konnte, nicht nur Ohrenschmalz und Arbeitsdreck im Ohr, sondern auch Lichteneggers Zeitungsdreck, der zum Beispiel lautete: *GROSSBRITANNIEN. Gefallenes Mädchen. Das Schäferstündchen sollte besonders aufregend sein: Ein Liebespaar kletterte auf eine Eiche im Park nahe des Königsschlosses Windsor. Abruptes Ende:*

Die Frau geriet vor Leidenschaft aus dem Gleichgewicht, fiel vom Baum und brach sich ein Bein. Fiel vom Baum und brach sich ein Bein – die Arbeiter, die in einem Verschlag am Baugelände Bier tranken (abgesehen von dem einen, der auf dem Baugelände immer nur Himbeersaft trank), lachten markerschütternd: Eine Frau geriet vor Leidenschaft aus dem Gleichgewicht, fiel vom Baum. Sie waren von solchen Geschichten für die Dauer des Schluckes, mit dem sie das Vorgelesene wegspülten, beeindruckt, aber er, der analphabetische Hörer, fühlte sich bedroht von der Vorstellung eines niedergeschriebenen Weltalls, in dem derartige Geschichten sonderzahl beheimatet waren: *„Die Zinsen für Sparbücher sinken wieder/ Englands reichster Mann ist ein Sexunternehmer/Bei Überfall auf Geldboten 18 Millionen erbeutet/Geflohener Herzpatient/ Gorilla Porno: Mit Videofilmen, die Gorillas beim Sex zeigen, versucht man im englischen Longleat-Safaripark ein schüchternes Gorillapärchen zur Vermehrung zu bewegen …"*

Auf der ganzen Erde war dieser Analphabet der einzige, dem diese Geschichten viel, ja Unerhörtes bedeuteten, aber nur, weil er sie eben nicht lesen konnte.

Lichtenegger hingegen bedeuteten diese Geschichten gar nichts, er hatte sie ja selbst geschrieben – die von dem Gorillapärchen allerdings in Trance, sprich: in einem lang anhaltenden Schaffensrausch. Lichtenegger hatte „Gorillapärchen" auf die Seite AUSLAND „eingerückt", dort war, wie so oft, ein Platz frei gewesen, und der mußte gefüllt werden; zugunsten Lichteneggers ist jedoch zu sagen, daß er an den acht Zeilen „Gorillapärchen" acht Stunden gearbeitet hatte, ein Tagwerk lang. Dann war er endlich zu dem Schluß gelangt, den er noch mit drei Punkten krönte.

Lichteneggers tranceartige Wahrnehmung aus Großbritannien, die Ausgeburt seiner schweren Benommenheiten, schlug wie der Blitz in den Kopf des Analphabeten ein, während seine Arbeitskollegen donnernd über die acht Zeilen lachten. Schlimmer erging es dem jungen Mann nur, wenn er beim Schreiben zusehen mußte; das Schreiben auf Schreibmaschinen störte ihn kaum und die gut bedienten Computer in der Buchhaltung (die ihn und seinesgleichen so kurz wie möglich hielten) machten ihm nichts aus. Er nahm sie nämlich als Schreibgeräte kaum war. Ihm war es um die *Handschrift* zu tun und oft ging er nach der Arbeit seines Weges, um einen Blick in ein Postamt zu werfen. Dort waren sie nun, die Schreibenden und die, die ihr Geschriebenes an die Adressaten absandten; ein ständiger Schriftwechsel, ununterbrochen, auch die schriftlich Addressierten waren im Geiste da, alles Monumente seines Mangels; selbst Fernsehen fand der Analphabet auf einmal unvollständig, weil er die Leserbriefe, die Kritiken, das ganze substantielle Beiwerk (Paratexte!) nicht lesen konnte. Radiohören entschädigte ihn nicht, Musik hielt er für dumm, denn sie hatte keinen Inhalt, also nichts zum Vorlesen und es ärgerte ihn, daß für Musik eigens eine Schrift erfunden worden war. Jemand, der sich auf die gemeine Schrift nicht verstand – was sollte er von einer Schrift halten, die dem Luxus, also der Musik diente? Die Stimmen der Sprecher aus dem Radio kamen ihm geschniegelt, übertragen wie von einem Störsender vor, wie Vorlesungen aus einer fernen Welt, in der man fremdartig spricht, besonders um zu sagen, diese Welt, auch wenn ich sie dir anbiete, wenn ich sie dir mit schönstem Timbre empfehle, gehört mir allein: Ich behalte sie, ich konserviere sie – einkreisen, einfangen und zugleich ausschließen, so hörte sich das alles in seinen Ohren an.

Aus dem Radio drangen Wörter wie PARADIGMA zu ihm vor, von solchen Wörtern wußte er nicht nur nicht, wie sie zu schreiben seien, er fand sie auch im buchstäblichen Sinne unerhört; er hätte einen Leserbrief, das heißt: einen Hörerbrief schreiben können, falls er hätte schreiben können, einen Brief darüber, wie sehr er das Wort PARADIGMA haßte, wie sehr er nicht die geringste Lust empfand, zu verstehen, was PARADIGMA bedeutete. Er hätte telefonieren können, um dem Redakteur mitzuteilen, daß die Sendung des Wortes PARADIGMA eine Zumutung sei, die ihn mit Hohn erfülle. Aber als er die Nummer gewählt hatte und eine Frauenstimme in sein Ohr militant rief: „*Funkhaus, guten Tag!*“, da begriff er, seine Aussage über das Wort war nur schriftlich zu machen. In ein Rundfunk-Redakteurs-Ohr PARADIGMA hineinzusprechen, wäre ein zu direktes Verfahren – *die Augen* eines Rundfunkredakteurs muß man befassen, soll sich bei diesem, der in seinem Berufsleben so viel schon gehört und überhört hat, etwas einprägen. Den Rundfunksprechern hatte der vom Wort PARADIGMA Gemarterte ohnedies nichts zu sagen; er, dessen Ohr geschult war, hörte natürlich sofort heraus, daß die Sprecher gar nicht begriffen, wovon ihre eigene Rede war; sie konnten lesen und nicht begreifen, er begriff und konnte nicht lesen! Nachts im Alptraum hörte er die traumhafte Sprecherstimme. Sie sagte ihm ins Traumohr: PARADIGMATA, und setzte mit einem Wortlaut fort, als wär's die Sendung DIMENSIONEN „*Aus den Paradigmata, welche die moderne Geschichtswissenschaft bereithält, bietet sich in erster Linie das Paradigma ‚Gesellschaftsgeschichte' an"*, und im Traumohr des Schläfers flüsterte leise ein moderner Geschichtswissenschaftler, der sich bereitgehalten hatte: „Wir", flüsterte der Geschichtswissenschaftler, „wollen dich in erster Linie Arsch ficken!", und der schlecht Träumende (das Traumende) spürte an Ort und Stelle genau diesen Willen, während die Rundfunkstimme einen unendlichen Text aus der Gesellschaftsgeschichte vorlas. Als Vorleser waren ihm die Männer von der Baustelle stets lieber als alle anderen gewesen, sie wurden niemals von den Zeitungen in Versuchung geführt, so ein Wort wie PARADIGMA auszusprechen. Manchmal, wenn vorgelesen wurde und er sich als der Einzige empfand, der eben nur hören konnte, dachte er an das, was er für seine einzige Möglichkeit und Unmöglichkeit zugleich hielt: Er dachte ans Lernen! Aber Lernen erschien ihm wie Erobern, wie ein chancenloser Gewaltakt, wie ein Eindringen in ein fremdes, unermeßliches Reich (Imperialismus?), das von Waffen starrte, die einen buchstäblich schwer verletzen, wenn nicht gar töten konnten.

Dieser Mann, der junge Analphabet, dessen Schicksal dem Stadtrat in einem Akt vorlag, ein Hilfsarbeiter, in seiner Arbeit auf einfachste Verrichtungen beschränkt, trieb den größten denkbaren geistigen Aufwand, um vorzutäuschen, lesen und schreiben zu können. Hätte er diese seine Kraft, die mehr oder weniger lesende und schreibende Umgebung zu täuschen, dafür aufgewandt, lesen und schreiben zu lernen, dann hätte er gewiß sehr schnell in – Lichteneggers ZEITUNG zum Beispiel – die entscheidenden Artikel geschrieben. In der ganzen Stadt, nein, im ganzen Land, hätte man sich über seine scharf formulierten Thesen den Kopf zerbrochen und das Maul zerissen; er wäre die heißen Themen immer kühl angegangen, wäre streitbar gewesen, polemisch, hätte kein heißes Eisen unberührt und sich kein Denkverbot auferlegen lassen. Man hätte ihn hören können, wie er im Hörsaal I des Neuen Institutsgebäudes für die Studenten des Instituts der Zeitungswissenschaften las, und wie er nach dem Ende seiner Vorlesung einer jungen, heftig studierenden Dame persönlich/privat ins interessierte Ohr sagte: *„Hören Sie, in jedem guten Schreiber steckt ein Analphabet …"*

Aber damit war es nichts und man könnte darüber etwa das folgende sagen oder es verschweigen: Es ist mit Menschen einmal so, wenn sie auf eine bestimmte Richtung hingetrimmt sind, wenn sie einmal in einer und nicht in einer anderen Art funktionieren, „ticken", wenn sie sich also auf eine bestimmte Weise ausgerichtet haben, darauf eingestellt sind, sich darin eingerichtet haben, dann übernimmt eine Mechanik ihr Leben und diejenigen sind die besten, die diese Mechanik, koste es, was es wolle, wenigstens einmal pro Woche, oder, was schon schlechter ist, alle 14 Tage einmal in Zweifel ziehen, um ihre Mechanik abzustellen oder neu einzurichten. *Aber was dann, was dann? Jedenfalls lebt man in einer freien Welt und über das Leben darf nun wirklich ein jeder seine Ansichtssachen ausbreiten. Der gedeckte Tisch, voll mit nichts als mit Ansichtssachen. „Das ist Ihre Ansicht, mein Herr!"*

Keiner macht sich eine Vorstellung davon, was es heute heißt, nicht lesen und nicht schreiben zu können, während man so tut, als könnte man es. Stets muß man gewahr sein, mit Schriftlichem konfrontiert zu werden, man erhält zum Beispiel durch die Post eine entscheidende Mitteilung und kann sie nicht lesen. Jede Mitteilung, die man erhält, könnte die entscheidende sein, man lebt ständig im Schatten des Entscheidenden, ständig einer Entscheidung nahe, die über einen getroffen ist, die man aber nicht verstehen kann. Findet man rechtzeitig einen Vor-Leser, dann muß es einer sein, der sich zugleich auch klar machen läßt, daß man selber genau so gut vor-lesen könnte.

Man kann versuchen, einem Bekannten einen Brief mit den Worten in die Hand zu drücken: „Lies das!" und dazu kann man eine Miene machen, die nicht den geringsten Zweifel daran erlaubt, man selbst hätte ihn längst schon gelesen. Während man dann, ohne es sich anmerken zu lassen, aufgeregt, ja atemlos lauscht, liest der Bekannte diesen Brief vor: „*Dieser Brief wurde Dir geschickt, um Dir Glück zu bringen. Das Original befindet sich in Neuseeland. Der Brief ist neunmal um die Welt gegangen. Du wirst innerhalb von vier Tagen, nachdem du diesen Brief bekommen hast, dem Glück begegnen. Alles, was Du tun mußt, ist den Brief 20 Mal kopieren und ihn an 20 Menschen, die nach Deiner Meinung auch Glück gebrauchen können, weiterschicken. DIESER BRIEF WIRD DIR VON JEMANDEN GESCHICKT, DER DIR GLÜCK WÜNSCHT.*" Aber man stelle sich vor, man drückt diesen Brief jemandem in die Hand, sagt mit der schon oben beschriebenen Miene: „Lies das!" und der damit laut und deutlich Angesprochene beginnt zu lesen, aber leise, ganz für sich. Dann muß man ihm das Gelesene geschickt entlocken. Aber wie soll man die Brief-Stelle entlocken, in der es heißt, es sei dies gar kein Kettenbrief ums Geld, sondern ein echter Glücksbrief, mit der einzigen Sendung der Weitergabe positiver Energien, denn, wie es im Brief heißt: „*Die Bündelung mentaler Kraft hat Effekt*", und wenn einer dem anderen mit ganzer mentaler Kraft etwas schickt, entsteht die Bündelung, die Effekt hat, falls die Energie positiv gewesen ist. „*Die Bündelung mentaler Kraft hat Effekt*" ist nur zu lesen, man kann eine derartige Wortfolge, und die Welt ist voll von derartigen Wortfolgen, niemandem, der sie einmal gelesen hat, wieder herauslocken und schon gar nicht, indem man mit ihm ein Gespräch führt, sich verstellend, als ob man keineswegs etwas herauszulocken hätte, weil man doch über die Voraussetzung des Gesprächs, nämlich Besagtes gelesen zu haben, ohnedies frei verfügt.

Auch beim Schreiben gäbe es viele Beispiele der unerhörten Schwierigkeiten, in die ein junger Mann als Analphabet gerät, wenn er sich nichts anmerken lassen will; aber alle Beispiele laufen auf eines hinaus, darauf nämlich, daß man einen Vertreter für etwas benötigt, von dem man behauptet, man könne es genauso gut wie er, wie jeder X-Beliebige. Die Hilfe, die man erwartet, ja, die man sich verzweifelt holt, muß man in eben dem Maß der Verzweiflung (damit alles normal ausgeglichen wirkt) entwerten, als *bedeutungslos* hinstellen. Dies ist eine hochdifferenzierte Aufgabe, erfordert ein intelligentes Management, und wer von den ohne weiteres lesenden und schreibenden Idioten Verachtung am Platz wähnt, kann sich bloß keinen Begriff davon machen, mit welcher Komplexität der einfachste Mensch ans Werk gehen muß, hat er einmal die Leidenschaft entdeckt, seinen Analphabetismus zu verbergen; es gibt, und das lernt man daraus, komplexe Aufgaben, die unabhängig von den hochbezahlten Eliten, vollkommen außerhalb ihres Gesichtskreises, gemeistert werden, und wenn auch solche Meisterschaft nur einem einzelnen nützt, wenn sie auch keiner Hervorbringung dient, sondern bloß einer Verbergung, wenn sie also, wie in diesem Fall, einer nichtseienden Fähigkeit einen Rahmen gibt, in dem es scheint, als ob sie wäre, so ist es doch eine Meisterschaft, eine Kunst sogar, mitten im Leben ausgeübt und vor Publikum. Zu dieser Kunst gehört unbedingt die Zuspitzung ins Tragische, auch wenn das Schlimmste nicht notwendig hätte eintreffen müssen, da ja der junge Mann, dieser im emphatischen Sinne nicht-lesende Mensch *einen* Trost hätte schöpfen können, nämlich den Trost aus dem Dasein der „sekundären Analphabeten". Diese können, so wird allgemein diagnostiziert, zwar lesen und schreiben, aber nur in einem äußerlichen und formellen Sinne, sodaß sie niemals zu den gelesenen Inhalten vorstoßen, geschweige denn überhaupt welche schreiben können. Bei ihnen hat sich die Fertigkeit, über die sie verfügen, von dem Zweck, den man damit verfolgt, befreit. Sie können lesen und schreiben, sodaß sie die Not, es nicht zu können, nicht empfinden müssen/und zugleich können sie es nicht, weshalb sie sich alle Sorgen ersparen, die daher kommen, daß man liest und schreibt. *Im sekundären Analphabetismus verwandelt sich die Not eines Menschen, der nicht lesen und nicht schreiben kann, in einen Luxus, in eine Bequemlichkeit.*

Aber wo hätte der junge Mann davon lesen können, wie hätte er erfahren sollen, daß es Analphabeten erst recht sekundär, erst recht in zweiter Linie gab? Manchmal hilft einem ein Unvermögen auf die Sprünge, man überspringt eine Stufe, die zu nehmen einem Konkurrenten sehr schwerfällt, obwohl er dazu durchaus in der Lage ist, während man selbst gerade deshalb weiterkommt, weil man vollkommen unfähig wäre, die eine Stufe mit einem Schritt zu nehmen, man überspringt sie einfach, kommt im Sprung über sie hinweg. Dann gibt es aber Mängel, die so aufeinander abgestimmt sind, daß ein Mangel allein ausreicht, um auch die anderen hervorzurufen, und man hat nie Gelegenheit zu erfahren, welche Chance jeder dieser Mängel, für sich genommen, gegenüber dem nächsten Mangel zu bieten hätte. Wer in das Wechselspiel koproduktiver Mängel gerät, der ist wie mit Blindheit geschlagen, plötzlich versperrt ihm etwas unüberwindlich Scheinendes den Blick, er nimmt nur noch diese Unüberwindlichkeit wahr.

Der junge Mann lebte demgemäß in der Gefangenschaft seines Unvermögens, dieses war ihm ein und alles und Rettung schien ihm nur durch etwas möglich, das mindestens ebenso total war wie seine Gefangenschaft. Was hätte da „Trost" sein sollen? Trost lindert vielleicht das Leiden, aber er bestätigt, er anerkennt auch die Ursachen, die einen leiden machen. Seltsam, auf den Wert oder gar auf die Würde der Ursachen kommt es dabei gar nicht an. *Ist Leiden an einem Bildungsmangel ein höheres Leiden?* Mit der Zeit hatte das Leid des Mannes, hatte die Wucht, mit der er sich zurückgesetzt fühlte, ein solches Ausmaß erreicht, daß er nichts mehr anerkennen wollte, weil er nichts mehr anerkennen konnte. Anerkennen setzt eine Freiheit voraus, die ausgerechnet von der Not, gegen die man sie benötigt, nicht zugelassen ist oder einfacher gesagt: Könnte man sich in einer derartigen Lage noch irgendeine Freiheit nehmen, dann bestünde eine derartige Lage gar nicht. Aus dieser Lage ergab sich die aktenkundig gewordene Logik: Wenn der Gedanke an Rettung, in diesem

Fall durch Lernen, nicht mehr greift, wenn auch kein Trost mehr hilft, weil keine Bereitschaft mehr existiert, die Leidensursache auch nur im geringsten anzuerkennen, dann „tröstet", nein, nicht der Gedanke daran, sondern nur die tatsächliche Verweigerung, das grundsätzliche Nicht-Anerkennen von allem und jedem, also – in der Tat – die Zerstörung schlechthin: RACHE, der etwas Totales, dem Rang der eigenen Gefangenschaft entsprechendes anhaftet.

So wuchs in dem Mann, der nicht lesen und nicht schreiben konnte, zunächst von ihm noch unbemerkt, eine gewaltige, ihn allmählich beherrschende Sehnsucht nach Zerstörung, Zerfetzung, Auflösung, Auslöschung (Ausradieren!) und mit *dieser* Sehnsucht wuchs in ihm auch der Glaube, sie sich eines Tages erfüllen zu können: plötzlich, so fühlte er, werden ihm die nötigen Gewaltmittel zur Verfügung stehen, mit denen er wenigstens einen Ausschnitt dieser Welt genau so unlesbar gemacht haben wird wie ihm die Zeitung vor ihm auf dem Tisch da erschien. Der Glaube, besonders der gefühlvolle, versetzt, wie man sagt, Berge, aber noch fehlte dem jungen Mann der eine Einfall, der so zwingend ist, daß man gar nicht anders kann, als ihn in die Tat umzusetzen – es fehlte etwas, das man fraglos hinehmen muß, etwas, das einem auf der gleichen Stufe der eigenen Unfreiheit entgegen kommt, etwas, mit dem man im Ernst Schicksal spielen kann. Aber wer etwas sucht, der findet auch etwas, mit der Zeit kommt auch Rat und kein Weg bleibt dem richtigen Willen verschlossen.

Es war nach Arbeitsschluß, ein harter Tag war es gewesen, er hatte über einem Lichthof, an einer Strickleiter baumelnd, Dachrinnen repariert, er hatte sich die Strickleiterzulage verdient, und er war erstaunt darüber, wie gut seine Griffe saßen, während er baumelte, und wie geschickt er sein Handwerkszeug beherrschte. Dennoch war die Wut nicht vergangen, sie war ja unvergänglich und empfänglich nur für Steigerungen; in der Nacht zuvor hatte sie sich gesteigert, gerade hinauf ins Unermessliche, in die Totale, denn auf *Pro 7* war dieser Film gelaufen: ein amerikanischer Film, einer, der anzeigte, der annoncierte, daß es für jedes Menschenproblem *die* Lösung gab, eine zutiefst amerikanische Lösung und diesen weiten Horizont am Schluß, in dem gelöste Menschen verschwinden können, um dann ohne Probleme eine anonyme, nicht mehr zeigenswerte, nämlich zutiefst selbstverständliche, also amerikanische Glückseligkeit zu genießen. Es war ausgerechnet ein Film gewesen, in dem ein Mann weder lesen noch schreiben konnte, bis er eines Tages beschloß, die Energie, die er verbrauchte, um seine Unfähigkeit zu verbergen, ins Erlernen der Fähigkeit zu investieren. Lesen, lesen, lesen. Da lernte er eines Tages eine Lehrerin kennen (oder kannte er sie schon vorher, hatte sie ihn zum Lernen erst angestiftet?) und diese Lehrerin besaß nicht nur eine mit Liebreiz ausgezeichnete, viel versprechende Unschuld, sie war auch von einem Zartempfinden, das sie ausschließlich Analphabeten zur Verfügung stellte, im besonderen diesem einen, der wie zufällig im selben Film die männliche Hauptrolle bekommen hatte. Am Schluß, bevor der erlösende Horizont auftauchte, heiratete die Unterrichtende den von ihr endgültig Unterrichteten und es konnte kein Zweifel daran bestehen, daß schon bald Kinder in die Welt gesetzt werden würden, die vollkommen problemlos lesen und schreiben.

Der nicht lesende und nicht schreibende Fernseher fühlte sich verhöhnt, *so* stellte man auf Pro 7 sein Schicksal hin, lösbar durch Sentiment ohne Anstrengung; müde in seinem Bett, mit der Fernbedienung in der Hand, phantasierte er nun seinerseits höhnische Visionen und sah die so eben abgedrehten Menschen wieder, wie sie hinter dem Horizont und jenseits der Kameras auftauchten: Befreit von den Scheinbarkeiten des Spielfilms hatte das Paar nun tatsächlich eine zutiefst amerikanische Schule eröffnet, eine Schule im tiefsten Amerika, für Analphabeten, die beschlossen hatten, die Energie, die sie verbrauchten, um ihre Unfähigkeit zu verbergen, ins Erlernen der Fähigkeit zu investieren. Und der junge Mann sah sein verfilmtes Pendant vor sich, wie es unterrichtend Analphabeten zur Seite stand und sich dadurch selber vom Schmerz befreite, ja, wie das Pendant dadurch den früheren Schmerz in einen lebenslangen Triumph verwandelte. Lesen, lesen, lesen: hassen, hassen, hassen! Der junge Mann war geladen, es machte ihn, in seiner buchstäblich ungebändigten Art rasend, von solcher Optik gespiegelt zu werden. Als er dann am Abend, nach dem harten Tag, mit einem der Vorlesenden beim Wirten saß, spürte er, wenngleich leichter, eines seiner gefährlichsten Gefühle: Ihm war, als werde er von einer Riesenmaschine bewegt, die in seinem Inneren wie in einem alten Schiff lärmte, aber ganz ziellos, nichts voranbringend, nur zur Erzeugung dieses einen Gefühls imstande, des Gefühls der leerlaufenden, zu nichts führenden, inneren Bewegtheit. Er trank sieben Bier dagegen. Zugleich aber stellte er eine Art Laboratoriumssituation her, um die ihn kein geringerer als zum Beispiel Hubert Rohracher, der Psychologe (Verfasser einer kleineren Charakterkunde: *Form-Seher/Form-Farb-Seher/Farb-Form-Seher/Farb-Seher/schizothym/schizothym-zyklothym/zyklothym-schizothym/zyklothym*), dessen Bruder der Bischof war (wer?), ihn beneidet hätte.

An diesem Abend versuchte der junge Mann, um nicht aus der Übung zu kommen, seinem alphabetischen Trinkgefährten herauszulocken, was der Glückskettenbrief sonst noch bot. In seiner durch keinerlei Leseselbstverständlichkeit banalisierten Wahrnehmungsschärfe begriff er die metaphysische Bedeutung der Glückskette besser als jeder andere Leser: Die im Glück Vereinten waren zugleich Gefangene ihres Glücks, aneinandergekettet brachten sie einander Glück, aber das schwächste Glied in der Kette konnte schon das Glück aller gefährden, und falls die Schwäche überhaupt überhand nahm und die Kette zerriß, dann war es zu Ende mit dem Glück. *Die Utopie der Moderne ist eben die Katastrophe oder die Apokalypse.* Er schob den Brief hinüber, über den Inhalt lachend, der Trinkgefährte schob ihn wieder zurück. „Aber, nein“, sagte der junge Analphabet, „das ist einmalig, großartig ... Das is' einmal was zu lesen ... nicht immer dieses Zeug aus den Zeitungen.“ Das erinnerte den Trinkgefährten an den einen oder den anderen großen Augenblick, den er beim Vorlesen der Zeitung gehabt hatte, und sein Unwille, diesen Scheißbrief zu lesen, sank bei der Vorstellung, ihn *laut* vorzulesen. Er hatte sich noch nicht einmal entschieden, wie er diesen Appetenzkonflikt lösen (lesen) sollte, da brüllte er schon ins Wirtshaus hinaus, was im Brief stand. Sein Glücks-Gebrüll gab dem Geräuschpegel im Lokal eine schrille Färbung, war aber keine Störung, denn in dem Wirtshaus war an diesem Abend alles schon auf Unverständlichkeit, auf Sprache als reinstes Geräusch geschaltet.

Der junge Analphabet, auch hier wiederum die Ausnahme, verstand, daß Constantine Diax 1953 den Brief empfangen und dann, ein paar Tage später, in der Lotterie gewonnen hatte. Hingegen hatte der Beamte Carlo Daddit den Brief zwar ebenfalls empfangen, ihn aber nicht innerhalb von 96 Stunden weitergeschickt. So verlor er natürlich seinen Arbeitsplatz, aber damit noch nicht genug. Carlo Daddit, der Idiot, fand, nachdem er den Scheißarbeitsplatz verloren hatte, wenigstens den Brief wieder, kopierte ihn 20 Mal, schickte ihn an 20 andere Idioten und bekam natürlich postwendend eine bessere Stellung. „Eine Lebensstellung", wie Carlo Daddit, gleich nachdem er die Stellung bekommen hatte, seiner nunmehr glücklichen Frau mitteilte. Viel reibungsloser lief es mit Charles Pemprence, einem Offizier der Royal Airforce: er bekam 47 Millionen Pfund aus dem heiteren Himmel. Aber so klar kann es nicht immer gehen: Joe Elcatt zum Beispiel erhielt 40 Millionen Pfund, verlor aber das Geld wieder, denn der Trottel hatte, als auch er den Brief bekam, die Kette unterbrochen, keine Kopien gemacht. „So ein Pech", hatte Joe Elcatt *(die schwarze Theorie des Pechs)* zu seiner Frau gesagt und sich von ihr scheiden lassen. Sie war aber nicht unglücklich darüber, denn vor vierzehn Tagen hatte sie einen Colonel Goldsmith durchaus näher kennengelernt. Als sie jedoch alle an ihn gerichteten Briefe ungelesen 20 Mal kopierte und an Adressen aus dem Telefonbuch der Air Force weitersandte, wurde sie eines Tages abgeführt. Vierundzwanzig Stunden später erging es dem Colonel ebenso, weiteres Schicksal unbekannt. Sehr genau weiß man hingegen dieses: Im Jahre 1977 hatte Maria Eklund aus Spitzbergen den Brief erhalten. Ihr Brief war schon oft kopiert und fast unleserlich *(„fast unleserlich“* – ein Fressen für den bis hierher noch aufmerksam zuhörenden Analphabeten), so unleserlich, daß die dumme Kuh sich vornahm, den Brief erneut zu tippen, aber weil sie eben saudumm war, ließ sie ihn liegen und wollte erst später tippen. Daraufhin wurde sie selbstverständlich von unterschiedlichen Problemen heimgesucht: sehr teure Reparaturen ihres Autos, immer wieder in die Werkstätte, diese Scherereien, bis sie dann plötzlich – während ihres Winterurlaubs in Österreich – einen schweren Unfall auf der Tauernautobahn hatte, aus dem Wrack gezogen wurde und nach sieben Jahren von der Rehabilitationsanstalt in Klosterneuburg nach Spitzbergen heimkehrte. Daheim tippte sie dann endlich den Brief wie versprochen ab, aber der Spätfolgen ihrer Verletzungen wegen und im Rollstuhl fiel ihr das Tippen jetzt viel schwerer, als es ihr seinerzeit gefallen wäre, da ihr noch jede Behinderung weit, unendlich weit entfernt schien. Nachdem sie ihr Versprechen eingelöst hatte, gewann sie in einem Preisrätsel ein neues Auto; empfangen, verschickt/ empfangen, verschickt, das Schicksal oder das Leben des Kettenbriefes, der von Hand zu Herz und von Herz zu Hand geht, *denn er wurde geschickt, um dir Glück zu bringen,* aber wohin das Glück gebracht wird, dort ist das Unglück nicht weit, auch wenn es sich fragt *(Betroffene berichten?),* ob das Glück nicht sich selbst genug sei, eine Größe für sich, also nicht in diesem Bündnis mit dem Unglück zu betrachten oder gar zu erwarten ist. Aber es kommt eben so, das Glück mit dem Unglück, und der metaphysische Scharfsinn des jungen Analphabeten, der von keinerlei Lektüre entschärft worden war, hätte am Kettenbrief die Verkettung von Glücksversprechen und Unglücksdrohung als Paradigma der modernen Welt überdeutlich erkannt. Seine Aufmerksamkeit jedoch hatte, fast genau an der Stelle von *„fast unleserlich"*, etwas ganz anderes gefesselt, keine ausgedachte Allgemeinheit, sondern etwas Einzelnes, ein einzelner Sinneseindruck, von der Art, wie er sonst in Lebensläufen verloren geht und festgehalten und herausgehoben nur von Menschen wird, die durch einen Mangel krank und überempfindlich geworden sind.

Der junge Mensch hatte, während er zuhörte, begonnen, seine Hand zu beobachten, die einen Aschenbecher hin und her schob, und entlang dieser minimalen Verschiebungen begann er rauchend Brandspuren zu legen, kleine Löcher ins weiß-rot gekachelte Plastiktischtuch zu brennen. Er sah sich plötzlich zu, wie er mit einer ihm bisher unbekannten Wollust das Glosen und das Verlöschen der von ihm verursachten Brandwunden studierte.

In diesem Augenblick beschloß er, Brandstifter zu werden. Brandstiftung war die Antwort, mit bedrucktem Papier einheizen. Das Feuerfeste ist eine ausgesprochene Minderheit auf der Welt, eine Erleuchtung, die Entfaltung des Lichts aus dem Urfeuer, wer Brände legt, setzt sich mit den Mehrheiten ins Einverständnis, *Brandstiftung gegen Sinnstiftung,* hätte Lederer gesagt und wäre mit dem Kopf nickend die Reihen seiner Bücher abgeschritten.

Lederer hatte seinerzeit, als er seine Arbeit am FRANZ GRILLPARZER-GYMNASIUM aufnahm, den Freigegenstand LITERATURPFLEGE mit Frontalvorträgen zum Thema *„Biblio-*

theksbrände in der Weltliteratur" eröffnet. Die Thematik schoß weit über das Ziel hinaus, nicht ein Gymnasiast konnte Lederer folgen. „Weshalb auch mit verbrannten Büchern beginnen, wo doch die intakten Grund genug zum Aufhören wären?", sagten die leeren Freigegenstands-Gesichter unisono. Aber Lederer sagte sich: Bibliotheken brennen überall ab, nicht zuletzt in nächster Umgebung – daß etwas in nächster Umgebung stattfinden kann, ist ein klassischer pädagogischer Beweis für Allgemeingültigkeit – und Lederer verwies die in Langeweile versteinerte Klasse auf das Schicksal des ihm bekannten Philosophen Gerald Krux: Krux war mit dem Fahrrad zur Universität unterwegs gewesen, da brannte bei ihm zuhause die Bibliothek ab. Nur jene Bücher konnte er retten, die er bei sich am Leibe trug. Getroffen von dem Schicksalsschlag stand Krux vor einem Dilemma: Sollte er – jetzt ohne Bücher – überhaupt umsatteln oder sollte er sich sagen: Es ist nicht notwendig, auch nur ein einziges Buch zu besitzen, es genügt vollkommen, eines, das irgend jemandem gehört, bei sich am Leibe zu tragen, zum Beispiel „Die Kritik der reinen Vernunft" von Kant, damit hätte man sein Leben lang und allerorts zu lesen. Lederer zögerte an dieser Stelle des Vortrags, ob er die lehrreiche Krux-Anekdote nicht dahingehend verändern sollte, daß er Kants Kritik durch Grillparzers Tagebücher substituierte. Grillparzers Tagebücher erschienen ihm angesichts des FRANZ GRILLPARZER-GYMNASIUMS, in dem er gerade seine Karriere begann, angemessen und außerdem hielt er Kants „Kritik der reinen Vernunft" für jenseits des Horizonts einer Literaturpflegeklasse. Der aufgrund seiner Lehramtsprüfung *Magister* genannte Lederer (die Lehrer der Höheren Schulen teilen hierzulande den Titel „Magister“ mit den Apothekern, als stünde dahinter die höhere staatliche Einsicht, daß ja beide mit Giften hantieren, die gelegentlich sogar therapeutisch einsetzbar sind), Lederer also blieb dennoch bei der buchstäblichen Wahrheit und sagte: *„Kants Kritik der reinen Vernunft“* und wahrheitsgemäß erzählte er weiter, daß Krux sich für das Umsatteln entschieden hatte, daß er die Philosophie sein ließ oder besser: sie in einer höheren, computergestützten (die ganze Welt mit einem Tastendruck?) Medientheorie aufhob. Am Institut für Innere Diskurstechnologie der Universität Klagenfurt (Universitätsstraße 65–67) las Krux über *Das Ende des Buches* aus einigen Büchern vor, im Blockseminar, einmal pro Jahr, und Lederer, von Frau Dr. Strutz beeinflußt, vermutete viel Wahres hinter der Wandlung des Philosophen. Deshalb konnte Mag. Lederer am Beginn seiner Karriere, gleichsam zur Krönung des Anfangs einer Laufbahn, die lehrreiche Anekdote frei heraus mit den Worten beenden: „Derartig fundamentale Wandlungen können in Menschen vor sich gehen, denen die Bibliothek verbrennt.“ Lederer selber war freilich nicht derartig frei, er hatte noch kein einziges Buch anbrennen lassen, aber im Abschreiten seiner Bibliothek empfand er manchmal die einschneidende Ahnung von Wut. Lederer war nämlich auch schreibend bemüht, das heißt: er bemühte sich, auch zu schreiben, aber es war bei ihm so, wie er es selber sagte und wie er es gern Frau Dr. Strutz anvertraut hätte, als versuchte ein Mensch zu atmen, ohne damit seine Lungen belästigen zu wollen. Eine Hemmung – und Lederer hatte bei jedem Versuch das Gefühl, *nicht* zu schreiben, sondern nur seine sogenannte „Belesenheit“ abzuschreiben, es war ein Gefühl durchaus verwandt mit dem bei gewissen Lektüren, nach denen man noch lange wähnt, man hätte buchstäblich Papier gefressen. In diesem Sinne fiel Lederers Blick auf den einen oder den anderen Band und er dachte plötzlich, unter dem Zwang des Unwillkürlichen stehend, was denn schon wäre, würde so ein Buch zu Asche. *„Lodernde Flamme, du Zeichen, laß alle Feinde erbleichen."*

So hatten der Belesene und der Analphabet ein Motiv miteinander gemein, aber während es den einen zu strafrechtlich verfolgbaren Taten trieb und ihm vielleicht durch die Strafe auszutreiben war, tat der andere nichts und sein Wunsch, mit diesem Bibliothekszeug endlich Schluß zu machen, kam ihm immer wieder nutzlos in den Sinn, als Unsinn.

Die Folgen der Erleuchtung des Analphabeten schlugen sich in dem Akt nieder, der über den Schreibtisch des Stadtrats gelaufen war. Die Polizei hatte den Fall restlos geklärt, die Lektüre des Akts war nichts fürs Gemüt, Flammen, überall Flammen, Flammen loderten unermeßlich empor, Menschen verbrannten, Menschen wurden verdächtigt, das Feuer gelegt zu haben, kein Brandschutz half, der Schuldige wurde *zuerst* von Lichtenegger, der, wie er über sich selbst zu sagen pflegte, stets „die Nase vorn hatte", FEUERTEUFEL genannt. Lichtenegger schürte die Angst vorm FEUERTEUFEL, ein leichter Brandgeruch ging nicht zuletzt und immer schon von seiner Zeitung aus, dem „Mord & Brandblatt", wie Frau Dr. Strutz es treffend nannte und aus dem ja nicht wenig an die Ohren des Analphabeten gedrungen war. Lichtenegger zündelte unentwegt, bei den Arbeitsessen bestellte er nur Speisen, die auf frischer Flamme am Tisch gar wurden. Wenn seine Wange schmerzte (diffuser Gesichtsschmerz), dann kam er mit seinem Gesicht dem Feuer nahe. Das Feuer wärmte ihn nicht mehr, nachdem man den Brandstifter in Fürstenfeld gefaßt hatte: Er war in einen Keller eingestiegen, die Gendarmerie, die seiner habhaft wurde, zollte ihm keinerlei Respekt, behandelte ihn keineswegs wie den Teufel, als der er sich zuerst von Lichtenegger richtig verstanden fühlte. In der gemütlichen Wachstube riß dem Original-Feuerteufel schließlich die Geduld und er sagte zu den Beamten druckreif: „Ich bin kein Hühnerdieb, ich bin der Feuerteufel." Nach dem Geständnis wurde er sofort photographiert und Lichtenegger veröffentlichte als erster die erste Photographie des Feuerteufels nach der Festnahme. Darunter ließ Lichtenegger, erleichtert und enttäuscht zugleich, setzen: *„Er* hat uns ganz schön eingeheizt!"

Der Feuerteufel sah im Portrait genau so aus wie die über ihren Kolumnen portraitierten Journalisten; auch er hatte sich wie sie ins Zeug gelegt und sein Gesicht entsprach seiner Anstrengung. Lichteneggers Gesicht, milliardenfach im letzten Jahrzehnt, in dieser Epoche, in dieser Ära angesehen, die epochalen Gesichter, jeder in der Stadt hat eines davon. *Die Stadt ein Grund, die Stadt ein Jagdgrund, die Stadt ohne Grund, die bodenlose Stadt, die Stadt – mein Abgrund.*

Dem Stadtrat brannten die Augen, als er den köstlichen (die Sache war ja erledigt!) Akt las: Brand, Brand, die ausgefahrenen Feuerwehren, die Rettungsmannschaften, das Unrettbare und dann am Schluß: dieses ununterscheidbare Gesicht, der Täter. Ein Auflachen, nicht höhnisch, der Schaden war ja zugefügt, der Schaden war ja gutgemacht, ein Gesicht war hinter Gittern, aber soviel hatte der Stadtrat doch gelernt: Mit der Bildung war nicht zu spaßen, denn wenn einer auf der Grundlage des Mangels an den Grundlagen der Bildung (Lesen und Schreiben!) schon so gefährlich werden kann, wie gefährlich müssen dann die sein, die derartig gebildet sind, daß sie den ganzen Tag nichts anderes tun als Lesen und Schreiben. Lichtenegger hätte, durchaus eigene Interessen wahrnehmend, eingewandt – nein, er hätte, über all das auflachend, deutlich ohne Worte seine Hetz gehabt, was wiederum Lederer, der ja im Augenblick bis spät in die Nacht mit Bildungsfragen befaßt war, für die *Souveränität der Ignoranz* gehalten hätte; um sie wäre er Lichtenegger neidig gewesen, aber wer wissend ist, kennt eben kein Zurück mehr, und im Kopf stutzte Lederer dafür den Stadtrat zurecht: So eine Bildung ist keine, das Bildungsverständnis des Stadtrats, so hätte er es gerne dem Stadtrat auf den Kopf zugesagt, ist „reduziert", höhnisch hätte er es gerne gesagt – von der überlegenen Position aus, der Stadtrat hätte seinen Kopf eingezogen – nein, der Stadtrat hätte ja gar nicht verstanden, was alles in dem „reduziert" inbegriffen war – die ganze Welt, die einen Lederer von einem Stadtrat trennt.

Und überhaupt war Lederer mit jeder für das Verstehen zuständigen Faser seines Leibes, es ging also um den Leib, unverständlich, wie Frau Dr. Strutz … Manchmal, genauer: beim Onanieren, das er zumeist zaghaft begann und sofort entschlossen abbrach: „Das habe ich nun doch wiederum nicht nötig!", erschien ihm das Gesicht von Frau Dr. Strutz: Die Strutz hatte in Lederers schnell verscheuchten Vorspiegelungen einen ebenso eleganten wie intelligenten Ausdruck, gab ihm also, ohne daß er sich das jemals eingestehen könnte, daß Gefühl NICHT dazuzugehören. „*Du gehörst zu mir"*, hatte Hector Paradiso selbst in jenen Zeiten immer wieder gesungen, da es schlecht ging, en gros nichts zu machen war und er klein klein auftreten mußte, um den Whisky bezahlen zu können. *„Du gehörst zu mir"* – da riß die Nachfrage nicht ab, und Hector Paradiso, dem es jetzt, jetzt endlich wieder gut ging, hatte den Atem einer betrunkenen Mittrinkerin, einer Vettel aus einem bedeutungslosen Publikum im Gedächtnis, die es ihm in den Mund hineingeflüstert hatte, als beredten Zungenkuß gleichsam: „Du gehörst zu mir" – nachts schüttelte ihn dieser wortwörtliche Kuß schon manchmal und er sagte dann erwacht und nüchtern: „Ich stehe halt mit dem Mund zu meinen Überzeugungen."

Aber die Strutz gehörte zu Lederer nicht, sie war das Fremde, das er an sich ziehen wollte; ihre Freundlichkeit, ein Teil ihrer Lebenskraft, wandte sich in den eher schmuddeligen Visonen Lederers, in den Begleitzuständen seiner abgebrochenen Selbstbefriedigungen, ihm zu – und distanzierte ihn nicht, hielt ihn sich nicht – im wörtlichen Sinne – vom Leib – wie es aber in Wirklichkeit der Fall war. Was Lederers Schmerz unerträglich machte, war am Ende dann doch nicht der Stadtrat und das Unverständliche an einer Strutz, der ein Bildungsunterschied nichts auszumachen schien, wenn es um Beischlaf, also um Befriedigung ging. Er selber, und das sprach für ihn, für die Einheit seiner Form und seines Inhalts, hätte unter seinem Niveau keinen Körper neben sich „intim" dulden können und diese Unduldsamkeit, eine strenge physische Selektion im an sich Heranlassen, war exakt das, was den gebildeten Menschen nach Lederer ausmachte. Der gebildete Mensch Lederer war jedoch seinerseits außerstande, die Strutz, obwohl sie in dieser Hinsicht der Bildung offenkundig versagte, zu distanzieren. Distanzieren konnte für ihn leider nur heißen: aus seinen Phantasien zu verbannen. Was seinen Schmerz unerträglich machte, war daher ein *Bild* von Frau Dr. Strutz; es war das in sein Herz geschlossene Bild von der Beweglichkeit einer Frau, eine Art Vereinheitlichung aller Bewegungen der Frau Dr. Strutz: *Dieses* Bild hatte kein Gesicht, hatte nicht Hand, nicht Fuß, kein Haar, keine Zehen und Finger, hatte nichts, war unfaßbar. Aber die Unfaßbarkeit bestand aus alledem, aus Haar Hand Fuß und so weiter; es war eine aus alledem gebildete, einzige Geste. So wird früher der Fall eines Kleidersaums direkt auf ein Gehirn eingewirkt haben; so wird heute eine *Mind Machine* wirken, eine Animation, die über den Bildschirm geht – immer wieder taucht sie auf, ohne daß sich ihr Kommen und Gehen regelrecht verfolgen ließe.

So war dieser Lederer von der Strutz regelrecht animiert, das Bild von ihr *war* Lederers Liebe (und eben nicht: dem Bild von ihr *galt* Lederers Liebe) und wenn er versuchte, in dieses Bild das Geschlechtsteil von Frau Dr. Strutz, *ihre,* oder besser eine ihr zugedachte Vagina hineinzudenken, dann geriet sein Inneres außer sich; er rastete aus, total, kein Stein seines Innenlebens blieb auf dem anderen, es ging in ihm zu wie in einem Möbeltransporter, der eine einst wohldurchdachte Einrichtung abgeholt und der mit überhöhter Geschwindigkeit irgendwohin rasend seine schlecht fixierte Ladung in ein heilloses Durcheinander brachte. Eines Tages sah er Churchill, und dies sei erzählt, um keinen Zweifel daran zu lassen, daß Prof. Mag. Lederer auch die Zustände seiner höchsten Verwirrung in Erkenntnis umzuleiten verstand, und dieser Churchill auf dem Bild zeigte einem in seiner überwiegenden Mehrheit heute bereits toten Publikum das VICTORY-Zeichen. Die zwei zum V gespreizten Finger animierten Lederer zu der Erkenntnis, die, wie er verachtend dachte, vor ihm wohl noch keiner gehabt zu haben schien, nämlich daß das V jenes Dreieck darstelle, zu dem vorzustoßen dem Mann in seinem Trieb zum Siege immer schon vorgeschrieben sei und zwar auch buchstäblich: VAGINA. Und dennoch: So viel Sicherheit, so viel unkritische Selbstverständlichkeit behielt dieser gebildete Mann bei, um ohne weiteres das, was er sich oft vorstellte, für *ihre* Vagina, für die Vagina von Frau Dr. Strutz zu halten. Das macht die Vorstellungskraft eines Siegers, und noch in der Niederlage ist ein Lederer sich einer Vagina gewiß, die er niemals zu Gesicht bekommen hat. Die Gedanken sind frei und das Obszöne ist ihre Domäne.

In dieser Nacht denkt der Stadtrat nichts Obszönes mehr, er hat sich niedergelegt, vor der GLÜCKSINSEL liegt er, dem führenden *Swingerclub* der Stadt, die Chance hat er nicht ergriffen, von dieser Freiheit hat er nicht Gebrauch gemacht, den Eintritt hat er nicht geschafft, sein Rausch ist unbeschreiblich wie ja überhaupt die Räusche unbeschreiblich sind: ein Rauschen im Ohr ein Flimmern vor den Augen ein Drehen an der Kippe zum Schwindel eine Wärme an der Grenze zum Schweißausbruch. Der Rausch kennt ein Maß, aber kein Mittelmaß, er ist schon mit dem Schlechtwerden verbündet, das auf ihn folgt. Man muß die Folgen bedenken! Der Stadtrat liegt buchstäblich in der Gosse, aber er küßt den Boden seiner Stadt nicht, denn er liegt auf dem

Rücken. So blickt er direkt in den schwarzen Himmel, in seiner Lage kann er nicht wahrnehmen, wo er liegt, in seiner Lage hat er auch vergessen, wo er liegt, nämlich vor der GLÜCKSINSEL, die zu besuchen die Strutz ihn immer in Verdacht hatte. Aus der GLÜCKSINSEL kommt kein Ton, wie die finstere Burg im Horrorfilm liegen die Fassaden der städtischen Freude da, hinter denen man sich so gut gehen lassen kann. Aber der Mann im Rinnsal spürt von der Insel her eine Wärme, es riecht auch außen nach der Glut, die innen die Leiber unterhält. Kaum irgendwo anders als vor der GLÜCKSINSEL ist der Unterschied zwischen „auf der Straße" und „im Haus" größer.

Der Stadtrat ist jetzt weder glücklich noch unglücklich, er ist von einer großen Klarheit erfaßt, also vom Rausch erleuchtet und diese Erleuchtung kennt keine offenen Fragen, geschweige denn abschließende Antworten. Klarheit dieser Art ist natürlich nur ein vorübergehendes Gefühl, auf das einem schlecht werden wird, aber immerhin. Klarheit dieser Art entsteht aufgrund einer Wahrnehmungsverwirrung, bei der am Schluß eine völlige Verzerrung des Üblichen steht: Großes erscheint klein, Kleines groß, aber beides erscheint so definitiv, so überdeutlich, daß der Glaube an die Erscheinung genau jene große Macht besitzt, auf die das nüchterne, zum Schein überlegene Bewußtsein in seinem Medium des Tageslichts arrogant verzichten zu können glaubt. So ist das, entweder besoffen und klar oder nüchtern und vage, da ziehe sich aus dem Rinnsal wer mag, der Stadtrat ruht jetzt dort, der Kosmos hat ihn ohne Widerspruch aufgenommen, seine abgelegene Rolle im Weltgeschehen berührt ihn nicht. „Es ist aber nur vorübergehend", besagt das Trottoir, unter dessen Niveau der Stadtrat sich derzeit befindet (bald darauf: sich befunden haben wird).

Das Trottoir als Fundament der allmählich spruchreif gewordenen Frage: Ist das der Mensch, der er sein wollte? Auf der Fassade der GLÜCKSINSEL ist eines dieser beziehungslosen, daher oft so treffenden Wörter eingeritzt: SCHATTENDASEIN, ein nutzloses, zweckloses, ein freies, vom Verständigungswillen verschontes Wort; umso besser kann es dazu beitragen, die Situation zu beleuchten, in der sich dieser Stadtrat befindet, der in einer bemerkenswerten Häufigkeit am Rücken zu liegen kommt. Sein Schattendasein erhellt sich für einen Moment, in dem aus der tiefen Nacht ein Taxi vorüberfährt.

„Hallo Taxi", spricht der Stadtrat in den Beton und aus dem Wagen dringt eine Liedzeile an die Ohren des Liegenden: *„Ich kann nur sein wie ich bin."* Damals bei der Aufnahme hatte Paradiso schmunzelnd, das heißt mit diesem widerwärtigen Berufsgrinsen auf der Fresse geklagt, wie schade es wäre, daß man im Deutschen ICH nicht groß schriebe, er sänge lieber Englisch und er sang für die Idioten, die ihn aussaugten, aussackelten, die sein Blut Tag für Tag verkosteten A BURNING RING OF FIRE, akzentfrei, jedoch mit einem zynischen Unterton, der so unterschwellig wie möglich verkündete, wer oder was sein brennendes Problem war: *Sie* und dann erst recht alle, die ihm zuhörten. Im Moment übertönte Paradisos weiche Stimme jeden dem Beton zugeflüsterten Wunsch, das Taxi entfernte sich diskret und der Stadtrat ruft nun dem harten Boden zu: „Ein Bouchet bitte."

Aber dann ist es endlich still.

Umnachtet, auch tagsüber

Es ist immer dasselbe und die Wahrheit des Menschen ist unübersehbar. Seine Wünsche sind grenzenlos, aber es wird gesagt, dies sei besser, als wären die Wünsche im Keim erstickt worden. Und der Mangel? Ein Toter erwähnt Passanten gegenüber kühl: *Eris quod sum* – du wirst sein, was ich bin, er poliert sein Latein auf, seine tote Sprache. Die Manifeste der Vergänglichkeit haben mittlerweile, über den Daumen gepeilt, Milliarden von Gestalten angenommen, selbst Spiritisten können nicht die geringste Ahnung davon haben, welch durchschlagende Bedeutung den Toten heute bereits zukommt. Die Gestalten der Lebenden sind, in verschwindender Zahl, ins Getümmel der Verschiedenen, die mit ihrem Latein (nicht) am Ende sind, recht und schlecht eingepaßt.

In diesem Sinne ist auf Erden derzeit eine Frau wahrzunehmen (während das „Mittagsjournal" abläuft), die wie ein zusammengerollter Teppich über einem Geländer der Unterführung KARLSPLATZ hängt; sie ist alt und leblos, aber wird sich bald, jedoch bloß vorübergehend, zu ihrer aufrechten Haltung entfalten.

Der Stadtrat, den jetzt der Tag wieder hat, geht an ihr vorüber und er lacht über das ganze Gesicht ohne Mitleid, war doch sein Blick gerade in eine der weit offenen Toiletten gefallen, und darin hatte vor dem Pißbecken ein Mann gestanden, der vor allem einen Hut trug: So einen Hut hatte der Stadtrat noch nie gesehen, eine kleine, bizarr zerdrückte Kopfbedeckung, mit minimaler Krempe, die den nach oben spitz zulaufenden Kopf des nur zum Schein Pissenden grotesk hervorstrich. In Wahrheit nämlich (wer sagt schon „in Wahrheit“?) war die Aufmerksamkeit des Mannes erregt, er erregte sich an seinem Nebenmann, der am benachbarten Pißbecken auch nicht Wasser ließ, sondern der in rhythmischen Streichen seine Nudel bearbeitete; ein Ehrenmann, der für sich selber zeugt!

Genau besehen bearbeiteten beide jeweils ihre eigene Nudel, auch der Mann mit Hut war an der Arbeit, war beim Nudelwalken und den Blicken des Stadtrats bot sich der schönste Anblick. Was für ein Lebenszeichen: Es war wie ein kleiner, sehr übersichtlicher Tanz, im Stehen durchgeführt und die verstunkene Zweckarchitektur der sogenannten „Toilette“ samt ihrer andauernden grellen Festbeleuchtung verwandelte sich, wenn man eben schnell, aber nicht zu schnell daran vorüberging, in einen Ort (einen Hort?) des Poetischen. Die Bedürfnisanstalt. Das Schöne ist nicht zuletzt eine Funktion der Bewegung, mit der das Publikum am Häßlichen vorübergeht. Die beiden Voyeure waren in ihren gegenseitigen Anblick versunken, meditativ und zugleich aktiv wie Denker, die wissen, daß Gedanken nur stimmen, wenn sie aus einer Bewegung, aus einer körperlichen folgen. Aber am Schluß war es dann doch nur dieses Hin- und Her, immer dasselbe, und der Stadtrat kann durch sein Lachen das Vorurteil kaum abschütteln, daß der Mann mit Hut für die Performance des anderen bezahlt hatte; der andere, so weit dem Stadtrat Einblick gewährt war, schien ein Ausländer zu sein; er war, sofern man es von hinten sehen konnte, ein schöner Mensch, wahrscheinlich von einem mittelmeerischen Land herstammend: kühn, dunkel und anmutig.

Jetzt stand der Mittelmeermann in einer mitteleuropäischen Stadt, in einem Land, das zum Meer keinen Zugang hat (und in dessen Geschichte auch diese Unzugänglichkeit von einigen hervorragenden Bewohnern als aufreizend empfunden wurde) und bearbeitete, gewiß weil der häßlichste Mensch von der Welt, der Mann mit Hut, für die höheren Kosten der Masturbation nicht aufkommen wollte, die eigene Nudel. „Besser", und deshalb lachte der Stadtrat sosehr, weil es ihm eingefallen war, „besser als Lichteneggers ZEITUNG zu verkaufen, ist es schon, sich vor den Augen zahlender Gäste einen runter zu holen", und der Stadtrat, der am Eingang der Unterführung die Parade der Zeitungsverkäufer aus allen mittelmeerischen Ländern abgeschritten hatte („Habt acht!"), kann sich nicht mehr halten und bricht in ein solches Gelächter aus, daß er sich an dem Geländer festhalten muß, das der Alten Halt bietet, die jetzt geschüttelt vom Gelächter eines Fremden aus ihrer Teppichstellung auf die Knie fällt und die auf diesen wundgeschlagenen Knien nicht so recht weiß, wo sie hier ist und die sich mühsam in die Höhe stemmt, um behütet von den letzten schwachen Nachwirkungen eines Rausches, dessen Herkunft ein Anatom vielleicht noch feststellen könnte, stolz und in Würde davonzutrotten.

Der Stadtrat, ein ziemlicher Hysteriker, findet sich plötzlich schuldig, einen Menschen aufgeschreckt, eine Bewegung, die zu nichts Richtigem führen kann, ausgelöst zu haben. Er lacht nicht mehr, aber das Mitleid, das ihm gut getan hätte (das ihm schlecht getan hätte?), unterdrückt er. Immer langt man im Kopf, auf irgendeine Art gestimmt, in irgendwelchen Stimmungen nach irgendwelchen Menschen und es scheint, als wäre es ausgerechnet der eigene Zugriff, durch den einen alles Menschliche, das man fassen möchte, unbegreiflich bleibt. Man sollte sich nicht einmischen oder wenigstens, ach, daß man nur einen einzigen Augenblick fände, der um seinetwillen bestehen könnte (eine sogenannte Gegenwart?) oder daß man nur einzigen Menschen hätte, der nicht im Spuk seiner Auswechselbarkeit verschwände.

Na, was ist mit Dr. Strutz?

Aber jüngst war dem Stadtrat eben dies passiert: Er ging auf seine BANK, seine ERFOLGSBANK. Er wollte ein Sparbuch auflösen, eine Überweisung nach Brasilien war an der Zeit, die Geldflüsse benötigten Nachschub aus der Quelle, die Gattin an der Copa Capana war unruhig geworden, Rio lag ihr zu Füßen, aber bloß geographisch, denn sie sah von der mit dem Jesus Christus bewährten *(Einer liebt Dich ... Jesus Christus),* weltberühmten Aussichtswarte auf die Stadt herunter und kaufte gleich an Ort und Stelle die Ansichtskarte, auf die sie unmißverständlich schrieb: „Na, was ist?"

Die Frage löste in zeitlicher Verschiebung die Bewegung des Stadtrats aus, sie löste auf der anderen Seite des Erdteils den Gang eines Stadtrats zur Bank aus, zur ERFOLGSBANK. Der Stadtrat hielt ein kleines hellgraues Büchlein in der Hand, es war sein Diskreditions- oder Dispositions- oder Absolutions-Sparbuch, jedenfalls war es der Nachweis einer geheimnisvollen Sparform, zu der – in besseren Zeiten – ihn sein Berater von der ERFOLGSBANK überredet hatte. Der Stadtrat verstand nichts von dem Büchlein, ja selbst das, wofür es stand, die Summe nämlich, war dem Stadtrat unbekannt und der Berater von einst war ersetzt worden durch einen Berater von heute, war also im Spuk der Austauschbarkeit verschwunden. Mit seinem anonymen Geheimsparbuch betrat der Stadtrat anonym, aber nicht geheim die Erfolgsbank. Der unbekannte Mandatar?

Da war ein bienenfleißiges Schwirren in der Luft, das Leben erblühte von den Ein- und Auszahlungen, es wurde überwiesen und unter den Überweisungen werden gewiß tragische, tragikomische, bedeutende, aber auch unbedeutende gewesen sein. Nichts Menschliches ist den Überweisungen fremd, nichts Triviales und nichts Erhabenes, in der Bank kann das Leben noch sein, was es einmal auch im Leben war. Der Stadtrat, der immer in der Stadtbahn aufmerksam beim Fenster herausgeschaut hatte, wenn der Zug zwischen der Station FRIEDENSBRÜCKE und der Station VOLKSOPER ganz nahe an den Häusern vorbeifuhr … Man konnte in die Wohnungen Unbekannter hineinsehen, man berührte mit den Augen ein Stück von ihrem Schicksal, man fuhr unbewegt an ihren Unvermeidlichkeiten vorüber und empfand dabei ein Freiheitsgefühl, man erhaschte einen Moment ihres unersetzbaren Zeitkapitals und der Zufall des Erblickten schlug sich mit den festgelegten Richtungen fremder Lebensläufe. Flüchtig wahrgenommene Ausschnitte aus Großem und Ganzen, ein jedes Mal war der Stadtrat gerührt, nein, er war wie von etwas Magischem berührt, wenn er frei von außen sehen konnte, was in irgendeinem Inneren gebunden und unentrinnbar war. Da überweisen sie, nehmen ihre Kontoauszüge entgegen, legen Spareinlagen ein und zwischen den Grundlagen zur Abschaffung der Sparbuchanonymität und zur Aufdeckung der Wirtschaftskriminalität muß – mehr brauchte der Stadtrat auch auf diesem Gebiet nicht zu wissen – ein Leben sein: in hunderten Varianten ein Leben und an jeder Variante hängt ein Individuum dran, das einzahlt oder ausgezahlt bekommt – wie die Frau von der Copa Capana.

Alles wirklich Abstrakte, falls es funktioniert, dürfte einen Punkt haben, an dem es sich ins Konkrete übersetzt und an dem ein Individuum dranhängt. Die Wahrheit des Menschen: Wer einen Menschen, der sich streckt, unter den Achseln kitzelt, der wird, falls derselbe dann gähnt, ihm auch mit der Hand in den Mund fahren. Davon kann man ausgehen, aber wohin?

Der Stadtrat geht mit seinem Sparbuch zu einem Schalter in der ERFOLGSBANK. Dort sagt ihm einer der Bankiers, aus dessen Sakkoärmeln wunderschöne, riesengroße Manschetten hervorblitzen, weshalb es ewig schade ist, daß der Mann so wenig mit den Händen spricht – „Lieber Herr“, sagt der Bankier, „Sie haben das geheimste Sparbuch, das es auf der Welt gibt. So ein Sparbuch kann man doch nicht in der Kassenhalle vor allen Augen auflösen“, und er weist dem Stadtrat den richtigen Weg zur Auflösung. Auf diesem Weg fällt dem Gehenden nur eines auf, nämlich die Stimme einer Frau, die ein für diese Witterung zu frühes Sommerkleid trägt, aus dem – um die Hüften herum – Fleisch herausdringen will. Die Frau ruft: „Alles, was man angreift, kostet zehntausend Schilling“, und ihr Ruf ist an die Leere der Allgemeingültigkeit gerichtet. Die Philips-Aktien stehen auf 149,60, der Schlußkurs der Amsterdamer Bank hält sich auf 375, und Scheepvaart Unie ist auf 141,50 gesunken. Das war einmal, aber sonst ist alles normal. Der Stadtrat passiert ein Wort, das buchstäblich im Raum steht, nämlich auf einem Schild über den Köpfen der Angestellten und Kunden gleichermaßen schwebt; es heißt: VERANLAGUNGEN. Die Teppiche – der Stadtrat hat das Gefühl – werden mit jedem Schritt tiefer und der allgemeingültige Wert von zehntausend Schilling verblaßt zusehend.

Der Stadtrat betritt ein kleines, schwarz getäfeltes Büro, die Kassenhalle liegt weit hinter ihm, es gibt keinen Schalter, zwei Damen und ein Herr sitzen wie privat im Wohnzimmer, verschanzt hinter Tischen, die es schlau offenlassen, ob es nun Schreibtische sind, ein Computer arbeitet lautlos, rechnet vor sich hin, es herrscht eine elegante Stille, ein akustisches Design und der Stadtrat weiß, daß er stört, wenn er jetzt sagt: „Ich möchte bitte dieses Sparbuch auflösen!" Aber deshalb ist er hier und er sagt es und eine der Damen, der eleganteste Mensch in diesem Raum, nimmt sich seiner an. Der Stadtrat fühlt sich alt angesichts der umstandslos natürlichen Grazie, mit der er hier als Kunde bedient wird: Diese Frau, die er, scheu wie er ist, nur in Umrissen wahrzunehmen wagt, niemals ganz und niemals genau, auch nicht in einem einzigen Detail, schreitet in seinen Angelegenheiten den Raum virtuos ab. Ihre Hände, ihr Leib, die Tastatur der Maschine, die Auskünfte und das Formular, alles verschmilzt zu einer Komposition, die man reserviert, aber doch zu seiner Ehre aufführt. Jetzt telefoniert sie, Unklarheiten sind aufgetreten, irgendwo in der ERFOLGSBANK gibt es eine Stelle, die seinem namenlosen Sparbuch noch näher steht als das schwarz getäfelte Büro. Die elegante Frau klopft mit der Spitze des Bleistifts einen Rhythmus, die Rhythmen überbrücken ihr die Zeit, in der sie selber nichts tun kann, sie hört, was an einem anderen Ende gesagt wird und sie nickt, sich aus dem Gehörten plötzlich herausreißend, dem Stadtrat zu. Also hat doch alles seine Ordnung?

Jetzt kann sie den Stadtrat unbesorgt nach dem KENNWORT fragen. Aber das Kennwort soll nicht ausgesprochen werden, es soll nicht laut werden, sie schiebt dem Stadtrat ein Stück Papier über den Tisch und auf dieses Papier soll er sein KENNWORT schreiben. Diese Geste des Überreichens, des Zuschiebens überrascht ihn. In diesem Moment hat er dieses merkwürdige Gefühl, das er sich auch danach gemerkt hat: Er hat das Gefühl, mit dieser jungen Frau schon seit 26 Jahren zusammengelebt zu haben. Mit ihr hat er sein Leben geteilt, *only the lonely know, I cry for you,* er hat mit diesem für ihn gar nicht wahrzunehmenden, *dreamin', I'm always dreamin' love will be mine, searchin', searchin'* – Menschen all die Jahre verbracht, die jetzt aufgebracht, zur Neige gegangen zwischen ihnen liegen als höchster Punkt einer gemeinsam erarbeiteten Gleichgültigkeit, *You talk like Marlene Dietrich, you dance like Zizie Jeanmaire,* sie haben gemeinsam Geld auf der Bank und im Urlaub waren sie immer in St. Juan le Pins, da hat sie sich voriges Jahr einen üblen Sonnenbrand geholt, „und im Winter waren wir manchmal in St. Moritz", flüstert der Stadtrat, aber niemand hört ihn, weil in diesem Rahmen kein Mensch den Satz: „und im Winter waren wir manchmal in St. Moritz" erwartet. Es wird erwartet, daß ein Mensch zur Sache spricht (und im Rahmen bleibt) und die Sache, daß dem Stadtrat ein Mensch, den der Stadtrat niemals zuvor gesehen hat und den er auch jetzt nicht sieht, plötzlich zum allerwichtigsten Menschen seines Lebens wird, kommt ja auch für den Stadtrat derartig unerwartet, daß er nicht einfach, also im Rahmen bleibend, davon sprechen kann. Er hält es lieber geheim, es wird schon vergehen, er muß nur tun, was jetzt am Platz ist. Mit dem Rhythmusbleistift schreibt er das Kennwort nieder; es lautet: GEHEIM und es ist eine Tatsache, daß die vielen hundert Menschen, die für sich persönlich die geheimste Sparform der Welt gewählt haben, alle GEHEIM als Kennwort gewählt haben, was aber kein Geheimnis sein kann, denn als Kennwort für das geheimste Sparbuch der Welt liegt wohl GEHEIM auf der Hand.

Das Kostüm der eleganten Frau, die ihm so nahe steht, ist mitternachtsblau. Diese Farbe dringt in die Augen und beruhigt das Begehren, aber eben nur fürs erste, denn beim zweiten Schritt, den man vielleicht zu tun gedenkt, wird sich herausstellen, daß die Farbe Mitternachtsblau das Begehren nur konserviert und in der Konserve verdichtet hat. Jetzt könnte es hervorbrechen, aber die Dame erteilt eine zum Teil abschlägige Auskunft: „Es ist aus Gründen nicht möglich“, sagt sie mit fester Stimme und dann auf einmal murmelnd: „Ihr Disproportions-, beziehungsweise Ihr Diskreditions- oder ihr Dispositions-, beziehungsweise Absolutions-Sparbuch – wie immer Sie es aus Gründen nennen wollen –“ und jetzt spricht sie wiederum klar und deutlich, „ganz aufzulösen.“

Der Stadtrat blickt in den Abgrund der Armut; er erkennt: Diese Frau ist der ihm, wenn auch erst seit kurzem, am meisten vertraute Mensch. Sie entzieht ihm bereits den Boden der Existenz, er weiß sich plötzlich als Opfer einer Rache aus Brasilien, hingestellt und verklagt, veröffentlicht, durchschaut und hinausgeworfen – so wie einst der Stadtrat Braun, der auf einem Parcour von Stolpersteinen am Ende der Länge nach hingefallen ist. Diese Vision bringt dem Stadtrat die Dame im mitternachtsblauen Kostüm selbstverständlich noch näher, im Moment sind sie deckungsgleich, untrennbar. Die Dame setzt zu einer begründeten Ansprache an, der Stadtrat steht stramm, um die Summe im Wortlaut zu empfangen, es ist ein Moment der Kristallisation, der so lange währen wird, bis alles erfahren ist. „Ich kann Ihnen Ihr Sparbuch nur zu neunzig Prozent auszahlen", sagt sie. „Die vollständige Auflösung ist ausschließlich zwischen acht Uhr dreißig und elf Uhr möglich", und sie fügt: „aus Gründen" hinzu, offenbar das Losungswort dieser Abteilung, in der so viele Geheimnisse bekannt sind.

Nach 26 Jahren gemeinsamen Lebens ist der Stadtrat immer noch gespannt, wie es zusammen weiter geht. Sie kennt seine Neigung zum Katastrophismus, zu jener Gemütslage, in der sich die Haupteigenschaft des Stadtrats, seine Schwäche, herrisch konzentriert: Die Welt wird grau, immer grauer und dann dunkelgrau und dunkelgrauer, bis sie schwarz wird und in dieser Schwärze ist der Mann allein, es gibt keinen Ausweg.

Während den Stadtrat die Schwärze durchdringt, verbeißt er sich in die Vision von der Aussichtslosigkeit, es kann das Geringfügigste Grund genug dafür sein oder auch nur eine Antizipation, gegen die ein heller Kopf leicht etwas unternehmen könnte –, zum Beispiel hat der Stadtrat seit Jahren das Gefühl, einem Mißgeschick endgültig verfallen zu sein, das noch gar nicht passiert ist, nämlich dem Mißgeschick, eines Tages die Flasche Mundwasser mit der Flasche Salycilspiritus 1 % zu verwechseln, beide stehen nebeneinander im Badezimmer auf einem Regal. Der Stadtrat weiß sicher und er schmeckt es oft schon auf der Zunge, daß er eines Tages Salycilspiritus 1 % im Mund haben wird. Auf den verätzten Gaumen trinkt er einen Bouchet, er steht zu seinen Drinks, aber er hält es für unmöglich, er kann es nicht glauben, daß er dem Salycilspiritus entkommen wird. Er hilft sich über die Gewißheit dieser Katastrophe hinweg, indem er sie als eine fernerliegende fixiert. Alles was einmal sein wird, hat den Vorteil, daß es jetzt nicht ist und diesen Vorteil nimmt der Stadtrat wahr, wann immer es geht. Typisch für alle, die mit dem Leben nie fertig werden.

Jetzt aber, in diesem Moment geht es um die Katastrophe, kein Geld oder zuwenig Geld ausgezahlt zu bekommen und der Stadtrat ist sich sicher, morgen ist kein Tag, morgen ist es zu spät, zu lange hat er es verabsäumt zu überweisen. Aber die Katastrophe jetzt ist entweder schnell vorüber oder sie beginnt, in einem der nächsten Augenblicke, sich allmählich zu entfalten, um eine Zeitlang die Hauptrolle zu spielen. An dem Punkt, der jetzt erreicht ist, kann es noch gut ausgehen, der Stadtrat, der immer das Schrecklichste befürchtet, der also zuviel Furcht hat, sodaß die Unwahrscheinlichkeit des Eintretens der befürchteten Ungeheuerlichkeit fast schon ein Trost ist, hat dafür von seinen Hoffnungen nicht viel. Seine Hoffnung hängt in der Luft zwischen der Erwartung der Katastrophe und der Chance, ihr zu entgehen. Ironisch: So ist der Mensch, der Mensch „von heute“: er nimmt allen Empfindungen die mögliche Wucht und richtet sich damit in der Wirklichkeit ein, die er begeistert schrecklich findet. Das ist die Wirklichkeit. Aber wenn die Bereitschaft sich zu fürchten weg ist und einem das Fürchterliche zustößt, dann steht man schutzlos da. Das ist das Lebenswerk. Ironisch: Wird man nicht krank davon? Ja, denn es kann sein, daß einem das Fürchterliche zustößt, ohne daß man sich gefürchtet hat, daß man also schutzlos war. Dann kann es sein, daß die Furcht, die man im Augenblick, als sie begründet war, nicht hatte, andauernd da ist, wenn es keinen Grund mehr für sie gibt. Die Furcht, die man besser gehabt hätte, um den Schicksalsschlag zu mildern, holt man hinterher, nachdem man von ihm schon getroffen wurde, ununterbrochen nach. Die Seele, die einmal schutzlos war, will sich nicht mehr täuschen, sie liefert sich jetzt aber der Furcht aus, indem sie, auch wenn sie ruhig furchtlos sein könnte, dauernd im nachhinein Schutz sucht vor dem Schrecklichen, das einmal oder höchstens zwei Mal sich ereignet hat, ausgerechnet während man schutzlos war. Einmal zu wenig gefürchtet: ein Leben lang Furcht. Das ist die Ironie. Der Stadtrat: ein ernster Mensch, das heißt: er geht den Ironien aus dem Weg. Deshalb steht er jetzt in Bereitschaft, entweder Fürchterliches oder Erfreuliches zur Kenntnis zu nehmen; in jeder Hinsicht ist er gewappnet – gegen die Furcht und gegen die Hoffnung.

Die Frau aber, die ihm am nächsten steht, lächelt; ein Lächeln kostet nichts, bereichert den Empfänger, ohne den Geber ärmer zu machen, man kann es weder stehlen noch kaufen, denn es bekommt erst seinen Wert, wenn es verschenkt wird. Das ist das Bankwesen. Die Dame nennt die Summe: „Neunzigtausend!" und das „zigtausend" nimmt dem Stadtrat die Furcht, den Abgrund, die Armut, die Vision von Braun und den Klang im Ohr, den ein Schriftbild ausgelöst hat: „Na, was ist?" Es ist gut und im freundlichen Licht erscheint die Copa Capana. Der Stadtrat lächelt (keiner ist so reich, daß er ein Lächeln nicht brauchen und keiner so arm, daß er es sich nicht leisten könnte). Sein Lebensmensch schreibt, schreibt stückweise, ruckweise Zeilen ausfüllend, druckt das Formular aus, trägt ins Sparbuch Anonymes ein und händigt das Produkt der Arbeit schließlich dem Lächelnden aus. *Let's try a brand new start/seperate and stay apart.*

Sein Lebensmensch weist ihm den Weg zurück in die Kassenhalle und der anfängliche Schrecken, das Befremden, mit dieser Frau, mit der Dame in Mitternachtsblau, die letzten 26 Jahre verbracht zu haben, hat sich gelegt. Aus diesem ersten Schrecken hatte die Zweisamkeit ihren unwiderstehlichen Zwang gewonnen. Aber auf Dauer war die gewisse Gewöhnung eingetreten und jetzt, nach Abschluß des Vorgangs, nach Nennung der befreienden Summe, ist der Stadtrat in der Lage, den Raum ohne Reue zu verlassen und in das Leben zurückzukehren, das er mit ihm bekannten Menschen teilt. Die Teppiche – er hat das Gefühl – werden mit jedem Schritt weniger tief, in der Kassenhalle angekommen, schreitet er gleich zu dem Schalter aus, hinter dem der Bankier in einer dieser wenigen ruhigen Minuten des Tages gelassen auf Ansprache wartet. Munter, an das Vertrauensverhältnis von vorhin anknüpfend, fährt der Bankier seine Manschetten aus, um die Papiere des Stadtrats einzustreichen, und als dann der bargeldlose Akt der Überweisung, die gleichsam unblutige Transformation des Betrages, dieser auf den Groschen genaue Triumph des Abstrakten über das Sichtbare, vollbracht ist, hat der Stadtrat die Lebensgemeinschaft mit der Dame in Mitternachtsblau endgültig aufgelöst. Was soll's? denkt er in einer Was-kostet-die-Welt?-Stimmung (frei von Schulden, wenn auch nicht von Schuld) und er bringt im Kopf die vor kurzem noch erschütternde Erfahrung in Ordnung, nämlich auf die Pointe: Wenn einem ein Mensch, mit dem man ein Leben lang gelebt hat, plötzlich absolut fremd werden kann, dann kann einem ein absolut Fremder plötzlich zu einem Menschen werden, mit dem man ein Leben lang gelebt hat. *Stell dir vor, wir würden uns nicht kennen, wir gingen durch dieselbe Straße und wüßten es nicht* ... So schüttelt sich der Stadtrat heute zum zweiten Mal vor Lachen, aber dieses Mal fällt deshalb niemand von einem Geländer.

Ah, cool, ich bin tot.
Bartholemew J. Simpson

Die Stadt ist die Hölle, aber die Stimmung in Rabenstein a. d. Pielach ist auch nicht ohne. Ja, die Strutz denkt oft an Rabenstein a. d. Pielach und daran, wie sie einmal nach Rabenstein a. d. Pielach hingefahren ist. Da war sie zwölf Jahre alt und von damals weiß sie in der Hauptsache, daß alles anders war. Die Zeitenwenden haben sich überpurzelt, der Fortschritt ist losmarschiert, hat die Strutz an der Hand genommen und ins Heute geführt.

Heute sitzt die Strutz im Burggarten, es ist ihr freier Tag, ihr fällt ein Wort vom deutschen Vormittagsfilm im TV ein, ein Film von damals, als sie zwölf war und nach Rabenstein a. d. Pielach hingefahren ist. Das Wort vom Vormittagsfilm heißt *„Zum flotten Penner"* und die Sandler im Burggarten, die Gestrandeten, kommen ihr nicht flott vor, auch wenn sie das Gefühl eines obszönen Neides ihnen gegenüber empfindet. „Diese Menschen", erwähnt sie im eigenen Kopf zum Stadtrat, „haben etwas, wofür sie leben."

Der Lebensgefährte ist immer da, im eigenen Kopf, gesprächsbereit, auch wenn es nur der Stadtrat ist. Im Vormittagsfilm hatte der blutjunge Hector Paradiso von einem Behagen gesungen, das ihm ein Restaurant namens *„Zum flotten Penner"* stets bereitete. Die Gestrandeten im Burggarten bewegen sich wie schwere, manövrierunfähige, unter der Mittagssonne zum Untergang verurteilte, abgetakelte Yachten. *Ins Herz der Finsternis.* Manchmal bricht einer, von Vitalität erfaßt, aus der Gruppe aus und sieht zu, wie er zu etwas kommt. Die Strutz nimmt eine höchst interessante Technik des Erbettelns wahr. Sie betteln nicht, indem sie ans Herz gehen, sich demütig erweisen/preisen, um von oben herab etwas zu bekommen. *Werden wir körperlich auferstehen und wenn ja, dann als Mann und Frau?* Demut stachelt den Sadismus an und wärmt die Zufriedenheit darüber auf, daß man etwas hat, was der andere bloß will. Sie betteln unter Einsatz ihrer gesamten Persönlichkeit, sie spalten nichts extra Bedürftiges von ihr ab, sie geben niemandem durch Geschenkannahme die Gelegenheit, sich besser, geschweige denn gut zu fühlen. Sie sind Moralisten, weil sie Heuchelei auf ihre Kosten nicht zulassen, sie sind Realisten, weil sie nicht auf Güte bauen, sondern auf ihr Äußeres. Sie setzen den Passanten zu, indem sie ihr Äußeres in Anschlag bringen, ihren Schweiß, ihren Mundgeruch. *„Der Tod" ist nichts ontologisch Reines, kein Wesen, das sich zur Deutung anbietet, sondern er drückt sich unmißverständlich durch die Fäulnis der Kadaver aus.* Sie fahren mit ihrer Erscheinung den Passanten ins Gesicht, die Passanten bezahlen dafür, daß die Erscheinung verschwindet.

Das klappt ausgezeichnet, aus der U-Bahn kennt Frau Dr. Strutz den Meister, den Mann mit der Hasenscharte, der, entstellte Wörter ausrufend, beide Hände gegen einen Passagier seiner Wahl schnellen läßt, der Passagier, auf sein Äußeres achtend, bezahlt, um nicht in Kontakt zu kommen oder er bezahlt nicht, dann verschärft der entstellte Mensch den Infight, wird so sehr zum Nächsten, daß man sich ihn vom Leibe schaffen muß, indem man ihn wegboxt oder selber die Flucht ergreift. Die Nächstenliebe. Einem Flüchtigen setzt der Meister der Gestrandeten nach, als würde gerade Flucht ihn reizen, den Mangel an Gut und Geld noch leidenschaftlicher wettzumachen.

Frau Dr. Strutz, *Miss University of Misery and Joy,* schätzt diesen Helden der kompromißlosen Verkörperung seines Mangels mehr als eine andere, ihr bekannt gewordene Gestalt des Bettelns, die in den Überlandzügen West – gleich wie Südbahnhof arbeitet. Ein junger adretter Mensch – in den letzten Viertelstunden vor den Abfahrten, sei es nach Florenz oder nach Hamburg, reißt er die Abteilstür auf und kokettiert schwer atmend und säuselnd mit einem Durchschnittsschicksal: er habe … sein Auto sei … der Schlüssel … jetzt … er müsse noch … Er macht gemeinsame Sache mit denen, die haben, was er will, aber der Mann in der U-Bahn, der es versteht, die Unmenschlichkeit seiner Armut in eine animalische Szene zu verwandeln, kommt der Strutz menschlich vor, er bringt ins Spiel was er hat, nämlich die ganze Brutalität seiner Häßlichkeit *(die Schöne und das Biest?),* während der andere im Überlandzug vor allem mit dem arbeitet, was er nicht hat: Auto Schlüssel jetzt Zukunft.

Aber die Strutz kann nicht anders, als bei längerem Nachdenken, und so oft denkt sie länger nach, Sympathie für die kultivierte Variante zu empfinden. Das körperlich

Merkbare, die Affekte oder überhaupt das rein Körperliche für „ehrlicher" zu halten, ist doch Ansichtssache derer, denen so viel schon abgestorben ist, daß sie das Lebendige nur schätzen, wenn es ausbricht – ganz gleich in welcher Form. Die Strutz in der Mittagssonne erwärmt sich für den jungen Mann im Überlandzug. Die Gefahr, der er sich aussetzt, kommt ihr, weil sie ja selber so kultiviert ist, bekannt vor. Während der U-Bahn-Mann gut davon lebt, daß man ihn kennt, daß man mit ihm Bekanntschaft gemacht hat, je öfter, desto besser, ist die Gefahr für den differenziert arbeitenden jungen Mann aus den Überlandzügen eindeutig die, daß man ihn wieder erkennt. Er kommt in das Abteil: „Ich habe ... mein Auto ... der Schlüssel ... jetzt ... ich muß noch ...", und es erkennt ihn ein eleganter ironischer Herr aus Hamburg, der aussieht wie Helmut Schmidt, der Ex-Kanzler, oder es erkennt ihn Christian Ankowitsch, ein erfolgreicher Mitarbeiter einer großen deutschen Wochenzeitung, oder es erkennt ihn Cathrin Pichler, die wieder einmal unterwegs nach Florenz ist, von wo aus sie noch ungefähr vierzig Kilometer in ein herrliches Domizil inmitten der Toskana fährt. Oder es erkennt ihn Sophie Eisenburger, die von einem Aufenthalt auf der Hohen Wand wieder zu ihrem Studienplatz nach Florenz zurück muß; auch von Hermann Staffler, der allerdings bloß bis Bologna fährt, könnte er erkannt werden. Die Strutz stellt sich danach, nach dieser von ihr getroffenen Auswahl bunt zusammengewürfelter Individuen, den riesigen Chor vor, der die Tragödie des Mannes im Überlandzug durch Erkennen entscheiden könnte. Was ist eigentlich seine Schuld? Seine Schuld ist eigentlich, daß er nicht betteln will, sondern nur bitten: Er ist vermessen, er steht nicht zu seinem Mangel, er gesteht nicht. So gesehen ist der Mann in der U-Bahn mit seinem Körpereinsatz schlauer: Er gesteht, was er ohnedies nie leugnen kann, aber sein Geständnis ist dermaßen stark und hart, daß die, vor denen er es ablegt, sich bedroht fühlen. Er ist ihnen *peinlich.* Und was ist die Strafe des Mannes im Überlandzug? Die Strutz, die sich nicht vorstellen kann, daß jemand, der ein so differenziertes Verfahren anwendet, der so sensibel und vorsorglich seine wahren Umstände verbirgt, zugleich abgebrüht sein würde, meint, daß es *ihm* peinlich sei. Sie konzipiert ihn als peinlich berührten Wiedererkannten, die Peinlichkeit ist seine Strafe und sie interpretiert in sein Gesicht ein gewisses Lächeln hinein, das sie aber nach einiger Zeit von dort erschrocken zurückzieht. Es ist ein Lächeln, das kokett & schüchtern, abstoßend & gewinnend Interesse weckt: wer ist das, der so lächelt, ist er frech oder ergeben, schlägt er gleich zu oder gibt er sich geschlagen? Es ist ein wunderbares Lächeln, das von einer Jugendkraft gesponsert wird, die nicht zuletzt daher kommt, daß noch nicht entschieden werden mußte, ob sie sich in dem einen oder anderen endgültig erschöpfen soll. Eine solche Jugendkraft kann noch euphorisch die Zwischenräume ausfüllen (konstituiert überhaupt erst die Zwischenräume), während in den ausgemachten Räumen alle traurig herumhängen oder höchstens Feiertags hysterisch kichern.

Aber erschrocken zieht die Strutz dieses Lächeln vom im Überlandzug ertappten Mann ab, denn dieses Lächeln hatte sie tatsächlich gesehen, und zwar im Gesicht des jungen Malers, der jüngst überraschend und mit einer Art von ironisch zärtlicher Selbstsicherheit, bei der man nie weiß, wie sie erstens gemeint ist oder was sie zweitens bedeuten soll, den ersten Schritt über die Schwelle der Berühmtheit getan hat. „Nun bin ich berühmt", lächelte sein Gesicht auf den Telefunken Bildschirm der Frau Dr. Strutz, „und ich bin berühmt, weil ich hier auf dem Bildschirm lächle". Die Einheit von Form und Inhalt. Seine Stimme hatte einen spöttischen, einen ironischen Beiklang, aber einen, der in Frau Dr. Strutz den Gedanken an eine *coincidentia oppositorum* weckte: Wie nahe, ach, steht doch Ironie dem Salbungsvollen, wie nahe der Zyniker dem Pfaffen – dachte sie ungerecht hinzu. Der junge Maler wurde von einem „Sakko" interviewt.

Sakko nennt die ungerechte Dr. Strutz inhaltsleere Menschen auf dem Bildschirm, solche, die nichts anderes ausstrahlen als ihre Bekleidung: Da gibt es den Regenmantel aus Washington oder zur Abwechslung die Brille aus Brüssel, aber meistens gibt es nur das Sakko. Die Strutz wundert es schon lange, was für eine Zauberkraft das sein muß, die aus Menschen mit Haarwuchs und Blutkreisläufen solche Hüllen machen kann. Solche Hüllen mögen leer sein, aber sie leiden keinen Mangel, sie benötigen nichts, sie sind geschlossene, man weiß nicht, *Lebe*wesen? Auf jeden Fall sind sie unsterblich, und die Strutz hatte im Ernst schon erwogen, ob der Biologieunterricht *(Verhaltensbiologie)* im FRANZ GRILLPARZER-GYMNASIUM nicht wenigstens darin vorangehen sollte, daß er die unsterblichen Hüllen zum Gegenstand seiner sehr notwendigen Erörterungen macht. *Für alle Lebewesen entstand mit der Entwicklung der Werkzeugkultur ein neuer Vektor im Selektionsdruck.* Während die Welt ausgestorbene oder erfundene Tiersorten fixiert, sind vor aller Augen ungeheure Wesen entstanden, nämlich Regenmantel,

Brille und Sakko. Aber das wohl Seltsamste war doch, daß der junge Maler zum Sakko ausgerechnet über ein Sakko sprach, die Einheit von Form und Inhalt, nämlich darüber, daß er, ein junger Maler, so arm gewesen sei, daß er lange von dem Geld leben mußte, das ihm seine Mutter, eine bescheidende, aber doch lebenskluge Näherin aus dem Waldviertel, für den Ankauf eines Sakkos zugesandt hatte. Als er schließlich der Mutter einige Belege seiner Berühmtheit vorgelegen konnte, fragte diese (übrigens zurecht wie Frau Dr. Strutz meinte) schlicht: „Na, gut, aber was ist mit dem Sakko?"

Das Sakko lächelte milde zur Schnurre, und dann, nachdem der junge Maler noch die eine oder andere Chance genützt hatte, um zu zeigen, wie hell Armut die Köpfe macht, kam das Lächeln voll ins Bild. Das Sakko und der junge Maler standen vor einem Würstelstand, die beiden stützten ihre Arme schwer auf den Tresen, Männern gleich, die nach harter Arbeit eine Heiße zu sich nehmen. Das Sakko war vom jungen Maler bis auf die letzte Faser eingenommen, es saugte sich an der Unschuld fest, das Sakko hatte diese Unschuld ja selbst inszeniert und „selbst inszeniert" ist die intensivste Form des Glaubens, den der moderne Mensch noch haben kann. Am Bildschirm sammelte sich die zerstreute Biographie des jungen Malers, wird er sich wieder erkennen? Der junge Maler bezeichnete den Würstelstand als den seinigen, hier hatte er die Würstel gekocht, hatte sie mit Senf versehen, mit süßem und mit scharfem, aus dem Stand heraus hatte er die rauhen Esser aus der Vorstadt domptiert, ein Dompteur der Löwen – und als die Szene schon endgültig auf die hochmütig komische Diskrepanz vom Künstler im Würstelstand eingeschworen war, tänzelte der junge Maler vom Tresen weg, sein Gesicht eroberte den Bildschirm und schon lief der O-Ton: „Ist die Kunst", Kunstpause und dann noch einmal, „ist die Kunst nicht", Kunstpause, „ist die Kunst nicht", Kunstpause, „wie Würstelverkaufen?"

Kunstpause, scharfer Schnitt, ein anderes Sakko im Studio der Sendung ARTgenossen. Mag. Lederer: Lieb und banal, so muß man heute sein. Die Strutz: Besser als widerlich *und* banal. Mag. Lederer: Da hat einer wieder einmal seine Art genossen! Lederer, der keine der sogenannten Kultursendungen ausließ, um eine jede banal finden zu können und der immer so sprach, als wüßte er von vornherein, daß ihn keiner verstehen würde und daß dennoch ein jeder für alles Unverständliche aus seinem Mund dankbar sein müsse, bekam darauf zu hören: Selber banal – und wieder einmal war ein Gesprächsfetzen zerrissen. *Wer inszeniert das Leben?*

Die Strutz hält das Leben für einen glatten Betrug, auf dessen Konto außerdem die verlockende Zumutung geht, ausgerechnet selber nicht zu betrügen. Der Betrug sei nach Strutz in der Zeit inbegriffen. Die Zeit täuscht Gegenwart vor, aber keiner hat eine. Die Gegenwart ist nur Mittel zu dem Zweck, daß man verschwindet; die, die Zukunft anbeten („an die Zukunft glauben"), liefern sich freiwillig ihrem Verschwinden aus. Sie haben sich begeistert damit abgefunden, daß ihnen keine Gegenwart bleibt und sie arbeiten sich als Avantgarde der Mittel-Zweck-Relation vorwärts ins Nichts: jeder Augenblick ist ihnen das Mittel für den Zweck, den sie einst erfüllt haben werden. Wenn es gilt, einen Augenblick festzuhalten, kommt einem das Gedächtnis am zuverlässigsten vor, aber hatte sie nicht selber einem nach dem Kursbuch der Bundesbahn bettelnden Gauner das Lächeln eines vollkommen anderen aufgedrückt? Das war die Phantasie, sie mischt sich ins Gedächtnis. *Wer inszeniert die Phantasie?*

Die Strutz war, nach dem Unrecht, das sie in ihrer Phantasie dem Maler getan hatte, sehr bald in die Galerie geeilt, um durch Bilderankauf den Künstler vor ihren Gesichten schadlos zu halten und siehe da, die Bilder waren sehenswert: Sie zeigten Waldviertlerlandschaft und im Waldviertel (schon in der Jungsteinzeit war die Gegend besiedelt) hatten die Strutz und der Stadtrat ja das Haus!

Die Strutz kaufte ein Bild, darauf war ein winterschweres Feld zu sehen und ein vom Schnee beinahe zugedecktes Haus. Das Haus, so ohnmächtig es gegenüber der harten Witterung schien, würde standhalten. Das Bild war eine Idylle, aber die Strutz sah es sofort: Diese Idylle war durch einen unmerklichen, gewöhnlich Kunst genannten Trick, sich selber fremd gemalt. Man konnte das Bild ansehen wie die psychologischen Tests für optische Täuschungen: Einmal sah man auf dem Bild *Heimat,* das hieß nach Strutz, der Modernen, schwerblütig und stumpfsinnig machenden Grund und Boden. Aber aus diesem Eindruck wuchs zugleich ein anderer hervor. Etwas Unheimliches lag malerisch auf der Lauer, eine unbestimmte Gewalt drohte.

Keiner will heutzutage seine Idylle ungebrochen und um ihr einen modernen Sinn zu geben, dient sie am besten als Vordergrund kommender Katastrophen, ja, nur so ist sie überhaupt („hinter der harmlosen Idylle eine dunkle, unheimliche Welt") als Idylle erkennbar, und die Strutz, die auch das Bild mit Feld und Haus bloß noch im Gedächtnis hat – irgendwann einmal war es von der Wand abgenommen und verlegt worden – denkt auf der Bank im Burggarten, ob es nicht genau dies war, was uns der Maler sagen wollte: Es sind offensichtlich nur Trottel, die an Idyllen glauben, so wie es nur Trottel sind, die nicht an offensichtliche Idyllen glauben – niemand weiß es. Vielleicht verschwindet die Einheit (Einhalt) von Form und Inhalt in einer Endlosschleife, die sich von Punkt zu Punkt aufgrund wechselseitiger Negationen aufbaut und weiterzeichnet. Über allem stehe dieses Lächeln, das sich einschmeichelt, um vielleicht eines Tages als Ausdruck der bösartigsten Verhöhnung durchschaut zu sein.

Die Strutz erkennt plötzlich den Sinn dieses Lächelns auch an einem anderen Gesicht. In diesem Sinn lächelt nämlich ihre praktische Ärztin. Sie sieht sie vor sich und der Kopf der Medizinerin mit dem breit lächelnden Mund dreht sich langsam, als geschähe es allein zur behutsamen Demonstration der Funktionsweise mobilitäts-einräumender Halswirbel. Je besser die Funktion der Halswirbelsäule, desto besser die Durchblutung der Kopforgane! Das Lächeln der Ärztin legt ein perfektes künstliches Gebiß frei, ihr Sohn arbeitet an der Universitätszahnklinik und hat es bei der Mutter natürlich an nichts fehlen lassen. Aber dennoch sind die Zähne, als wollten sie ihre Perfektion auffällig unter Beweis stellen, eine Spur zu groß, das verleiht ausgerechnet dem professionell ärztlichen Lächeln, diesem standardisierten Ausdruck freundlicher Kompetenz, etwas leicht Gespenstisches. Die unheimliche Aussage, die im lächelnden Medizinerinnengesicht eingerastet ist und die unwillkürlich stets von neuem getroffen wird, lautet: *Sie* haben den Krebs und ich will mit ihnen ein nettes medizinisches Verhältnis haben, aber den Krebs haben Sie allein und es gibt überhaupt keine Brücke, die ich zu Ihnen im Ernst schlagen kann, es sei denn, sie nehmen mein Lächeln dafür hin. Halten Sie mein Lächeln für tragfähig, gut, wenn nicht, so ist es mir egal. Ihr Körper geht mich an, was geht mich ihr Körper an? Das ist das Personal der Idylle: jeder ist Konkurrent und Partner zugleich, Feind und in einem Boot auch. Die Zeiten sind/waren Konkurrenten, laufen vielleicht gegeneinander auf ein gemeinsames Ende hin, sind aber jetzt im Stillstand geborgen.

Die Strutz, auf einer Bank im Burggarten, steht zu jeder Zeit zu ihrer Mittelstandsmetaphysik: das Leben verlöre sich im Lebensprojekt, in den Absichten, die man so hat und die einen zum Verschwinden bringen. Aussteigen/Absteigen, man ist niemals präsent. Sie sieht lauter Verlierer um sich, das heißt lauter Gewinner, denn, und das ist fast schon indische Philosophie, Verlieren und Gewinnen ist für sie dasselbe, aber die Trottel, meint sie, begreifen es nicht und deshalb wird es immer etwas anderes sein. „Die haben etwas, wofür sie leben“, sagt die Strutz über die Sandler und sie meint glatt die Flasche; sie meint es ohne Ironie, „ehrlich“, wie man sagt, also neidig. Die Trinker im Burggarten lassen die Flasche kreisen, *the bottle is the message*, die Flasche beseitigt jeden ihrer Zweifel, für die Flasche werden sie tun, was sie tun werden. Mit jedem Schluck besiegeln sie ihren Abstieg, mit jedem Schluck fühlen sie sich als Gewinner.

Damals, als der junge Paradiso „Zum flotten Penner“ sang, war das nicht eine Zeit, da es schien, man könnte einen Anfang machen und die lächerlichen Unterschiede Lügen strafen oder sie zumindest nicht um Sein oder Nicht-

Sein gruppieren: Alle in wohliger Armut zuhause, die monströsen Ausnahmen leicht zu verkraften, die gefeierten Monstren in die Illustrierten gebannt.

In diesen Illustrierten blätterte die Strutz tatsächlich. Wenn der Vomittag lang war, das Fernsehprogramm schlecht, der Stadtrat bei einem Arbeitsessen, dann kam es vor, daß sie in die Nationalbibliothek ging. Dort ließ sie sich die alten Hefte aushändigen und las sie im Zeitschriftensaal. Sie las sie nicht eines Inhalts wegen, auch nicht wegen einer Form, sondern weil sie sich in dem vagen Gefühl bestätigen wollte, daß damals alles „entsprechend" war, nichts schien ihr damals überzogen und obwohl sie wußte, daß ihr Eindruck nur eine optische Täuschung des Rückblick sein konnte, gab sie ihn nicht auf. Sie wollte sich nämlich den utopischen Kern ihrer falschen Perspektive unbedingt bewahren: den Glauben an einen Zeitpunkt, an dem das Menschenmögliche, für sie das undramatisch Durchschnittliche vorherrschte. Sie verabscheute die gegenwärtig permanent ausgeteilten Nadelstiche, mit denen alle Welt zum Hervorragen und Übertreffen gestochen wird. Damals, als der Untergang noch vor Augen war, die Untergangssehnsucht aber schon durch den berüchtigten Aufbau abgelöst wurde, in diesem Schwebezustand hätte eine nicht-resignative Bescheidenheit entstehen können: Selbstbewußte, auf ihre Durchschnittlichkeit *(preisbewußte Durchschnittsware?)* stolze Menschen, nicht diese von ihren Konkurrenzen, von ihren andauernden Anläufen, irgendetwas oder irgendwen zu übertreffen gedemütigten Lebensläufer, denen die Strutz jederzeit alle Säufer im Burggarten oder anderswo vorzog. Auch an der Lebensgemeinschaft mit dem Stadtrat genoß sie besonders das Privileg, daß er der unbekannte Mandatar war, nichts als der unbekannte Mandatar, und von sich konnte/ kann die Strutz mit erhobenem Kopf, aufrechten Ganges sowieso jederzeit sagen: *Die Probleme, die ich mit dem Leben habe, unterscheiden sich nicht von denen, mit denen sich viele Frauen und Männer meines Alters heute herumschlagen müssen.*

So geht es in die Breite, in der Tiefe, das heißt im Gedächtnis sind die Reisen der zwölfjährigen Strutz nach Rabenstein a. d. Pielach einzigartig, also formend. Mnemosyne, übrigens die Mutter der Künste, Göttin, memorial, Trauma: Die zwölfjährige Strutz sitzt, vom Vater beaufsichtigt, im Zug nach Rabenstein a. d. Pielach. Ohne Gnade und Rücksicht wird in die Sommerfrische gefahren. Vater, der gestrenge Herr, der gerne Architekt geworden wäre, der aber Notar geworden ist, sitzt auf der Gangseite der jungen Strutz gegenüber. Er trägt die kurze Lederhose, die Stutzen und das ländliche Jägerhemd. Kurzärmelig. Die Füße stecken in schwarzen, klobigen, orthopädischen Schuhen. Sommerfrische, *süße kleine Pension, Holzhaus mit gelb gestrichenen Balkonen, wir essen gut und sind glücklich*, am schlimmsten kommt es, wenn der Vater die Stutzen bis übers Knöchel runterrollt: Die Wanderung. Die Fensterplätze im Zug besetzen zwei junge Damen, von ihnen geht bis ins heutige Ohr der Strutz ein Kichern aus. So wie es in der Erinnerung vage Bilder gibt, von denen man, ohne sie deutlich vor sich zu sehen, ganz genau weiß, was sie bedeuten, so kann es auch mit Tönen und Geräuschen gehen, die man im Ohr behält, ohne sie wirklich zu hören. Im Gedächtnis vermischt man den Sinneseindruck mit der Bedeutung, die er für einen gewonnen hat. Der Gewinn, die Bedeutung, macht schließlich einen Ton oder eine Farbe vage, aber Mnemosyne läßt nicht locker. Überdeutlich hat also die Strutz das Undeutliche des Kicherns im Ohr. Es könnte freilich anders sein, daß sie nämlich das Kichern haargenau im Ohr hat, wie sie es seinerzeit auffaßte. Schon damals will sie weghören und gerade das Undeutliche im Ohr erinnert sie heute deutlich an den Schreckensgrund für ihr Weghören. Der Vater beginnt sie im Zug zu prüfen. Nie hat der Vater eine Gelegenheit, die Tochter zu prüfen, ausgelassen. Immer ist der Vater hypochondrisch besorgt, in der Tocher eine Wissenslücke anzutreffen; hypochondrisch heißt, er ist erst dann erleichtert, wenn er in der Tochter eine Wissenslücke gefunden hat. Im Zug beginnt also der Vater einfache Fragen aus dem Gebiete des Rechnens zu stellen. Zufriedenstellend antwortet die Tochter, die jungen Damen kichern. Der Vater schwenkt auf das Gebiet der Geographie, fragt zuerst nach den Gemeindebezirken der Stadt, dann danach, von welchem Bahnhof aus man nach Tulln fährt und darauf, ob man einen Paß benötigt, wenn man über das deutsche Eck nach Salzburg fährt. Die Strutz, zwölfjährig, antwortet zufriedenstellend, die jungen Damen kichern. In Staatsbürgerkunde fragt der Vater nach dem Namen des Bundespräsidenten, nach der Anzahl der Mitglieder des Nationalrates, nach dem Wesen des Bundesrates und dann danach, was man weshalb „die kleinste Zelle" des Staates nennt. Die Strutz hört, während sie alle Fragen des Vaters zufriedenstellend beantwortet, das Wort „Knackwurst" neben sich laut ausgesprochen und das Kichern der jungen Damen steigert sich in der Lautstärke. Der Vater nimmt die Gelegenheit wahr, der Tochter zu zeigen, daß man von jeder Albernheit unberührt leben kann und daß es keineswegs notwendig ist, auch nur im geringsten irgendwelchen Nachbarn Aufmerksamkeit zu schenken. Dann schwenkt er auf das Gebiet der Dichtkunst über und spricht folgende Zeilen, mit Blicken die Tochter auffordernd, sie fortzusetzen: „*Wo habt ihr dessengleichen schon gesehen? Schaut rings umher …*“ Die Zwölfjährige weiß nicht weiter, die jungen Damen kichern, und während die Geprüfte im Text nicht weiter weiß, fällt ihr verlegener, niedergeschlagener Blick auf die Lederhose des Vaters: Der Vater sitzt so, daß aus seiner Hose die Hoden hervorschauen und das Kichern der Fräuleins hat diese eine klare Ursache. Sie schämt sich und wird sprachlos, während der Vater goldene Worte hören will. Er führt, monoton vor sich hinsprechend, den Text an einer anderen Stelle weiter, mit dem Willen, ihrem Gedächtnis auf die Sprünge zu helfen: „*Von Lein und Safran gelb und blau gestickt/Von Blumen süß durchwürzt und edlem Kraut …*“. Aber weil ein jedes Prüfen doch darauf aus ist, sich dadurch zu rechtfertigen, daß es eine Lücke, ein Nicht-Wissen herausfindet, gerät der Vater allmählich in sein Element, in den glücklichen und beseligenden Zorn des Erziehungsberechtigten. Was für eine Tochter hat er? Eine, die nicht weiter weiß? „*Der klare Blick, der offne, richt'ge Sinn …*“. Die Wut des Vaters kennt, als seine Tochter schließlich auch „*Da tritt der Österreicher hin …*“ als Stichwort nicht ergreifen kann, keine Grenzen mehr und rasend glaubt er den Rechtsgrund gefunden zu haben, die Tochter öffentlich zu züchtigen.

Die Strutz spürt auf der Bank im Burggarten, wie die riesige Hand eines Mannes, dem die Hoden aus der Lederhose heraushängen, auf ihr Gesicht einschlägt und sie hört, wie ein

Kichern plötzlich befremdlich stockt. So viele Jahre und doch *ihre* Gegenwart. *„Erhalte Gott dir deinen Jugendsinn/Und mache gut, was andere verdarben!“* Heute, infolge ihrer Erfahrung als Lehrkraft am FRANZ GRILLPARZER-GYMNASIUM, kann sie den gesamten Text einwandfrei auswendig. Sie hat es gut gemacht und läßt es sich nicht nehmen, die beiden Schlußzeilen vom Jugendsinn und vom Gutmachen einem Passanten, der auch nicht weiß, wie er dazu kommt, hineinzusagen.

Vogelperspektive. In der Stadt verbreitet es sich wie ein Lauffeuer: Die Schreinemakker läuft heute übers Feuer! Das Essen steht auf dem Tisch. Es ist für mich angerichtet, sagt der Stadtrat. Das Gerücht über mich, das Gesicht über mir, ist mir gleichgültig.

Warum essen wir nicht?, fragt der Bezirksrat und Lichtenegger streicht über seine Wange. Das Essen wird kalt und das Bier wird warm. Die Katastrophe der Ernährung und der Brite sagt mit Recht, *there is no such thing as a free lunch.* Sie haben also Dinge noch selber erlebt, die man in der Stadtchronik heute nachlesen kann?

Früher gab es im Stadtpark Sesselvermieter. Das Stadtgartenamt und die Larven im Entenkot, die Sesselvermieter liefen hinter jedem her, *gelassen schlug der Pfau sein Rad,* hinter jedem, der für seinen Sessel nicht bezahlt hatte. Das war ein Laufen und ein Sitzen, und wer aus der Vorstadt kam, mußte die Innere Stadt erst erkunden. Die Innere Stadt war dem Vorstädter ein Fremdkörper und der Stadtrat kam sich seinerzeit, als das Photographieren für alle aufkam, wie nach einer Flugreise vor, als ihn sein Vater (irgendwo zwischen concept art und Kontext Kunst) im Stadtpark photographierte. Was als schwarze Ghettomusik begann, ist heute ein Milliardengeschäft.

Der Stadtrat hat das Licht im Kopf, den sanften Streifen, der das Gebüsch durchdrang, als ihn der Vater mit der Kamera aufnahm/wieder war ein Sommer nach einem Winter da, Frühling ausgefallen, der ausgefallene Frühling rief einen Durst nach Licht hervor, jeder Lichtstrahl von damals war leicht im Kopf zu behalten, und kann man jetzt endlich mit dem Essen beginnen? Hunger sei das quälende Verlangen nach Nahrung und ein Verlangen, das keine Qual kennt, ist „kultiviert“. Jeder Mangel ist tausendfach zu seiner Behebung ausgeschrieben, nur logisch, sagt der Philosoph, der die Geschichte kennt, daß die Idylle den Ruf der Katastrophe hat: So schön sie ist, so herrlich so sehr das Licht im Stadtpark bleibt und an der Alten Donau das aufgeklärte Biedermeier am Himmelhof die Schifahrt das macht Angst: erstens, daß es vorübergeht, kann man so weitergehen? und rüttelt an den Fundamenten! und zweitens, viel schwer wiegt noch und bringt den Bestand in Gefahr, daß die Idylle zwar manche Kraft bestärkt, Zeit für ihre Übung gibt, Zeit sie auszubilden, daß aber doch andere Kräfte erlahmen und das modert vor sich hin, durch die Grundfesten frißt sich Fäulnis und auch Lichtenegger vom Pressehochhaus aus sieht die Fäulnis, sieht den Krieg.

Wann kann man jetzt essen, auf dem weißen Tischtuch glänzt das Besteck. Warum sollte der Fisch nicht sterben? Noch nie, sagt Lichtenegger dem Bezirksrat in seinen Rükkenschmerz hinein, noch nie hat der Herr Bezirksrat eine Nahrungsmittelkette unterbrochen, und der dicke Mann muß plötzlich an eine Frühlingsrolle denken, die sich unter seinen Bissen ein letztes Mal aufgebäumt hatte.

Der Frühlingsrolle gegenüber saß gestern ein Hofrat oder ein Kammerschauspieler – nun gibt es keinen Hof und es gibt auch die Kammer nicht, von der der Titel „Kammerschauspieler" sich ableiten könnte. Beide Herrschaften von gestern hätten die hochgeschätzte Unwirklichkeit des Fundaments ihrer Benennung miteinander gemein gehabt, aber es war nur einer, ob nun ein Hofrat oder ein Kammerschauspieler. Wahrscheinlich war es doch ein Kammerschauspieler oder ein Soziologe. Allein das Psychologische schwebt frei und hört man die Schallplatten auf den alten Anlagen, dann hört man ein Knistern, als ob ein Feuer sich noch nicht entschieden hätte, zu wärmen oder ein Brand zu werden. Alle anständigen Städte sind zu ihrer Zeit in Flammen aufgegangen, die Schreinemakker wird heute noch über die Flammen gehen! Was ist die Stimmung des Äons, was ist der Klang, der in den Ohren knallt und ist, fragt Dr. Strutz rhetorisch, Gott nicht auch ein Moderator? Hat Gott nicht weit Entferntes aus der Einsamkeit befreit und moderiert? Ich, du, er, sie, es und retour. Lichtenegger sagt über sich: Ich nehme mich ernst, aber nicht wichtig; das hat er irgendwo gelesen oder irgendwo selbst geschrieben. Er sagt es oft, bei Tisch, er will sich nicht wichtig machen, aber er will sich ernstnehmen. Die Personalpronomina sind am Ende, wenn ein so wichtiger Mann sich ernstnehmen will und nicht wichtig. Es muß ein Unterschied sein und ein Bit nennt man gewöhnlich den Unterschied, der einen Unterschied macht. Wo denkst du hin, was ist passiert: wer so einen Satz sagt, sagt das Gegenteil von dem, was der Satz sagt, geschweige denn wichtig oder richtig. Ist das Subjekt bescheuert, dem die Satzaussage über den Kopf wächst oder spricht man so in der Idylle? Zu Tisch, Sie gewinnen einen Preis, Sie müssen nur die Fragen einsenden, die Sie zu beantworten vorgeben können. Die Friedfertigen, die vom Frieden ganz fertig sind, werden sie fähig sein, auf Gewalt von außen zu reagieren?

Der Stadtrat hat in der Fraktion klipp und klar seine These erklärt: Seit der Elektrifizierung der Bahnlinien, seit der Abschaffung der Hausöfen und der Fernsteuerung der Hochöfen ist die Zahl der Brandstifter gestiegen. Das besagt, daß die gewisse, konstante Energie des Einheizens auf den kriminellen Bereich angewiesen bleibt. Die Einheiz-Energie, die früher in Berufen ausgelebt werden konnte, ist jetzt Sache der kriminellen Handlungen, und der Stadtrat hat die diesbezüglichen Zahlen vorgelegt. Eisiges Schweigen in der Fraktion.

Die Gewalt von innen, also die innere Sicherheit, denn draußen findet ein Überlebenskampf statt, der Stadtrat ist zur Stelle, sie schleppen in der Großen Sperlgasse einen Brandstifter ab, böse hält der Brandstifter den Kopf gesenkt, sein Oberkörper ist frei (nackt), er hatte sich das Hemd vom Leib gerissen, als die Flammen heiß emporloderten, im Kampf gegen die Sicherheitswache (wo herrscht die Sicherheit?) war ihm die Hose unterm Gürtel zerrissen worden, er brüllt jetzt vor Schmerzen wie wahnsinnig. Sie wollten ihm, dem Steinmetz Kroner, die Wohnung nehmen, tatsächlich ihm, zwei Jahre hatte er keine Miete zahlen können/wollen, dann das Urteil, dann tatsächlich der Gerichtsvollzieher im Haus. Gruß mit dem Molotowcocktail. Beim Steinmetz Kroner verbrennt man sich die Finger: „Ich spreng' das Haus in die Luft!" und die gehbehinderte Frau Kroner ist starr vor

Angst. Ihr Gesicht ist ausdrucksvoll von dem Entsetzen, ihr Ende ist der tobende Mensch an ihrer Seite. Elf Liter Benzin von der Tankstelle im strategischen Einsatz. „Ich habe keinen Zins zu bezahlen, das tausendfache habe ich in das Loch gesteckt, ich bin nichts schuldig, ihr seid es mir schuldig" und den Gerichtsvollzieher trieb es aus dem Haus in Höchstgeschwindigkeit. Nicht einmal das Viertelhaus war abgebrannt, da kam schon die Löschmannschaft, der Stadtrat und die Sicherheitswache. Lächerlich aufmuckendes Elend, doch wenn man dem Elend ins Antlitz blickt oder das Gebrüll in der Großen Sperlgasse hört, merkt man so richtig den Unterschied zum Guthaben. Und sonst?

Notizen. Der Stadtrat machte sich Notizen, daß im Wort Notizen *Not* drinsteckt, daß die Verachtung (unterschwellige Verachtung bei oberflächlicher Jovialität, Witzelei) auch auf sein eigenes Selbstgefühl übergriff. Der Übergriff – das heißt: er fühlte sich selber nicht gut, fühlte sich selber nach alledem, was er von den anderen hielt. Muß man tatsächlich Hochachtung empfinden, um sich selber achten zu können, also gut zu finden? Wie war er wirklich, jetzt zum Beispiel, auf Fahrt? Der Traum war verschwunden, in der Realität aufgelöst, sein letzter Traum war eine Strafe, die Realität sein Trost. Er kennt aber die Strafe nicht an. Willst Du meinen Rücktritt? könnte er die Nacht fragen, ich bin nicht radikal, ich bin absolut sozial, antwortet er zum Trost und am Tag sitzt er fest im Sattel. Die Nacht läßt fragen, er läßt sich bitten und schweigt, um den Schlaf, der vielleicht kommt, nicht zu stören.

Da geht der Traum los: Der Träumer, im zivilen Leben Stadtrat, bringt eine Zeitbombe, auf halb ein Uhr gestellt, unter. Ort der Handlung: die Stadtbahnhaltestelle Thaliastraße, corpus delicti: eine Matratze, darin die Bombe, der Brandsatz. Der Träumer verläßt die Station, die Bombe weiß er in der Matratze sicher. Die Arbeiter kommen en masse, angeführt vom nackten Oberkörper des Steinmetz Kroner und von der Gehbehinderung seiner Frau, sie fahren in ihre Wohnbezirke, in die häßlichsten Gebäude der roten Stadt und die Frau Staatssekretärin hat in der Sektion jüngst gesagt: „medial gecovert"; „Burschen", hat sie gesagt, „das müssma medial covern", und covern auch den Traum von den abgestorbenen Menschensilos und den stinkenden Gängen, wo die Löcher in den Mauern die Wohnungen sind. Da sind sie daheim und können scheißen gehen, aufs Klo am Gang. Erleichterung den Verstopften, denn alles an seinem Ort und zu seiner Zeit oder im Traum. Der fliehende Träumer kollaboriert plötzlich mit den Ärmsten der Armen, keine Erlebnisgastronomie im Hilton eigener Entwicklung, kein sonntäglicher Champagnerbrunch mit kleinen Fischleckereien, kein Businesspublikum mit Fixkosten immer so hoch, daß sie durch den Umsatz nie gedeckt werden können. Sie sind nicht beneidenswert, die Arbeiter der Stadt, aber sie sind da, eine Explosion zur Zeit kann sie vom Glück abhalten, der Stadtrat, ein Täter im Traum, hält auf der Flucht inne, er hofft auf seine kleine Chance: Vielleicht funktioniert diesmal die Technik nicht, aber die gnadenlose Traumrealität, ein Eingriff in das Geschehen, das ihn sonst nicht berührt, eine Matratze vor sich, im Stiegenhaus hingelegt oder an der Stadtbahnhaltestelle. *Ich* habe sie hingelegt, wollt ihr mich den Folgen ausliefern? Ich habe damit nichts zu tun. Ein Leben lang sprach ich in die Mikrophone und erschien vor den Fernsehkameras, um es ein für alle mal klar zu machen: *Ich gestehe nichts, ich habe nichts zu gestehen.* Ein Verückter läuft in seinem Traum durch die Stadt, die Hoffnung, daß nichts gewesen sei, beseelt ihn. *He turns the radio on.* Das Mittagsjournal schweigt sich über den einzig wichtigen Sachverhalt aus. Die Sprecher plätschern im Nachrichtensumpf. Es ist ihnen warm in der Weltscheiße. Sie tun so, als bestünde keine Möglichkeit einer Explosion in der Thaliastraße. Aber eine Antiquitätenmesse hat stattgefunden. Der Stadtrat besinnt sich seiner Macht: Den Redakteur Schallmauer – hat nicht er ihn vorgeschlagen? Heute ist Schallmauer ein gemachter Mann. Es fällt ihm nicht im Traum ein, die Unschuld des Stadtrats zu beteuern. Und Bildmeister? Bildmeister sitzt im „Salzgries". „Groß Braun, Herr Doktor?", fragt ihn das Fräulein. „Nein", antwortet Bildmeister und mit informativem Pathos fährt er fort: „Ich habe heute keinen Kaffeedurst. Ein Seidel bitte", und niemand bringt dem Stadtrat die Information, die er so nötig hätte. Die Lebensgeschichten der Mitmenschen (von „Mitmischen") und man benötigt den Traum, um das Wunder der Biographien zu schaun: Bildmeister arbeitet an der Unmöglichkeit, ein Fernsehgerät zu konstruieren, auf dessen Bildschirm *alle* Vorgänge in den einzelnen Bestandteilen zu sehen wären, wozu insbesondere auch die Teile gehören würden, die im einzelnen an dieser Wiedergabe aller Bestandteile der Vorgänge auf dem Bildschirm beteiligt sind. Das Glasperlenspiel der Technik und währenddessen der Mensch, für den es um Schuld oder Unschuld geht. Die Hunde schweigen, der Stadtrat hat keine Nachricht, er sieht sich um, er sieht um sich: Ich habe in einem Schrebergarten

Zuflucht gefunden. Das gemütliche Grün erstickt ihn beinahe. Warum hat er etwas getan, es in die Wege geleitet, um darauf zu hoffen, daß es dann nicht funktioniert? Ein Funktionär muß über jeden Zweifel erhaben sein, das heißt, er muß so fest im Sattel sitzen, daß ihm kein Zweifel etwas anhaben kann. Im Traum wankt der Funktionär auf seinem hohen Roß. Die Schrebergartenhütte läßt jeden Windzug durch. Ich zittere auf einem Liegestuhl, der den Sommer überstanden hat und im Traumwinter aufgestellt stehengeblieben ist. Das Unwirtliche, einladend. Ich bereue nichts, denn was ist schon geschehen? Und wenn es geschehen wird, dann werde ich es nicht gewesen sein, das ist Geschichte. Ich meide die Thaliastraße mein Leben lang, das wird durch meine Biographie klar. Ausgerechnet dort soll er zum Zeitpunkt des Anschlages … Noch keine Nachricht. Im Winter sind die Schrebergärten wie Zentralfriedhöfe, da liegt der Hund begraben. Die Obstbäume lassen dich fruchtlos hängen. Das Mittagsjournal ist vorüber, zwei Mittagsjournalisten besprechen drei Sendungen und plötzlich wird ein Magister Wandl ans Telefon gerufen. „Magister Wandl, bitte auf DREI NULL EINS abheben", und Magister Wandl hebt auf DREI NULL EINS ab. Wovon wird Magister Wandl verständigt? Schallmauer, den der Stadtrat gemacht hat, schnüffelt, die Nasenflügel flattern, jede Zeit hat ihren Begriff von vergangenen Epochen, jeder Mensch hat eine Chance zu überleben und Herr Dr. Schallmauer hat einen Tic. Der Tic nimmt seine Nase in Anspruch. Aber wovon wird Wandl verständigt? Vom Bombenhirn? Keiner erträumt sich den langweiligen Schmutz der Allerweltskarrieren. Den Stadtrat schmeißt es aus der Redaktion. Ich muß hier weg, ich laufe am Schutzhaus vorbei. Die alten Tische stehen fest unter den Kastanienbäumen. Schon im Frühjahr beginnen die Menschen mit den Lampionsfesten. Dann glänzt das Licht auf den grünen Blättern. Blaulicht. Die Rettung? Das dunkelbraune geteerte Schutzhausholz gähnt in einen Traum hinein. Durch den (aus ihm hinaus) läuft jetzt der Stadtrat wieselflink. Die Thaliastraße ist nicht weit. Er nimmt die Gegenrichtung, jedem Schauplatz aus dem Wege! alle Vorstädte hinter sich lassend, in die Innere Stadt. Sein Ohr (Holde Kunde/aus deinem Munde) dröhnt von den Lauftritten wider. Ich wohne Schubertring 7; sonst wohnte er in seinen Träumen Heiligenkreuzerhof 12. Aber jetzt bin ich Schubertring 6. Hier ist mein Leben nicht zerheiratet, dennoch eine fremde Wohnung, kein Dauerauftrag. Wieso sperrt mein Schlüssel? Das traumhafte Gefühl, falsch und dennoch angekommen zu sein. Glücklich wirft der Stadtrat seine Kappe auf die Kleiderablage. Dort will er sie nicht vergessen. Ich bin hellwach, ich bin hellwach. Diese Klarheit, dieser Teppich, diese Tapeten. Zwei riesige Küchenuhren stehen unpassend im Schlafzimmer. Hier ist er als Eindringling zuhause; er zieht die Uhren mit seinem Schubertring 7 – Schlüssel auf; es ist kurz vor dem Abendjournal. Ich habe es nicht getan. Die Zeitbombe. Wie die Zeit vergeht und der Schmerz bleibt. Ich habe es nicht getan, ich hoffe, hier zuhause zu sein, vielleicht ist es auch nicht geschehen. Das Bombenhirn. Der Stadtrat stürzt, ohne aufzuwachen, in den Vorraum zurück. Türe schließen, ich nehme den Ringwagen. Aber wo ist meine Kappe? Schweißbäche tropfen von seinen Haaren. Solche überhitzten Zufallsträume, sagen Sie, sind sie nicht besser als die kalten Schlaflosigkeiten? Woher soll ich das wissen, lassen Sie mich in Ruhe. Die Ruhe: Der Stadtrat muß wieder hinauf in die eigene fremde Wohnung. Diesmal läutet er und tatsächlich, es öffnet ihm eine Frau. Er spricht mit ihr vertraut. Er möchte seine Kappe wieder, aber wie soll er sie rausholen, ohne zu erklären, wie sie reingekommen ist? Eine Zwangslage in der Zwangslage, auf der Ablage die Kappe. Der Stadtrat erläutert der Frau großartig den Unterschied zwischen Schubertring 7 und Schubertring 6; er selbst würde natürlich Heiligenkreuzerhof 12 wohnen. Aber an die Kappe kommt er nicht ran und im Traum hat er auch nie erfahren, ob die Bombe von der Thaliastraße explodiert ist oder nicht.

Kommt jetzt endlich das Essen? Der Stadtrat hält die Tischrede. Es gibt Fisch. So ist es eine Fischrede, sagt der Stadtrat heiter, scherzend, beinahe fischelnd, während draußen in der Natur ein Rasenmäher erschallt. Da kann man sicher gehen, immer schneidet irgendein Idiot seinen Rasen, und wenn dieser Lärm verstummt, erschallen leisere Töne, und sind die leiseren Töne einmal erschallt, dann verstummen sie wieder, damit wiederum lautere und dann wiederum leisere Töne erschallen, bis es plötzlich niemals still sein wird. Das ist die Natur.

In der Stadt hält die Strutz die Stellung. Der Burggarten, ihre Station zwischen dem Französischen Kulturinstitut und der Englischen Buchhandlung, ist passiert. Manchmal, aber heute nicht, erfaßt die Strutz ein Glücksgefühl, wenn sie durch die Stadt geht. Dieses Glück, es macht auf eine süße Weise unverantwortlich, kommt von den vielen, die Besinnung beinahe raubenden flüchtigen Eindrücken, aus der

Zerstreuung also, aber gleichzeitig kommt es auch aus der Gewißheit, daß all dies Zerstreuende im Grunde wohlgeordnet ist. *So ein Glück* ist eine charakteristische Befindlichkeit der Bürger großer Kleinstädte, der „Spießbürger“, wie die Strutz mit ihrem Fimmel für den Durchschnittsmenschen jedem Kritiker jubelnd zugerufen hätte; euphorische Übereinstimmung mit einem Gegner macht in jeder Kommunikation die Kritik gegenstandslos: dem Gegner wird bedeutet, daß er mit seiner Kritik offene Türen, die zugleich geschlossen sind, einrennt. Für Spießer hat sie ein Herz, die Strutz, weil sie keinen Sinn für die herausragende Persönlichkeit hat. Was soll auch an der Inkompatibilität eines einzelnen mit allen anderen so großartig sein?

Die wahre Leistung, und das läßt sie sich nicht ausreden, wäre umgekehrt die freiwillige (um Gottes willen, nicht die zwanghafte) Produktion von Gemeinsamkeit. Schließlich werden im gemeinen Kult um die außerordentlichen Menschen ja auch nur solche verehrt, denen man eine große Bedeutung für die Allgemeinheit nachsagen kann. Ja also, warum dann nicht gleich, warum also nicht gleich die Allgemeinheit verehren? Wer hervorragt, ohne daß die wunderbare Allgemeinheit davon profitiert, der ist sowieso so gut wie nie gewesen; der wird eingeliefert, eingesperrt, aus der Allgemeinheit ausgegrenzt und von Einzelnen betreut, die man schlecht bezahlt, von denen man also gar nicht viel hält. Die Allgemeinheit will nur sich, will alles für sich, gerade das sie Überragende will sie, will sie sich gut schreiben. Zugleich aber besteht die Allgemeinheit in Hauptsache aus Durchschnittsmenschen, die vom Überragen schwärmen. Die Allgemeinheit muß sich ständig selbst verleugnen, darf auf ihren Durchschnitt keinen Stolz gestatten und in den Überragenden verehrt die Allgemeinheit ausgerechnet sich selbst am leidenschaftlichsten. Da im Durchschnitt die Allgemeinheit derartig verquer zu sich steht, und das lehrt die Strutz auf dem Gymnasium, kommt es immer wieder zu den bekannten furchtbaren Wechselwirkungen zwischen großen Einzelnen und allen, die keine großen Einzelnen sind. Ein Königreich für ein selbstbewußtes Kollektiv – es dürstet nicht nach Größe, es ist mit seinem Durchschnitt glücklich.

Als die Strutz einmal glücklich war, auf einem Spaziergang an der Alten Donau, an den Freibädern vorüber, wo sie noch wirklich Freibäder waren, nämlich ohne Eintrittsgeld zu betreten, da fiel ihr das Wort ein: AUFGEKLÄRTES BIEDERMEIER. Sie war für aufgeklärtes Biedermeier – für aufgeklärtes Biedermeier würde sie auf die Barrikaden gehen! Allerdings hätte sie schwer sagen können, was da „aufgeklärt" heißen sollte, das Biedermeier war ihr umso deutlicher: Da saß eine Frau an einem der riesigen groben Tische, die ein jeder, falls er vor seinen Nächsten da war, in Besitz nehmen konnte. Die Frau hatte ihren nackten Rücken gegen die Sonne gekehrt. Ihr Rücken war brandrot, eine Wunde ohne Schatten. Aber sie spürte davon nichts, denn sonst hätte sie nicht glücklich lächeln können. Mit ihr am Tisch saßen Männer, kartenspielend, die ihre beinahe edle Konzentration nur unterbrachen, um gemessen aus Bierdosen zu trinken. Um den Tisch herum rannten Kinder, die von Zeit zu Zeit innehielten und dann hoffnungsvoll in Körben wühlten. Die grünen Wiesen und die schattenspendenden Birken und am gegenüberliegenden Ufer Floridsdorf, der Stadtteil, der vor Aktivität barst, der aber von hier aus, aus dem

Gesichtswinkel der Rastenden, der Badenden und der Flaneure ruhiggestellt, erhaben aussah. Was konnte „aufgeklärt" dagegen sein? „Aufgeklärt" war nur ein stellvertretendes Wort dafür, daß die Strutz wußte, daß etwas an diesem zweifellos sichtbaren Bild falsch war. Sie wußte aber nicht, wie sie dieses Falsche fassen sollte. Ein Verdacht fiel auf das sonnige Bild, deshalb kam das Wort „aufgeklärt" ins Spiel. Konnte man das Gesehene nur richtig schätzen, wenn man eingestand, daß es verlogen war? Was war nun wahr, der Verdacht oder dieser Extremismus des Unverdächtigen? Die Unverdächtigen waren wahrscheinlich bloß Lügner, bei denen zuhause ging es hoch her, die Gewalt in der Familie, aber dieser gewaltlose Moment, war der nichts? „Aufgeklärt" konnte gut heißen, daß man eben wußte, dieses Biedermeier währt nicht ewig. Der Strutz fiel der Anspruch ein, mit dem vor Jahren eine 7c die Schülerzeitung *7c* gründete. Der Gründungsanspruch bestand schon daraus, daß die Zeitung einmal eine hervorragende Zeitung *gewesen sein sollte;* das quälend Museale, auch im Augenblick der Gründung wurde die Gründung bereits im Rückblick gesehen und durch den Rückblick erst sanktioniert. Nichts währte eben ewig, ewig nur die Vergängnis, und daher fühlte man sich automatisch am sichersten, wenn man jedes Vorhaben gleichsam von hinten, also von einem Standpunkt aus betrachtete, für den es schon vergangen war. Was hatte also Gegenwart? Überall machten die Zukunftsabsichten aus der Gegenwart ein vorübergehendes, ein aufzubrauchendes Mittel. Die Herrschaft des Vorübergehenden ... Aber vielleicht rieb hierzulande die Vergangenheit, die sowieso schwer auf jeder Gegenwart lastete, auch die Zukunft auf. War hier das Land, wo die Einwohner beruhigten Sinnes sagen konnten: „Wir haben keine Zukunft!", weil Gottseidank auch die Zukunft schon vorüber war, das heißt in ihren gewiß furchtbaren Auswirkungen schon jetzt abgeheilt. Dieses tödliche, fast abgestellte Leben, mit den verwischten Zeitgrenzen und den monströs behaglichen Momenten, vielleicht war dieses Glück, war diese furchtbare Zufriedenheit der Preis dafür, daß man sich mit den eigenen geschichtsmächtigen Verbrechen mehr oder weniger ausgesöhnt hatte. Ein böser Geist, der die Nachfahren so böser Taten *so* glücklich machte. Auch die Riten der Selbstkritik erschienen als pompöse Aussöhnungsfeiern, als Aussöhnung mit dem, was man scharf und anständig ablehnen, also rituell wegzaubern wollte; es war, so schien es, anders gar nicht möglich, kein guter Wille half, die Zufriedenheit war eine tyrannische Fee, obwohl ihre Macht, besonders gegenüber dem Haß, beschränkt war. Aber auch der Haß war, wenn man ihn genau empfand, von der Zufriedenheit angesteckt. In keinem Land der Erde gab es so viele Menschen, die mit ihrem Haß so glücklich und so zufrieden waren. Die Ironie von Geographie und Geschichte. Zu ihrem Glück unterrichtete die Strutz nur noch Englisch, nicht mehr Geschichte, nicht mehr Geographie. WOHL OHNE WOHLWOLLEN, das ist die Idylle, um die es hier geht!

„Ich lieg' in deinem Arm und sag'/was ich sonst nur zu denken wag'." Die Strutz ließ sich von ihrer eigenen Philosophie niemals entmutigen. Sie rechnete damit, daß die meisten ihrer Einfälle schon in den Prämissen steckten, mit denen sie nachzudenken begann, und das hieß für sie: Alles konnte ganz anders sein, waren nur die Prämissen anders, und das war doch ein Beweis ihrer Denkkraft, daß sie diesen

Grund zwar einsah, aber deshalb nicht aufhörte nachzudenken. Weil der Grund schwankend war, schwankte sie auch in ihren Einsichten und allmählich, bei gleichzeitiger Zuneigung, entwickelte sie auch einen Haß, einen Widerwillen gegen das Bombardement der glückserfüllten Bilder in der Heimat. Für eines davon wäre sie fast schon auf die Barrikaden gegangen. Das war eben die Geschichte mit der Wohlfahrt, mit dem vorherrschenden Glück: Aufgeklärt hätte gut heißen können, daß man, berauscht wie man war, das vorherrschende Glück doppelt zu sehen hatte; erstens als das Glück, das man hat/und zweitens als das Glück, das man deshalb hat, weil es die anderen nicht haben. Die Balance aus beiden war das Biedermeier, für das die Strutz, aufgeklärt wie sie war, auf die Barrikaden gegangen wäre. Aber dieses Doppeltsehen schaffte Unschärfen und Überdeutlichkeiten, Behagen und Panik im Kopf, Schreckensbilder vom Glück, sodaß man leicht denken konnte, die Barrikade wird im Augenblick, da man auf sie steigen will, schon zerstört sein. Das war das Unheimliche – die Strutz sah ihr Biedermeier, in dem sie zuhause war, zugleich auch als das Unheimlichste, als das Gefährlichste an, das ihr und den ihr Lieben drohte. *„Das Gleichgewicht des Schreckens ist um vieles komplizierter geworden!“* Sie verstand die Angst des kleinen unbekannten Stadtrats vor dem großen ganzen Land. Und er selbst, in der Natur?

Entspannt hält der Stadtrat die Fischrede. Ach, ich möchte meinen Astralleib abschütteln und die Höhe der Mieten gibt digital den Grad der Erpressung an, mit der ein Gemeinwesen die Werktätigen in Schach und auf Trab hält.

Aber so ein Astralleib klebt und geht niemals ab. Im Sommer schwitzt der Astralleib, aber im Winter friert er. Meinen Masseur, der den Astralleib nicht ausläßt, nenne ich hinter seinem Rücken Oascherl, das heißt: den kleinen Arsch; er fährt stundenlang um mein Haus herum, in dem ich mit Frau Dr. Strutz in der Stadt, also in urbaner Vitalität wohne, und er findet keinen Parkplatz. Dann stellt er in der Wohnung seinen schweren Massagetisch ohne Biß auf und sagt, die Abdrücke seiner Zähne in Unschuld, keuchend: Es ist so schwer, es ist so schwer, einen Parkplatz zu finden. Puristen, bitte weghören, aber das g'sund Gamsbärtige, das ausgefressen Schmuddelige und das Lederhosige geduscht! Die Weinfexe erblassen. Man müßte alles gleichzeitig aussprechen können, in einem, dann könnten die Kritiker einpacken. Sie kämen nicht mit, nicht nach mit dem Dreinreden. Querulatives Potential, sage ich zum Kollegen, kannst du mit noch so viel Selbstkritik nicht bekämpfen. Gut essen und schlecht verdauen, das ist eben das Leben ohne weiteres. Man zerstört sich selbst, weil das macht einem heutzutage auch keiner mehr, man ist ja so allein! Aber auf gewisse Gefühle Rücksicht zu nehmen, *so weit der human-interest Teil,* gehört halt doch zu einer gemeinsamen Basis, ohne die man nicht leben kann. Jetzt wird man ohnedies bald elektronisches Geld auf den Chip laden können, also keine DM-Blüten auf zu dickem Papier. Und in der Medizin die Renaissance der Urintherapie und sonst der Saft, der Ihre Adern schützt. Hören Sie, man wirft mir Ressortvergessenheit vor, aber ein Stadtrat *muß* viel telefonieren. Ich erinnere mich mit den Knien. Er hört es dann beim Angerufenen läuten und so gierig er sich hat verbinden lassen, so sehr hofft er, daß niemand „dran sein“ wird. Und dann dieses Schwein, das mir jüngst mein Spital angezündet hat, ein Herzkranker, angina pectoris, lichterloh und Feuersturm, er kam beim Liegen aus dem Gleichgewicht und zündete, mein Leben in Flammen, über den Gang schleichend, aus Langeweile schließlich das Labor an. Von irgendwoher zuckt jetzt das Wort „volle Lehrverpflichtung“ auf, volle Lehrverpflichtung oder „Tag der offenen Tür“? Jeder Buchstabe versinkt in der Bakterienkultur des Zungenschlags. Es ist so schwer, so schwer für mich zu Menschen zu sprechen, von denen ich denke: Wenn ihr alle tot seid, ist es mir gleichgültig. Es ist ein schwieriges Vorspielen und kein Drang nach höheren Speisen. Im Eierspeisreindl das Hirn mit Ei, die gerösteten Nierndln, das Gulasch, die Blunzen und der Heringsschmaus. Wie bewahre ich mich, der ich der unbekannte Mandatar bin, davor, wie der unbekannte Mandatar zu sein? Stumm durch Angst, die Sprechsprache, statt „Sicherheitsvorkehrungen“ gerade „Sicherheitsverheerungen“ gesagt; gegen die Sprechsprache kann ich nichts, Sprachen spreche ich nicht, ich habe alle Wörter eingelernt, *so weit der human-interest Teil,* die sich versprechen lassen, ich beauftragte den alten Dichter, mir eine Liste zusammenzustellen mit all den Wörtern, die sich versprechen lassen, und ich habe all diese Wörter auswendig gelernt, eine unendliche Liste, und ich verspreche mich nun täglich. Sind wir am Ende, am Ende des bildungspolitischen Wachstums? Und in der Medizin. Man muß Partei nehmen, denn wer nicht Partei nimmt, dem wird genommen. Partei sind aber auch die Leute, die nicht Partei nehmen, sondern die Ansuchen stellen, die kommen, um von mir etwas zu wollen. Am Eingang die

Presse, wie wird der Parteitag ausgehen? Der freie Markt, Genossen, legt euch, wenn euer starker Arm es will, in Ketten. Man muß die Partei nehmen wie sie ist. Auch die Zeitungen sind bloß der verlängerte Arm der Denunzianten aus unseren eigenen Reihen. So mächtig sind wir, die Erneuerer der Knielederhose! Diese Abstimmung in den Sitzungen, wir sitzen da in den Ausschüssen und haben eine gute Stimmung, denn das Procedere geht voran. Ist mehr als die Form im Inhalt? Die Legislaturperiode hat auch ihr Gutes, aber der Tontechniker hat eine Wut. Er übersteuert jeden seiner Beiträge, nichts zu wollen im Scheinwerferlicht, Gottseidank bin ich noch von der Abstimmung her geschminkt: *„Die Verschuldung des Unternehmens betrug"*/um Gottes willen BETRUG, die Dinge des Lebens und die Wörter des Strebens. *So weit der human-interest Teil.* Die Korruption sei der künstlerische Ausdruck der Partei und seit jeher war das Schöne als Glanz des Wahren ein Teil der Offenbarung. Das Unartikulierte, das aus den Wortfeldern dröhnt, die unaufhörlichen Satzstreifen, die sich durchs Leben, durch die Schlachten ziehen. Im Notfall wird die Partei die Minimalforderungen nicht erfüllen, in den Sozialplan werden wir niemanden einbinden. Wir haben aber, solange das Grillhenderl lauert, Appetit und ich danke Ihnen für Ihre Aufmerksamkeit.

Freudenfeuer für alle

Ist seinerzeit die Schreinemakker über das Feuer gelaufen? Die Nacht war schwül im Durcheinander. Der alte Dichter, schon schlafend, schnappte nach Luft. Die Aktentasche mit den Manuskripten hatte er zwischen Bauch und Matratze fest eingeklemmt; es lag ihm viel an dem, worauf er lag. *„Stirbt Österreich aus?"*, hatte Lichtenegger, bester Journalist im Lande, für heute geschrieben, *getitelt,* als ob seine Schlagzeile ein Unglück verhindern könnte. Dann war er mit der Kurzschmidt in der „Glücksinsel" verschwunden, wo die Menschen, ohne zu zeugen, vögelten, daß die Wände wackelten. Beate Kurzschmidt übte gerne in Gruppen und Lichtenegger war *entflammt.* Der Mann nämlich muß auf die Suche gehen, um das heilige Feuer zu entdecken. *Wo?* Im Heiligtum seines Bauches. *Warum?* Um die Flamme in seinem Herzen zu entzünden, um die Glut im heimischen Herd zum Lodern zu bringen. *Außerdem noch?* Um seine Begeisterung für die Erde neu zu entfachen. *Für die Erde?*

Auch in der „Glücksinsel" lag viel an dem, worauf man lag und der Schüler Hiller war dort zu dem Zweck angestellt, jenen Frauen, die nackt bis auf die Schuhe in die Matratzen seufzten, diese Schuhe von den Füßen zu ziehen. Wenn die Nackten schon geistesabwesend vor Lust oder noch bewußt empört mit den Beinen strampelten, mußte der Schüler Hiller den Satz sagen: *„Aber Sie gehen doch auch zuhause nicht mit den Schuhen ins Bett."*

Das war ein schwerer, mit regelmäßigen Schulbesuchen schwer zu vereinbarender Satz. Der Schüler Hiller war der Klassengemeinschaft weit voraus, was leider wirkte, als ob er ihr weit „hintennach“ wäre – „hintennach“, ein Lieblingswort Lederers: alle, alle immer hintennach. Aber Hiller war nicht zurückgegeblieben, er war auch nicht bloß in einer anderen Richtung fortgeschritten, er hatte einfach die Dimensionen gewechselt. Zuerst war er, wie es hieß: „aus der Reihe getanzt“, dann aber in einer Zwischenwelt versunken. Nichts in der Schule betraf ihn noch, aber dennoch besuchte er sie, falls er nichts anderes mit sich anzufangen wußte. Saß er in der Klasse, dann hatte er eigenständige Wahrnehmungen, jedenfalls keine, die mit einem Lehrplan in Verbindung standen. Nirgendwo hätte er den Flugverkehr (im Sommer wird er auch am Flughafen arbeiten) so gut kontrollieren können wie von der Schulbank aus. Aber das war es nicht allein: Da Hiller an keinerlei Art von Unterricht teilhatte, war er allmählich frei von den in einer Schule vorherrschenden Absichten geworden. Er nahm zur Kenntnis, was er wollte und verknüpfte seine Kenntnisse nach Belieben. Er ahmte zum Beispiel das exakte Zeichnen der „Darstellenden Geometrie“ mit regellosen Strichen nach und schuf dabei unvorhersehbare Gebilde, die weder einen geometrischen noch einen künstlerischen Wert hatten; sie waren reiner Ausdruck seiner Langeweile. Der schlechteste Schüler des FRANZ GRILLPARZER-GYMNASIUMS, immun gegen die Droge Unterricht. Das Zentrum seiner Schulzeit bildete bald der öffentliche Fernsprecher im ersten Stock vor dem Konferenzzimmer. Hastig eine überflüssige Nachricht irgendjemandem draußen mitgeteilt oder stur ein Gespräch angefangen, das sich schnell zerstreut und das mit hektisch werdenden Sätzen aufhört. Den Münzapparat hatte eine gnädige Bürokratie bewußt als das Symbol einer erreichbaren Außenwelt eingeräumt.

Das ganze Jahr über war dem Schüler Hiller des Jobs wegen heiß, er war stets überhitzt: Immer diese Saunahitze in der „Glücksinsel“, das Handtuch um den Bauch gewickelt und in den Arbeitspausen, wenn alle Schuhe von den Füßen waren, an der Bar eisigen Fruchtsaft trinken. So schwitzte er für sein Leben. Auch im Winter, in der größten Kälte, brachte der Schüler Hiller diese Hitze nicht los. Sie war seine innere Hitze geworden und wenn er am Abend in die Glücksinsel kam und dort die Wände wackelten, dann war er in seinem Element, denn dann war es ja draußen genau so heiß wie in seinem Inneren sowieso.

Ist also die Schreinemakker („für mein Publikum gehe ich durchs Feuer“) übers Feuer gelaufen?

Gestern war zum Glück in der „Glücksinsel“ nicht viel los gewesen, vielleicht zehn Paar Schuhe die ganze Nacht lang; aber es kam in der letzten Zeit ja oft vor, daß die unbekannteren Mitglieder der Dramaturgie des Burgtheaters (die bekannteren hätten erkannt werden können) die „Glücksinsel“ frequentierten. Die Dramaturginnen und Dramaturgen des Burgtheaters wollten für eine Inszenierung genau festhalten, wie es *authentisch,* also jenseits der Inszenierungen, auf die sie Einfluß hatten, zuging. Das Pech war, daß die unbekannteren Mitglieder der Dramaturgie des Burgtheaters naturgemäß auch einander nicht bekannt sein konnten. Plötzlich saßen in der „Glücksinsel" einander beobachtende Beobachter gegenüber. Sie erkannten einander nicht und konnten aneinander nicht zu Voyeuren werden, aber sie waren rätselhafterweise von ihresgleichen dermaßen angezogen, daß sie ausschließlich voneinander erwarteten, was sie an anderen in der „Glücksinsel" leicht hätten beobachten können. Diese Zuschauer starrten einander lieber heftig mit dem Verlangen an, die jeweils Angestarrten möchten doch jetzt endlich zu Akteuren werden. Sie hieben mit ihren Blicken aufeinander ein. So kam es zu einer Stagnation im Clubgeschehen der „Glücksinsel", ohne daß zum Glück die Einnahmen davon betroffen gewesen wären.

Hiller, ahnungslos über Ursachen und Wirkungen, ein stiller Arbeiter, war es zufrieden; spät nachts oder nicht selten früh am Morgen holte er seine Kappe aus einer der Umkleidekabinen im Vorraum der Glücksinsel, wo es ganz nach dem Turnsaal des FRANZ GRILLPARZER-GYMNASIUMS roch, ganz nach nicht vergeblich geflossenem Trainingsschweiß. Zu diesem Zeitpunkt konnte Hiller nie wissen, ob er am Vormittag gegen zehn oder elf seiner Schulpflicht durch pure Anwesenheit genügen (Geist ist die Anwesenheit des Abwesenden) oder ob er erst beim Nachmittagsturnen auf dem großen grünen Rasen in der Vorstadt erscheinen würde. Fürs erste verschwand er im Morgengrauen. Er genoß es, sich zu einer Zeit in der Stadt zu bewegen, da einem kaum jemand entgegenkam. *Menschen, wohin ich schau – im Großstadtgetriebe.*

Die Strutz mochte Hiller, er war für sie die vollkommene Verkörperung der Unerziehbarkeit, das heißt: er war ein unverzichtbares pädagogisches Material und nicht einfach der schlechteste Schüler des FRANZ GRILLPARZER-GYMNASIUMS. Woran nämlich sollte die Idee der Erziehung besser zum Ausdruck kommen als an dem, der sich ihr vollkommen entgegensetzt? Gerade die Antithese zur Erziehung wirft ein scharfes Licht auf ihre These. Aber das Schulsystem, dem Dialektik höchstens in der Theorie nicht fremd war, verdunkelte, so schnell es ging, dieses Licht, indem es zuallererst die Verkörperungen der Unerziehbarkeit ausschied. Je näher ein Schüler der Unerziehbarkeit kam, desto eher mußte er vom FRANZ GRILLPARZER-GYMNASIUM gehen; ein furchtbarer Verlust für die Pädagogik, die so ihr bestes Anschauungsmaterial, ihr bestes Selbsterziehungsmittel im Stich ließ, ja, aus Feigheit vor dem Feind, der längst schon in ihr selber war, verstieß. Freilich, die Strutz mußte zugeben, daß die Unerziehbarkeit ständig nachwuchs, daß es der Unerziehbarkeit an Nachwuchs nicht mangelte, aber Hiller war doch in seiner Vollkommenheit eigen: Andere seiner Art konnte man hin und wieder ansprechen, Hiller blieb unansprechbar. Sein Schweigen, das immer zielgerichtet wirkte, und dagegen sein beliebiges, zielloses Reden entsprachen, so fühlte es die Strutz, einer Reife, die keiner Reifeprüfung bedurfte. Schließlich kam er ja aus eigenem immer seltener zur Schule, während die meisten erst dann fernblieben, wenn sie es durften. Dieser Mensch war fertig, er hatte seinen Abschluß schon in der Tasche und dennoch dachte die Strutz auf ihrem Weg in der Stadt: „Was wird nur aus ihm werden?“ Das Wort „Erziehung“ ging ihr plötzlich auf die Nerven; sie wollte es abschütteln und mit ihm auch die alberne Meinung, Erziehung wäre verwerflich, weil es etwas von Ziehen, zum Beispiel an den Ohren, verriete. Im Schuldienst hatte sie den Verdacht geschöpft, daß das prekäre Moment erzieherischer Gewalt am urtümlichsten, „am primitivsten" hätte Lederer gesagt, aus der Reserve gelockt werden konnte, wenn man es verleugnete.

Die Erziehungsgewalt. Gewiß, die Strutz kannte diese Redefigur, dergemäß Verdrängen eines Tages nichts als das Verdrängte zum Vorschein bringt. Daran glaubte sie nicht. Unter so vielen sich tot stellenden Seelen leben, die alle glücklich im Unglück oder unglücklich im Glück waren, die ausgeglichen mit ihren Spannungen existierten, immer im Ausgleich, die jubelnd klagten und klagend jubelten oder jodelten – das ließ keinen Platz für den Glauben an traumatische Verletzungen, die sich für ihre Zurücksetzung (und durch sie verstärkt!) rächen konnten. Aber die Erziehungsgewalt spürte sie selber: einen Sadismus beim Anblick Hillers, ein *challenge* ihrer Selbstbeherrschung. Jeder Eingriff in diesen Haufen Atome, genannt Hiller, wäre ein gewaltsamer gewesen, aber diese Gewalt wäre mit ihrem Opfer solidarisch, zumindest eher solidarisch als es diejenigen waren, die den Atomhaufen Hiller in Ruhe ließen. Jeder Schüler hat ein Recht auf Erziehungsgewalt, und das Verkorkste aller (gelebten) Erziehungsromane rührt daher, daß ausgeübte Gewalt, die nicht nur beanspruchen kann, sondern beanspruchen muß, im Interesse des Opfers zu passieren, der reine Wahnsinn ist. *Im zwanzigsten Jahrhundert.* Durch diesen Wahnsinn muß der Erziehungsgewaltige durch,

durch diesen Wahnsinn kann alles falsch sein, was der Erziehungsgewaltige unternimmt, aber sicher wissen kann er nur eines, daß, wenn er sich dem Wahnsinn nicht aussetzt und nichts Gewaltiges unternimmt, alles immer schon falsch war.

Die Strutz wiegte sich mit ihrem Erziehungsheroismus in Unsicherheit: In dem Wahnsinn der Erziehungsberechtigung war ein angemessenes Gefühl für die Erziehungsgewalt zu entwickeln! Ihr Leben lang erinnerte sie sich voller Ekel an die Pädagogikkurse für Lehramtskandidaten: Eintausend Studenten im *Auditorium maximum,* auch am Balkon war kein Platz mehr.

Mit schnellem Schritt und einer ausschweifend theatralischen Geste, sein Auditorium wie die Luft umarmend, kam der Professor aus dem Künstlerzimmer heraus, in dem eben nicht bloß Professoren, sondern manchmal sogar verdiente Kabarettisten, von denen man etwas lernen konnte, auf ihren Auftritt warteten. Aber im Unterschied zu den Kabarettisten, die sich mit aller Schwerkraft auf den Normalmenschen einpendelten, die, wie es der Strutz sehr recht war, alles begehrlich Besondere in sich auslöschten, um auf der Bühne formlos wie das Leben selbst mit dem Entsetzen Witze zu machen, im Unterschied zu den Kabarettisten war der Professor für Pädagogik entsetzlich: Ein großer hagerer Mann, mit langem schwarzen Haar, weichen runden Augen, die erstaunt und immer noch unberührt, das heißt: von keinem Anblick schuldig geworden, ins Leben schauen sollten. Seine Stimme erklang wie der Baß in einer Kirchenoper, jedoch merkwürdig geschwächt, als hätte der Regisseur befohlen, die Stimmkraft zu zügeln. Was der Professor an Stimmkraft verlor, gewann seine Rede an einschmeichelnder Melodie. Während er sprach, gerieten ihm die Haare in Wellen aus der Frisur, immer wieder strich er nachtschwarze Locken aus der Stirn und er tat dies mit einer Grazie, die bisher im Menschenreich verschüttet schien. Versunkenes Kulturgut, hier erlebte es seine Auferstehung, und wenn man bedachte, daß in diesem sozialen Staat niemand Studiengebühren zu bezahlen hatte, dann war das Gratis-Spektakel der Pädagogik als Inskribierten exklusiv zuteil werdende Gnade zu verstehen. Wer am Abend das Kabarett besuchte und am morgen die Vorlesung, der konnte geistig umstürzen, hinfallen und an der rhetorischen, feststellenden Frage: *Das darf doch nicht wahr sein* (die in Wahrheit eine Bitte ist) verrückt werden; zu vieles ist in einer Welt untergebracht. Unverständlich blieb auch, wie dieser schöne Geist der Pulte jemals die akademischen Ausscheidungskämpfe, die quälende Disziplin des Hinderniskriechens überstanden hatte. Von den Lippen des eitlen Mannes floß, in den Ohren der Strutz, ätzender Honig: alle Menschen, sagte er, sind Menschen und Menschen müßten zu Menschen wie Menschen sein. Das Menschliche, sagte er, sei ohne Zweifel menschlich, aber so lange dies sich nicht überall herumgesprochen habe, sei besonders das Menschliche sehr gefährdet und daher müsse vor allem *er* noch viel vom Menschlichen sprechen und er fettete dieses schmalzige Fundament seiner Lehrmeinung mit historischen Beispielen und Zitaten aus den Werken der überzeitlichen Autoritäten auf.

Noch Jahre später hatte die Strutz den Professor immer wieder gesehen; er verkehrte beim Heurigen *Ingenieur Welser,* trank dort aus der Bouteille *Nußberger Riesling 1993* und sprach dabei zu jungen Frauen unüberhörbar, vor allem über das Menschliche, das Not täte.

Dennoch hatte die Strutz, die monatelang in England gelebt hatte und die überhaupt als Anglistin die Erscheinung eines Pädagogen dieser Art für unwirklich hielt, beinahe für „mitteleuropäisch", das Gefühl, etwas gelernt zu haben, eine einzige Sache: Jeder weiß doch von sich, daß er ein Mensch ist, aber wie weiß er das von einem anderen oder von etwas anderem, das den Eindruck erweckt, es möchte auch ein Mensch sein. Mit sich selbst zelebriert man, ob Mann oder Frau, auf den Gebieten alles Menschlichen, ein Spießgesellentum. Man ist sich eins, aber jemand anderer oder etwas anderes ist sich möglicherweise auch eins. Wie komm' ich drauf, daß das auch ein Ich ist wie ich? Die Strutz hatte diesen Gedankengang, der für sie mehr eine Aufregung war, vage im Gedächtnis behalten. Die Lösung war menschlich: Ich erkenne den anderen Atomhaufen deshalb auch als Menschen, weil ich auf ihn und er auf mich erzieherisch einwirkt. Er/sie will etwas von mir, das auch ich von ihm/ihr wollen könnte, und ich habe meinerseits eine Ahnung davon, daß das, was ich von ihm/ihr will, er oder sie auch von mir wollen könnte: daß es ihm oder ihr nichts Fremdes ist, sondern etwas, das auch in seinen oder in ihren Absichten läge. An dieser Gemeinsamkeit wächst die Harmonie unserer Gegensätze *(die Idylle),* wächst das Gefühl dafür, daß wir einander wechselseitig verändern können, ja, müssen, weil uns gar nichts anderes übrigbleibt, es sei denn wir behandelten einander wie Dinge, wie Gegenstände, die wir umwerfen, auf- oder hinstellen, reparieren, verarzten oder zerstören oder durch Verarztung zerstören. Das geschehe ohnedies, als ginge es gegen Tiere, die wir als Menschen nicht erkennen, weil sie ja auch keine sind und denen nichts anderes übrigbleibt, als sich entweder (unmenschlich) behandeln zu lassen oder wie Tiere mit Beißen, Stechen und Kratzen jeder Behandlung, Dressur oder Einverleibung zuvorzukommen. In ihrem Willen sind die Menschen einander nicht *unbedingt* fremd und in diesem Nicht-Unbedingtem steckt die Möglichkeit der Erziehung, die die Strutz von Berufs wegen zur Notwendigkeit erklärte. Daß Menschen einander in ihrem Willen nicht unbedingt fremd sind, bedeutet, daß sie Einsehen haben können und durch diese mögliche Einsicht haben sie die Freiheit, eine gegen sie gerichtete Absicht als die richtige, schließlich als die ihre zu erkennen. So kommen die Menschen miteinander auf gleich, die Gleichheit. *„Mensch!“ – „Sag' net immer Mensch, Kinderl.“ – „Wieso? Is das a Schand?“ – „Na, aber es gibt so wenig!“* Tiere kommen mit den Menschen nie auf gleich, es gibt so wenig Gleichheit. Muß man für die Gleichheit nicht kämpfen? Ja, aber nur brüderlich, nur mit der Utopie im Sinn, daß die Bekämpften eines Tages selber einsehen, daß ihnen nichts als die Niederlage gebührt! *Das Volk tobt vor Glück, der Kaiser hat gesiegt.*

Die Strutz lachte bei ihrem Spaziergang, die Stadt lag ihr zu Füßen, mittlerweile war sie am Ring angelangt. Sie konnte den Zynismus aus der Erziehungsidylle heraushören; es klang wie das schöne Wort *„Bürgernahes Gefängnis"*, mit dem sich die Freiheit schmückte. In Freiheit sollte alles Service sein, auch das Einsperren in der offenen Gesellschaft sollte wie ein Angebot auf eine Nachfrage passen. Dank, daß für solchen Schmuck überhaupt ein Interesse besteht, anderswo wird ohne Referenz aufs Freisein eingesperrt, kalt und praktisch, als ob das Gefängnis die Norm sei.

Der Stadtrat hatte der Strutz einmal, nachdem sie zusammen *Geh aufs Ganze, jeden Tag eine neue Reise, jeden Tag neue Preise* gesehen hatten, von einem merkwürdigen, ihn manchmal ganz gefangennehmenden, beängstigenden Gefühl berichtet: „Warum habe ich diese Freiheit, ausgerechnet ich? Warum bin ich es nicht, der auf einer Landstraße daliegt, von einem Zufallstreffer hingestreckt? Warum sitze nicht ich unter einer Glühlampe an einem Holztisch und der, der mich foltern wird, verhört mich noch?" Der Kitsch der Kontingenz, auch der eigene Name steckt bloß in der Lostrommel. „Das klingt", hatte die Strutz zynisch geantwortet, „als ob du *auch davon,* auch vom Unglück etwas haben wolltest. Ich mag dein Mitleid nicht. Mitleid *braucht* erstens Leute, die leiden und zweitens saugt eure Solidarität den Opfern schließlich noch ihr gutes Gewissen aus den Adern. Ihr seid dann die besten, einerseits ist euch kein Leid geschehen, ihr seid gesund, anderseits tretet ihr eine moralische Erbschaft an, für die ihr nichts getan habt." *Glaubst du, dein Mitleid hätte mich glücklich gemacht, ich laß mir kein Mitleid aufzwingen.* Der Stadtrat war wütend geworden:

„Ich bin nicht solidarisch, es ist mir gleichgültig, was anderen geschieht; es ist nur der Zufall, daß mir nichts geschieht, der mir Angst macht, denn das heißt doch: Es könnte mir auch geschehen, wenn es bloß zufällig ist, daß es mir nicht geschieht, und das wiederum heißt, daß es mir nicht geschieht, hat gar keinen festen Grund. Ich stehe ungefestigt da, mein ganzes sogenanntes Glück ist nur ein sogenanntes Glück. Der Boden schwankt." *Ich bin nicht solidarisch, ich bin ja auch sonst allein.*

Im Streit war dann herausgekommen, daß der Stadtrat sich nicht einmal darüber sicher war, ob *der Staat* oder *die Gemeinde,* diese großen, übergreifenden Gebilde, in denen er sich, wenn auch nicht gewandt, so doch gewohnt bewegte, ob die nicht den Keim all jener Übergriffe in sich trugen, für die Staaten und Gemeinden überall, *semper et ubique,* berüchtigt sind. Lauernde Ungeheuer, die man nicht auslassen darf? Der Stadtrat hatte der staunenden Strutz erklärt, wie er, der ja nicht solidarisch war, sich allein, nein, „wie abgeschnitten" fühlte und daß aus dieser Einsamkeit, die seine Freiheit war, zugleich die Angst erwuchs, gar nicht zu sein. Beschissene, verfluchte Freiheit. Er suchte – vergleichbar mit einem Kind, das mit der Zunge immer wieder über die Wunde fährt, die ein gerissener Zahn hinterlassen hatte – die Vorstellung auf, eine riesige Anonymität, *der Staat,* hätte ihn namhaft gemacht, um seinen Namen ein für alle Mal auszulöschen. In dieser Vorstellung saß er als *Individuum,* als wirklich letztes unteilbares Teil seiner selbst, dem Folterer gegenüber; der Folterer war kein Individuum, er war ein Universum, nämlich die Vergegenwärtigung jener

Großmacht, die der Staat in den Augen seiner Diener zu sein hat und die er in den Augen seiner Opfer tatsächlich ist. In dieser Vorstellung hatte der Stadtrat ein riesiges Gewicht auf der Brust und er versuchte durchzuatmen, aber es gelang ihm nur, wenn auch die Vorstellung verscheucht war.

Die Strutz hatte geschwiegen, aber *keine Luft* zu kriegen, war ihr seit der Kindheit bekannt. Ein einschneidendes Erlebnis im Element: Strandbad Rabenstein an der Pielach, der Fluß war kalt, im Hochsommer konnte man nach langem Schwimmen in sich einen Eisblock spüren, der für zwei oder drei Stunden die stärkste Hitze abwehrte. Der Strand des Strandbades schien dem Kind unendlich lang; ein paar Holzhütten zum Umkleiden, ein paar Holzbänke, die herrliche Luxuslosigkeit der fünfziger Jahre. *Wie schön hätte es werden können, wäre es so geblieben.* Das Kind war, mit den Füßen voran, ins Wasser gesprungen, die Kälte schnitt ihm ins Herz. Lange im Wasser sein, das hieß lange nicht am Land sein, wo man die Welt mit den Erziehungsberechtigten teilte. Das Wasser nahm sie erlösend gefangen, es ist ein Element, das seine, keinen Unterschied duldende Form jedem Körper mitteilt. Alles ging gut, das Kind schwamm sich müde, aber als es dann aus dem Wasser herauswollte, stieß es mit dem Kopf an die Betonstützen des Holzfloßes. Das Kind war benommen, sein Bewußtsein war halb weg und zur anderen Hälfte war es auf ziellose Reflexe geschaltet, auf ein unsinniges Umsichschlagen des Körpers im Wasser. Die Strutz behielt diesen Moment stets in Erinnerung; manchmal kam diese Erinnerung willkürlich, manchmal aber war sie ganz ungewollt und plötzlich da, schob sich ins gewöhnliche, tausendmal abgesicherte Leben. Dann sah sie durchs Wasser hindurch eine reine Welt über sich, ein Stück Rasengrün und den Himmel. Sie fühlte, wie ihre Bewegungen immer rasender wurden; sie fühlte auch diese grundlose Sicherheit oder besser den Unglauben daran, daß ihr wirklich etwas geschehen könnte und zugleich empfand sie ihr Leben lang Scham darüber, daß sie damals nicht um Hilfe geschrien hatte. Das Kind schrie nicht um Hilfe, weil es sich schämte, Hilfe zu benötigen. Es war so gut erzogen, daß es niemandem mit seinem Untergang behelligen wollte. Es kriegte keine Luft mehr, jedoch in dem Moment, in dem es hätte aus mit ihm sein können, bekam das Kind eine glitschige Stufe zu fassen und zog sich mit der letzten Kraft und buchstäblich außer Atem an das Floß heran.

Frau Dr. Strutz hatte es in der Erinnerung, daß sie aus dem Wasser stieg, daß ihr Brustkorb gegen den ganzen Körper trommelte, daß sich allmählich alles beruhigte und daß kein Mensch bemerkte, wie sie vor kurzem fast ihr Leben verloren hatte. *What a day for a daydream.* „Dort, wo der Ring Kai heißt, ist auch ein Wasser, aber dieses Wasser ist nicht die Donau; es ist der Donaukanal." Die Strutz hörte diese Stimme einer Fremdenführung am Ring. Es war eine wirkliche Stimme. „Sag nicht Mensch, Kinderl" – eine unwirkliche Stimme hatte sie heute auch schon gehört; es war die Stimme eines Schauspielers aus den fünfziger Jahren und sie hatte sie fest im Ohr behalten. Sie wußte nicht mehr, wie der Mann hieß, aber seine wunderbare falsche Stimme lag ihr auf der

Zunge. Es war *die Stimme eines Mannes, der weiß*, wenngleich man von ihm nicht wissen konnte, was es war, das er wußte. So wurde man zur Annahme verlockt, daß er alles wußte und diese Allwissenheit (Weisheit als Abstraktum) verlieh seinem Ausdruck das Gewicht der Melancholie, wobei die Melancholie noch Raum genug für Heiterkeit bot, vor allem gegenüber Mitmenschen, die noch nicht wußten, daß alles wahrlich *im Oasch* ist. Die Mitmenschen, im Unterschied zu den weit, weit entfernten Menschen. Seine Stimme schob sich in die Zwischenzeit, in der die Mitmenschen dabei waren, Hoffnung zu hegen und zugleich drauf und dran waren, die Erfahrung zu machen, daß alles *im Oasch* ist. Vielleicht ist es gar nicht so schlecht *im Oasch*.

Die Strutz am Ring dachte an einen Sprachgebrauch, ebenfalls an einen abgehörten: „Depresi", das Fachwort als Kosewort. „Sie haben ja eine Depression", sagte der Facharzt versiert. Maresi hieß eine künstliche Alpenmilch, eine Alpenkunstmilch, und „Präser" als der Rest von „servativ" in bezug auf „Depresi"? Die Strutz bildete am Ring den schönen Namen „Maria Depresi, Königin" und als ihr ein verbittert aussehender Herr, aus einer Apotheke herauseilend, entgegenkam, sagte sie, *„Kinderl"* im Ohr, laut und deutlich: „Das höchste Glück auf Erden ist es ohne Depresi zu sein." Der Herr verschwand, den flüchtigen Eindruck seiner Bitterkeit zurücklassend. Der Herr war, die Strutz wußte es nicht, aber der unwissende Alleserzähler weiß es, der Magister selbst: 450 Jahre befand die Apotheke sich im Besitz seiner Familie, nur die Kranken waren immer andere gewesen. Wer kann einen solchen Wandel auf die Dauer ertragen, was nützt es, wenn man durch die Jahrhunderte (hinderte?) konservativ geblieben ist? Die Strutz war wieder mit der Stimme im Ohr befaßt: „Sag net Mensch, Kinderl“ und der süßlich bittere Ton stieg ihr zu Kopf. Eine Lügenstimme, gebastelt aus Stunden aushöhlender Mattigkeit und Stunden von übertriebener Hetz, eine Stimme, die vollständig von ihrem Besitzer zu beherrschen war und er beherrschte sie so, daß er die beiden Pole von Erschöpfung und Belustigung zum Gleichklang zwang. Aber dieser Gleichklang stand unter Spannung, es war keine feste Stimme, sondern eine, die sich souverän Schwankungen aussetzte, die ihre Schwankungen genoß. Leise, ein bißl lauter, weich, sehr weich, alles konnte in ihr versinken, gebrochen, jedoch niemals hart, oft kalt, schneidend, aber so, als verzichtete sie aus Noblesse darauf, tatsächlich einen Schnitt zu machen. Die Utopie der Stimme war ihr Versprechen, keinen Menschen zu verletzen, aber keinesfalls deshalb, weil keiner eine Verletzung verdiente, im Gegenteil, sondern bloß, weil dieser ewige Prozeß von Verletzen und Verletztwerden schon tödlich langweilig war. Das war die Einsicht, die man der Stimme anhörte. Die Stimme gab einem zu verstehen, daß sie aus vielen Schichten und aus unendlich vielen Nuancen bestand, die sich in äußerster, jedoch steuerbarer Reizbarkeit ineinander verschieben konnten. Kultivierte Nervosität und eine leichtfertige Dekadenz mit der traurigen Botschaft, daß es sich nicht lohnt, noch mehr zu wissen und der Gewißheit, daß man nicht aufhören wird, immer mehr, aber bloß immer mehr vom selben zu erfahren. *From the moment I could talk I was ordered to listen.*

Die Strutz versuchte für ihr inneres Ohr diese Stimme, die, wenn überhaupt, 1912 einem etwas gesagt hätte und die jetzt reine Dekoration war, für eine Aussage ungefähr aus dem Jahr 1830 zu verwenden. Das war nämlich ihre Lieblingsaussage, diese Aussage über das Gefängnis und die Einsicht: Das Gefängnis hat Wände, also keine Aussicht. Die Wände verhindern, daß jemand von sich absieht. Dafür ermöglichen sie, daß er in sich hineineinsieht, und dort sieht er, ohne abgelenkt zu sein, seine Schuld. Dank der Wände kann er seine Schuld ungestört anerkennen. Die Zeit, die er mit seiner Schuld allein verbringt, bringt ihm die bleibende Einsicht. Er sieht nämlich, mittels der Wände, von selbst ein, daß ihm die Strafe gebührt. Der Eingesperrte macht von der Freiheit Gebrauch, einzusehen, daß er selber schuld ist. Die Stimme versagte im inneren Ohr, aber die Strutz war überzeugt, jederzeit etwas Wesentliches über die menschenmögliche Einsicht sagen zu können. Und die Schreinemakker?

Überall in der Stadt war der Tod gut angeschrieben. Auch über „Pauli's Schnitzelrestaurant“, wo der Bezirksrat mit wehem Rücken die einschlägige Stärkung inklusive Erdäpfelsalat zu sich nahm, stand zu lesen: *„G'schmakig … bis zum letzten Biß.“* Die Philosophie dieser drei Punkte in der Geschmacksfrage: Wollen die Punkte veranschaulichen, daß angesichts des Todes *alles* gut schmeckt, daß aber der Tod selbst in „Pauli's Schnitzelrestaurant“ nicht sofort kommt, sondern drei Punkte lang auf sich warten läßt?

Der Bezirksrat war verstört; nicht allein seiner Rükkenschmerzen wegen, die für ihn umso schwerer wogen, als er sich Schmerz grundsätzlich nur frontal, also nur von vorne angreifend vorstellen hatte können. Daß der Schmerz zu ihm von hinten gekommen war, hatte den Bezirksrat auch geistig unvorbereitet getroffen. Aber verstört war er eines Besuches wegen, den er berufsmäßig abgestattet hatte.

„Im Namen des Bezirkes darf ich Ihnen zur Goldenen Hochzeit gratulieren.“ Die Alten waren aber so geistesabwesend gewesen, daß er mit seiner Gratulation nicht durchkam. Zuerst saßen sie auf einer Bank in der Küche: zwei aneinandergekettete, aber voneinander durch Abgründe geschiedene Wesen. Sie schwiegen verbissen. Der Bezirksrat versuchte eine Konversation aufzunehmen, heiter gemütlich und gleichsam hinter dem eigenen Rücken, der teuflisch schmerzte. Da fuhr der Alte plötzlich auf und unter dem Schnalzen seines künstlichen Gebißes herrschte er den Bezirksrat an: „Wer sind Sie?“

„Aber ich bin Ihr Bezirksrat.“ Der Alte, den diese Auskunft lähmte, ging wieder in sich. „Ah, so!“ Dann, Zeiträume später, in denen dem Bezirksrat jedes angepeilte Gespräch auf der Zunge erstorben war, fügte der Alte, mit letzter Kraft Achsel zuckend, hinzu: „Ich habe schon lange nicht gelacht, es gibt nichts mehr zu lachen.“ Der Bezirksrat war konsterniert, lieber hätte er sich auf seine Rückenschmerzen konzentriert. Versuchte ihn der Alte, dem er es gut meinte, lächerlich zu machen? „Also, darf ich's wiederholen, ich gratuliere Ihnen zur Goldenen Hochzeit wirklich herzlich“, und der Bezirksrat drückte, in einer Art gesellschaftlicher Verzweiflung, in einer Verzweiflung über das hervorragende, aber sinnlose Funktionieren seiner guten Manieren, der Frau ein Blumenbündel in die Hand. Die Frau ließ die Blumen einfach fallen, und der Bezirksrat mußte von Berufs wegen eine gute Miene dazu machen: Als ob es ihm leicht fiele, mit der Grazie der Höflichkeit, bückte er sich nach dem Strauß, beugte er die Wirbelsäule über den Bauch, und als er mit seiner Beute wieder hochkommen wollte, spürte er einen schlagartigen Schmerz. War das der Vorfall, der Bandscheibenvorfall?

„Tut's ihnen weh?", fragte die Alte abrupt in den Schmerz des Bezirksrats hinein. Ihre Stimme klang rauh, wie von vielem Schweigen eingerostet, sie klang unsicher, bodenlos und vorsichtig. Hatte jemals irgendwer auf sie gehört, so sehr wie der Bezirksrat jetzt? In der Wohnung roch es nach Urin, nach Altmännerkrankheit, die sich auch in Toiletten, Kleidern und Leintüchern ausdrückt.

Der Bezirksrat verharrte, als wäre nichts der Fall, in seiner halbgebückten Stellung; er war bis aufs Blut gespannt, was passieren würde, wenn er seinen Körper in die Aufrechte hochriß. Seine Lage spitzte sich zu, er stützte sich mit beiden Händen ab, stieß sich vom Boden los und stand schließlich gerade und steif vor den Alten. Die beiden schienen zu glauben, sein schmerzensreiches Ritual gehörte zu der ihnen gebührenden und ihnen gleichgültigen Gratulation. Die Alte sagte: „Meine Mutter war Krankenschwester", und dem Alten war alles nicht der Rede wert. Der Bezirksrat lächelte und hatte lächelnd das Gefühl, seine Wirbelsäule würde in verschiedenen spitzen Stücken den Rücken auf- und abgehen. Die Finger der linken Hand zur Faust geballt, bat der Bezirksrat ein übergeordnetes Wesen darum, sein Schmerz möge doch bald der alte werden. Das Blumenbündel lag zerdrückt auf dem Boden, er hatte sich auf die Blumen gestützt, um hochzukommen. Die Frau sprang auf, eine Unruhe hatte sie erfaßt. Sie verschwand hinter einem giftig braunen Plastikvorhang, der die Kochgelegenheit vom Wohnzimmer trennte. Die Wohnküche war plötzlich von Geräuschen des Geschirrückens und des Geschirrwaschens erfüllt. Aber diese Geräusche waren aus dem Takt, unkoordiniert – gab es einen Rhythmus im Umgang mit Gegenständen, einen gesunden Widerhall des Hantierens? Die Alte murmelte während ihrer Arbeit, sie sprach sich Laute vor, wohl um hinterm Vorhang Gesellschaft zu haben, wenigstens die der selbst gemachten Geräusche. Der Besucher spielte für die Frau keine Rolle mehr. War der Alte ansprechbar? Der Bezirksrat dachte, um Himmels willen nur keinen Schmerz zeigen, ich bin doch hier als Agent der Hoffung, als Vertreter der Zukunft, ich bin ausgesandt vom modernen Österreich und ich kann doch nicht alten Leuten im Gemeindebau, vielleicht nur vierzehn Tage oder drei Wochen vor deren Tod, ein schmerzverzerrtes Gesicht zeigen.

„Na, wie gehts?“, sagte aufmunternd der Bezirksrat zum Alten. Der Alte sagte: „Man is’ net gsund, man is’ net krank, man is’ alt.“ „Aber nein“, erwiderte der Bezirksrat, während ihn der Schmerz um den Verstand brachte. „Sie haben doch jetzt Fernheizung. Schön warm is im Winter, net?“ „Net“, wiederholte der Alte, den unwesentlichen Teil der Frage zur Antwort gebend. „Wer sind Sie? Zu uns kommt niemand“, fuhr er fort und kehrte damit zum anfänglichen Mißverständnis zurück. Im Reden noch trat er mit der Spitze seiner schweren braunen Hausschuhe das zerdrückte Blumenbündel gegen den steif und lächelnd vor ihm stehenden Bezirksrat. Hinter dem Vorhang fiel ein Messer auf einen Teller, das Murmeln der Alten schwoll an, sie sprach zu den Dingen und die Dinge hatten ihre eigene Art, kein Wort zu verstehen. Der Bezirksrat sann auf Flucht. Er haßte die Goldenen Hochzeiter, die ihn zwangen, sich zu verstellen. Er hätte gerne zu Menschen ehrlich über seinen Schmerz gesprochen. Tapfer aber führte er gegen den Alten aus: Fernherzwerk (er hatte tatsächlich „Fernherzwerk" gesagt), Renovierung und Aufzug, die Gartenanlage im Hof, der niedrige Zins, die Verbesserung der Verkehrswege und überhaupt die Infrastruktur. Der Alte hielt ihm den Zeigefinger an die Brust: „Schindluder, mit allem Schindluder, Schindluder mit allem!"

Im Herzen des Bezirksrats wurde es kalt. Was wollten diese Alten? Wenn es notwendig war, bekamen die Alten Essen auf Rädern. Wenn es notwendig war, bekamen sie Heimhilfe. Und wenn es notwendig war, wischte ihnen die Heimhilfe den Arsch. Im Haus hatte es Beschwerden gegeben: Die Arbeiter, die die Leitungen zum Fernheizwerk legten, sprachen nicht Deutsch; es gab keine Verständigung. Arbeiter, die mit der Renovierung befaßt waren, übernachteten auf dem sogenannten „Boden"; der Boden war der Raum unter dem Dach, wo die Hausbewohner früher ihre Wäsche zum Trocknen aufgehängt hatten. Jetzt kamen die alten schlaflosen Leute im Morgengrauen aus ihren Wohnungen, sie stießen erschrocken auf schlecht ausgeschlafene unbekannte Menschen, die aus Ersparnisgründen Arbeits- und Schlafplatz in eins gesetzt hatten. Überall trat den Alten etwas Fremdes entgegen, das war der Lauf der Welt, und all ihre Erfahrungen, die sie zu anderen Zeiten gemacht hatten, waren wertlos geworden. Ja, mein Gott, dachte der Bezirksrat, das sind Unzukömmlichkeiten. Er suchte nun keine Möglichkeit mehr, den Hochzeitern mitzuteilen, daß nicht nur er vor der Türe gestanden war, sondern daß auch Wahlen bald vor der Türe stehen werden und daß es auf jede Stimme ankäme. Mit feindlicher Genugtuung empfand er, daß sein Schmerz der alte geworden war; jetzt konnte er gehen, aber weil er so schnell wie möglich, aus der Wohnung, aus dem Haus, aus dem Bezirk fortwollte, bat er, ob er nicht nach einem Taxi telefonieren dürfte.

Der Alte erhob sich mühsam, er schob schwerfällig einen Fuß hinter den anderen, als würde er die Arktis und Antarktis überqueren, in Richtung Vorzimmer. Dort stand auf einem Tischchen das Telefon, aber es war von Papieren zugedeckt. Der Alte nahm die Papiere einzeln in die Hand, musterte sie ebenso genau wie gleichgültig und legte sie dann pedantisch auf den neuen, frisch angelegten Haufen. Dem lächelnden Bezirksrat verging die Zeit nicht. Dauerte das eine Stunde, zehn Minuten oder vielleicht ein Jahr? Er schwitzte vor Schmerz und vor Wut und auch, weil er angestrengt das Lächeln im Kopf behalten mußte. Das Telefon war ein Vierteltelefon, bei einem Vierteltelefon sind es immer die anderen, die telefonieren. Besetzt – der Bezirksrat geriet außer sich, aber äußerlich ließ er sich nichts anmerken und er versuchte es noch einmal. Den Hörer in der Hand/besetzt. Der Alte blickte ihn an. „Wos is?“ Die Wohnung bestand aus kleinen Räumen, aus kleinen Schachteln für Menschen: Zimmer Küche Kabinett.

Der Bezirksrat hatte hunderte dieser Wohnungen gesehen, im Planungszustand sogar aberhunderte: einen Zufluchtsort hatten diese Wohnungen nicht. Hier drin steckte man fest und kam nicht davon. Jedem Menschen, mit dem man in diesen Wohnungen zusammenlebte, stand man im Wege, kam man in die Quere. Wo immer man in diesen Wohnungen auch war, überall lag die Konfrontation nahe. *Alles ist Teil eines anderen und zugleich ein Ganzes in sich.* Little boxes. Diese Wohnungen waren einander erstaunlich gleich. Der Bezirksrat wußte genau, in der Dusche würde ein Plastikkübel mit eingeweichter Wäsche stehen und – einen Schritt weiter, durch eine Tür hindurch (von der die weiße Farbe faltig abbröckelte), würde die Klobrille aus hellbraunem Holz sein und das Fenster würde klemmen, unverschließbar, sodaß im Winter die frische Luft alle an diesem Ort nackten Körperteile wie zur Konservierung fast einfror. Der Bezirksrat verzichtete auf das Menschenrecht, die beiden Menschen zu bitten, ob er ihr Klosett benutzen dürfte. Zimmer Küche Kabinett und auch Dusche und Klo. Der Alte beobachtete seinen Besuch aus unerträglicher Nähe. Die Küchentür war offen, während der Beobachtete mit dem Rücken an der Eingangstür stand.

Der Bezirksrat war entschlossen, jede Peinlichkeit nicht zuzugeben. Unter Schmerzen tat er so, als ob nur das normalste, ja, nur das Wünschenwerteste gerade passierte. „Ja, es is' halt besetzt, das is schon so, in einer Stadt, wo die Leut viel miteinander zum Reden haben." Der Alte schwieg kontrapunktisch und der Bezirksrat blickte zu Boden; er sah hellgelbes, verschmutztes Linoleum. Auf solchen Böden hatte er vieles gesehen, selbst Tote – und das war ihm im Moment ein tröstlicher Gedanke. Leutselig sagte er: „Dann rufma halt noch mal an" und zum Glück erklang das Endlosband des Taxirufs in seinem Ohr. Das Band bedankte sich dafür, gewählt worden zu sein und es versprach die baldige Vermittlung, erstaunlicherweise, eines Taxis. Der Alte hatte währenddessen den Bezirksrat scharf ins Auge gefaßt. Während der Bezirksrat am Telefon sprach, hatte er das Gefühl, die ihm geltenden Kontrollblicke trauten ihm jeden Diebstahl, jeden Übergriff, jedes Schindludertreiben zu. Der Alte war von Mißtrauen erfüllt wie andere von Begeisterung, er war enthusiasmiert von dem Bösen, das ihm vielleicht *jetzt* endlich zustieß. Er hatte vor nichts Angst, im Gegenteil, er würde das Böse als Selbstbestätigung *empfangen.* Wie oft erfuhr man in seinem Alter, wo einem ein jeder Tag ausschließlich als die Drohung der Negation des nächsten vorkam, noch eine Selbstbestätigung? Da konnte eine Selbstbestätigung nur an den Fluch gekoppelt sein, den man auf sich lasten fühlte, und hatte er in der Zeitung nicht gelesen, daß alles teurer wird *(die Inflation),* daß die Sitten schwinden *(die Sinne?)* und daß DIE SICHERHEIT BEDROHT war. *Merke (mark my words oder read my lips im übertragenen Sinne): Eine Generation Einheimischer, der ein Krieg über die Inflation hin-*

weggeholfen hatte, die in ihrer Mehrheit die Sitten verheert und die in Reih und Glied die Sicherheiten anderer zerstört hatte, blieb am besten ansprechbar durch die Behauptung, alles würde teurer, die Sitten schwänden und die Sicherheit wäre bedroht. Mit offenem Mund stand der Alte in der Küchentür und verfolgte jedes Wort des telefonierenden Bezirksrats mit einem schweren Atemzug.

Der Bezirksrat atmete den Odem des Goldenen Hochzeiters ein. Der dicke Funktionär war verängstigt, er hatte mit besitzergreifender Freundlichkeit angefangen und der Elan des Glückwünschens, für den er ja angemeldet und eingelassen worden war, hatte sich allmählich verkehrt, pervertiert und als ein Gefühl der Beengtheit gegen ihn selbst gerichtet. Man könnte auch sagen, aus etwas problemlos Verlogenem war schließlich etwas Wahrhaftiges geworden, gegen das man mit aller Kraft lügen mußte. Die Läuterungskraft der Peinlichkeit. Hier jedenfalls war der Bezirksrat falsch am Platz, zum Glück war das Taxi bestellt.

„Ich gratuliere Ihnen herzlichst", sagte der Bezirksrat zum Abschied und als er, ein Übergriff, sich selbst die Tür öffnete, übersah er die zusammengerollte, dicke braune Decke, die den unteren Türspalt gegen Luftzüge vom Stiegenhaus abdichten sollte. Der Alte bückte sich keuchend und räumte seinem Besuch den letzten Widerstand aus dem Weg; es war keine leichte Arbeit, denn die Decke hatte sich in der Tür verfangen und der Bezirksrat, der noch nicht rauskonnte, trat von einem Fuß auf den anderen; so stand er dem Alten im Weg, der knieend an der Decke zerrte. Merkwürdig, wie der Alte dann, als der Bezirksrat auf dem Gang stand, ihm versonnen nachblickte. Es schien ein feierlicher Augenblick für den zu sein, der das Nachsehen hatte (oder die Nachsicht), ein erhabener Moment, und der Bezirksrat, die Blicke im Rücken, ahnte eine Unheimlichkeit. Lag in diesen verfolgenden Blicken die Vorsehung, daß ausgerechnet er, der Bezirksrat, der letzte gewesen sein würde, der einen Besuch abgestattet hatte, der letzte, der da gewesen war?

Sofort lehnte der Bezirksrat die Verantwortung für alles Endgültige ab. Lieber trug er schnaufend seinen schweren Körper die Stufen hinunter und je größer ihm die Last, sein Eigengewicht wurde, desto stärker wurde auch sein Hunger. Er wußte genau, woher das kam: Alle Speisen waren so gewürzt, daß sie keine Sättigung zuließen; die Würze reizte die Magennerven auf und die Wirte der ganzen Welt reichten einander die Hände. Er ging, schwach vor Hunger, durch den großen Hof des Gemeindebaus, an einer von Tauben exakt Millimeter für Millimeter beschissenen Bank vorbei, es war noch weit bis zum Ausgang, er achtete der unscheinbaren Grünanlage nicht, dieser paar Flecken Gras im abgewohnten Areal und sein Rücken schmerzte. Der Grüßzwang hatte nicht nachgelassen, einem Entgegenkommenden sagte er: „Guten Tag“, als wäre es etwas Besonderes; er fühlte sich im Hof als ein Höherstehender und er hielt es tatsächlich für etwas Besonderes, wenn er *als erster* grüßte. Der Entgegenkommende verzichtete darauf, *als zweiter* zu grüßen und der Bezirksrat, als wäre er, wie es ihm gebührte, gegrüßt worden, schritt mit einem gewinnenden Lächeln voran. *Gewinner, Verlierer, Überflüssige.*

Als er auf der Straße stand, war es höchste Zeit. Das Taxi kehrte gerade um, der Bezirksrat, aus seiner fleischigen Facon geratend, winkte empört mit beiden Händen. Der Fahrer sah ihn schließlich und der Bezirksrat wälzte sich in den Fond. Dieser Fahrer war seltsam; es war ein Mann mit aschgrauen Haaren, einer gequetschten Nase und schmerzverzerrten Lippen. Seine Augen waren vom vielen Sehen des Straßenverkehrs blicklos und er sprach hastig – so viele Silben, wie er nur kriegen konnte, verschluckend.

Der Bezirksrat sah ihn zum ersten Mal, aber der Mann war eine Berühmtheit; man nannte ihn „den Seufzer" und in der Tat (oder besser: Wort haltend) quittierte der Seufzer die Order des Bezirksrats mit einem langen, erschütternden Seufzer. Während der Fahrt seufzte er oft und vor allem schlug er in regelmäßigen Abständen, mit einer gebetsähnlichen Geste die Hände kraftlos auf das Lenkrad. Dabei entstand die Stimmung einer gelenkten, allumfassenden Vergeblichkeit, eines kosmischen Wertenihilismus und in seinem Taxi war der Sinn des Lebens ausgeschlossen. Da der Bezirksrat den Seufzer noch nie vor sich gehabt hatte, fühlte er sich schuldig: Ist die Strecke zu kurz, mag er mich nicht leiden? Je öfter man aber mit dem Seufzer fuhr, desto klarer wurde, daß sein Zustand von keinem Fahrgast abhängen konnte; in dieser von Taxis erschlossenen Urbanität war der Seufzer ein mobiles Zentrum der einheimischen Depression. Die Rückenschmerzen lenkten den Bezirksrat von seinen Schuldgefühlen ab, unter den Seufzern des Fahrers kam er sicher in der *Vorlaufstraße* an. *Welches Vorlaufen sollte denn gemeint sein, wenn nicht das zum Tode, das unser aller Leben ist?* In „Pauli's Schnitzelrestaurant" bestellte der Bezirksrat ohne jedes Schuldgefühl das Einschlägige und nahm es inklusive Erdäpfelsalat mit Heißhunger zu sich.

Buchhandlungen. So glücklich wie im Augenblick ist die Strutz mit ihrer Stadt noch nie gewesen. Wie immer unterwegs vom Französischen Kulturinstitut zur Englischen Buchhandlung hat dieses Mal ein Plakat ihre Aufmerksamkeit gefangen. Auf traurig schwarzem Papier steht in guten weißen Buchstaben zu lesen:

It is possible
to bind together
a considerable number
of people in love,
so long as there are
other people left over
to recieve
the manifestations
of their aggressiveness.

Als Verfasser ist *Sigmund Freud* genannt, *die Vereinheitlichung der Welt durch ein paar Namen,* und daß *Sigmund Freud* auf diesem Plakat Englisch der Anglistin schreibt, geht ihr nahe. Die Strutz dankt mit ganzem Herzen dem „Informationsdienst der Stadt", der das Plakat angebracht hat. Was für eine Stadt, die solche Informationen gibt! Was für eine Stadt, die diesbezüglich nichts zu verbergen hat! Aber eben weil sie Anglistin ist, ist sie auch zu ihrer Verärgerung beunruhigt; es läßt sie nicht in Ruhe, ob es nicht „as long“ heißen sollte anstelle von „so long“, aber eine derartige Kleinlichkeit ist einer Person wie der Frau Dr. Strutz erstens zuwider und zweitens, weiß sie es ja selber nicht, wie es gehört. Sie hat den englischen Junglehrer, der ihr zugeteilt war, nicht vergessen: Der hatte viele der strengen Regeln, die zu lehren sie stolz war, mit dem Vorrecht der Muttersprache außer Kraft gesetzt. Sie hatte sich klein gemacht und entmutigt gefühlt, als der Engländer mit leichter Hand die Schularbeitskorrekturen spöttisch ad absurdum führte. Und jetzt soll sie kleinliche Korrekturgedanken hegen – angesichts der Worte Freuds über die Unmöglichkeit, viele Menschen in Liebe aneinander zu binden, ohne daß die Existenz anderer gewährleistet wäre, die sie zusammen hassen könnten. Der Strutz ist sofort klar, daß jeder Ruf nach Gemeinsinn zum Haß aufruft – lasset uns das Einende suchen, wir werden es ihnen zeigen! Für die Politik hat Frau Dr. Strutz keinen Sinn; sie verachtet den Allerweltsegoismus genauso wie den sich über ihn wölbenden, über ihn sich überhebenden Gemeinsinn.

„Politik ist borderline“, hatte sie im Winter 1985 zum Stadtrat gesagt. Es war auf einer ihrer vielen Wanderungen, die sie, entlang der tschechischen Grenze, von ihrem Landhaus aus unternahmen. Der Stadtrat gab sich alle Mühe, so zu tun, als ob er verstünde und dennoch (oder gerade deshalb) anderer Meinung wäre. *Politik ist.* Drüben stand die Wache auf Posten. Die Soldaten konnten in der einbrechenden Dunkelheit zwei Wanderer erkennen, Mann und Frau. Die Frau war elegant und selbst die zufälligen Verrücktheiten im Faltenwurf ihres schweren Winterrockes verbesserten wie absichtlich den Eindruck im ganzen. Der Herr aber trug einen Blazermantel aus weichfließendem Wollstoff. Die Soldaten sahen, das war nicht bloß eine wärmende Hülle, es war ein modisches Muß. Und dennoch verlieh der Mantel, aufgrund seiner großzügigen, im Rücken von einem Dragoner zusammengehaltenen Weite, Bewegungsfreiheit. *Bewegungsfreiheit in jeder Situation.* Frau Dr. Strutz und der Stadtrat konnten die Kälte kaum ertragen. Der Waldviertler Winterwind war grausam, *nicht alle Grausamkeit kommt aus der Schwäche,* so manche trifft auch nur die Schwachen. Die Winterlandschaft war hart und ausdruckslos; *nichts* teilte sie den Wanderern mit. Kleine Inseln von Schnee lagen auf den Wiesen. Der Boden war eisig, das Gehen fiel schwer.

Der Stadtrat sagte: „Mein Verhältnis zur Macht ist total ungestört" und sein Atem erwärmte die Luft um seinen Mund. „Ich vertrete die geregelten Details im ganzen", sagte er konkret und versuchte, sein Gesicht am Atem zu wärmen. Sie kamen zum Fluß, an dessen Ufer ein Jäger lauerte. Der Jäger war so gut getarnt, daß er sich selbst aus den Augen verlor und ganz Aug und Ohr war, *ein kluges Tier scheißt leise;* hinter seiner Tarnung hätte der Jäger sich niemals wieder erkannt, ein Glück, daß man ihn erkannte: „Guten Tag, Herr Jäger!" Der Fluß teilte die Landschaft stolz in zwei. „Noch nie sind wir so wenig gewandert wie heuer", sagte die Strutz. „Borderline", wiederholte der Stadtrat einwandfrei aus dem Gedächtnis und er verschwieg, daß er Kritiker haßte, auch die Strutz haßte, wenn sie kritisierte. Er sagte sich einfach: „Das Leben ist ein Training und der Trainer Ernst Happel trägt die Verantwortung. Wer hat schließlich das Ernst Happel Stadion eingeweiht? Die Kritiker tragen keine Verantwortung. Die Kritiker glauben, daß unsereinem etwas fehlt, gut, vielleicht wird man Mitleid mit uns haben. Uns geht es aber gut, es fehlt uns fast nichts, jedem Kritiker fehlt mehr. Die Kritiker sind überflüssig; da sie überflüssig sind, müssen sie beweisen, daß sie notwendig sind. Die Kritik ist nichts als dieser stets wiederholte, mißglückte Beweis. Da die Kritiker nicht notwendig sind, müssen sie beweisen, daß *ich* überflüssig bin. Aber ich schaue ihnen ins Auge, ich habe hunderte von ihnen begrüßt. Sie kamen mir entgegen, sie kamen zu mir. Ich aß mit ihnen zu Mittag, ich sprach mit ihnen abends. Ungestört. Es geschah nichts. Kein Ereignis. Sie wandten sich an mich, sie benötigten mich. Es war beim Heurigen oder im Alten Rathauskeller oder beim Fest für den Bundeskanzler. Manchmal war der Haß nicht zu verbergen, er krallte sich fest in die Herzen. Aber ich bin immer auf ihrer Seite gewesen, ich war immer für meine Kritiker. Daß der Haß ausgedrückt werden kann, dafür habe ich mich verbürgt. Ich bin ihr Bürge. Widerstand ist sinnlos, ich spreche lieber von Verantwortung als von Macht und dafür sind wir im Grunde ja da", und dann steigerte der Stadtrat Festigkeit und Lautstärke der inneren Stimme; plötzlich sprach er zu sich in den Dimensionen des Heldenplatzes: „Wir verkörpern einstweilen die Sinnlosigkeit des Widerstandes und vor der gesamten

Weltgeschichte die Überflüssigkeit jeder Revolution, einschließlich der, der wir unsere eigene Existenz verdanken. Freiheit, Gleichheit und der Rest, die Republik und wir leben in einer Demokratie, Gott sei dank und Sachzwang."

Nachdem er so aufgehört hatte, staunte der Stadtrat darüber, was für ein guter Redner er ohne Publikum, auf dem Lande und mit der inneren Stimme doch war. Er hatte sich vollkommen überzeugt. Von seinen Überzeugungen dieser Jahre blieb Frau Dr. Strutz der Satz *„Mein Verhältnis zur Macht ist total ungestört"* in bester Erinnerung. Oft sprach sie ihn sich vor, unter der Dusche, in Warteschlangen, beim Bleistiftspitzen oder Füllfederfüllen, auch jetzt, die Englische Buchhandlung betretend. Mein Verhältnis zur Macht: *total* ungestört.

Die Englische Buchhandlung: Sie befindet sich vis-à-vis vom Stadtheurigen „Gigerl". Manchmal kommen die Trinker auf ein Buch herüber, aber jetzt sind nur Gymnasiastinnen da, damit beschäftigt, ihre Leselisten für die Matura durch Anschauung herzustellen. Ihre Blicke fallen verzweifelt auf die Regale, die Massen des Lesestoffes erdrücken seit jeher Schüler und Schülerinnen, höchstens ein paar Namen entlang können sie Spuren von Ordnung legen. Henry James. Joseph Conrad. Oscar Wilde. Henry Kissinger. In der Buchhandlung bekommen die Schülerinnen zu Gesicht, was hinter den Namen steht: nichts als ein Buch.

Mit der Strutz und den Büchern ist es ganz anders gekommen, als es ihr hätte geweissagt werden können. Sie besitzt nur ein einziges Buch, dieses aber in ungefähr

16.000 Exemplaren, eine riesige Bibliothek aus einem einzigen Buch. „Buch“, das meint nicht den Band, nicht die Materie, in der Schriften erscheinen können. Es ist *ein* Text, den die Strutz in allen englischen Ausgaben besitzt, in allen Übersetzungen in die großen Sprachen der Erde, aber auch in den verschiedenen Übersetzungen innerhalb dieser großen Sprachen.

Wie kommt es?

Also es muß 1993 gewesen sein, als die Strutz mit einem Wagen der Linie U-4 nach Hütteldorf wollte: ein bißl frische Luft, Verdauungsspaziergang und auch nachschauen, wie es dort aussah, wo sie, wie es so schön heißt, *„als Kind“* (als wäre dies eine feste Größe für die Orientierung) die hügeligen Gassen mit der Rodel hinunterfuhr. Vielleicht auch zum *Himmelhof* hinauf? Solche Fahrten mit der U-Bahn in die freie Zeit waren für die Strutz stets zu langweilig, um ohne Buch erträglich zu sein. So packte sie Canettis „Masse und Macht“ und das Sonderheft der Zeitschrift Merkur „Medien. Neu?“, in dem sie den Aufsatz über die „Transformationen der Technoästhetik“ studieren wollte, in eine der hübschen kleinen Tragtaschen der Waldheimapotheke *(Himmelpfortgasse 14)* ein. Fröhlich schwang sie ihre Apothekentasche und in der U-Bahnstation nahm sie auf der kalten Kunststoffbank Platz. Um keinen Blick an das trostlose unterirdische Leben der Station Friedensbrücke zu verschwenden, malte sie sich einige Details der Transformationen der Technoästhetik selber aus. Sie erwartete durch die Lektüre endlich darüber belehrt zu werden, daß die Technoästhetik eh auch nix war, ein Schwindel nur, bei dem ein technizistischer Jargon die alte Ästhetik neu lackierte, um mit maschinenunterstützter Neuheit das schlechte Gewissen der Traditionalisten und der Subventionsgeber in Stadt und Land fruchtbar zu machen. Eine „Das hab ich mir schon lange gedacht"-Lektüre gehört ja zu den schönsten Momenten im Leben der Lesenden. Aber wie der Teufel es will, kam die Strutz in der U-Bahn gar nicht zur Lektüre. Sie beobachtete Einsteigende und Aussteigende, belauschte Unterhaltungen, die alles andere als für sie gedacht waren, bekam es ungefähr bei der Station Margaretengürtel mit der Furcht vor einem Kontrolleur zu tun, denn sie fuhr, den strengen Gesetzen des Mittelstandsanarchismus entsprechend, immer ohne Ticket. Aber zum Glück war es blinder Alarm gewesen und sie hatte umsonst den Entschluß gefaßt, dem Kontrolleur mit dem Satz zu imponieren: „Wenn ich jetzt bezahle, dann bin ich durch meine früheren, geschweige denn durch meine zukünftigen Freifahrten bereits entschädigt genug." Den Kampf gegen die Kontrolleure (von denen es hieß, sie hätten sogar Matura und ohne Matura sollte hier kein Mensch einen anderen kontrollieren!) führten zu jener Zeit alle Menschen, die guten Willens waren. Auch die Künstler der Stadt wagten diesen Kampf. Ein Angehöriger der Avantgarde hatte in der Unterführung der Station „Karlsplatz" künstlerisch gestaltete Photographien ausgestellt, auf denen amtshandelnde Kontrolleure mit ihren schwarzen Dienstkappen zu sehen waren: eine Verbrechergalerie. Die schwarzen Kappen schlugen zurück. Plötzlich tauchten sie aus dem grellen Licht des Eingangs der Unterführung auf, ihre Kappen glänzten für einen

Augenblick in der Sonne, und dann liefen die Schwarzkappler in einem Zug auf ihre Abbilder zu. Sie rissen die Photographien mit den Fingern von den sorgfältig vorbereiteten Austellungswänden und verschwanden nach der Tat in der Sonne. Der Künstler stand allein, ein Widerstandskämpfer auf der Flur, seine Kunst war zerstört, er wollte zetern, aber da fiel ihm ein, daß in der Photographie die Kopie schnell zu machen war. Nachdem die Strutz auf ihrem Wege nach Hütteldorf die Angst vor dem Kontrolleur abgeschüttelt hatte, nachdem ihr Herzklopfen und die Rötung ihrer Wangen zurückgegangen war, stellte sie einige Überlegungen an, in welcher Weise sie die diesjährige „Franz Grillparzer Rede" am FRANZ GRILLPARZER-GYMNASIUM aufbauen würde. Die Wahl war auf sie gefallen, was Lederer – bei aller Liebe – ein böses, ein hämisches Lächeln ins Gesicht zauberte. (Er war glücklich, wenn er nicht nur hämisch lächelte, sondern wenn er auch einmal einen Grund dafür hatte.) Frau Dr. Strutz kam im Wagen der Linie U-4 auf die Idee: Sie würde die Franz Grillparzer Rede 1993 auf einen Abschnitt des Tagebuchs von Franz Grillparzer gründen, genau, sie wußte es tatsächlich *by heart*, aus dem Jahre 1832, in dem der Dichter von einem Fall berichtete; Franz Grillparzer war nämlich von der Leiter gefallen, als er, der Beamte im Staats- und Hofarchiv, einen Akt von hoch oben herunterholen wollte. Das Faszikel hatte ein derartiges Gewicht, daß der Dichter darüber den Halt verlieren mußte und tatsächlich hielt Frau Dr. Strutz ein paar Wochen nach ihrer Freifahrt in der U-4 eine auf Franz Grillparzers Gleichgewichtsverlust gründende Rede.

Der Turnsaal war zum Festsaal eingerichtet worden, Frau Dr. Strutz stand vor einem Gesichtermeer, aus dem ein Lächeln hervorstach, nämlich das Lächeln Lederers. Lederer stand inmitten der 400 Menschen und war überzeugt, daß alle Blicke sich auf ihn richteten. *Er* war es ja eigentlich, der, obgleich er nicht sprechen würde, als einziger etwas zu sagen hatte. Dies war bloß seine gewohnte Lebenssituation, in die jedoch der wunderbare, klare erste Satz der Rede von Frau Dr. Strutz fiel. Der Satz lautete einfach (und die Strutz plazierte diese grundsätzliche Einfachheit virtuos in die von vielen gehaltene Stille, also in den allerbesten Raum der Rhetorik): *„Am 6. April 1832 fiel Franz Grillparzer von der Leiter“*.

Natürlich ging es Frau Dr. Strutz nicht um den Slapstick eines gestürzten Hofbeamten. Frau Dr. Strutz ging es natürlich auch nicht um die durch Komik verletzte Würde eines Klassikers. Es ging ihr um Wesentliches: Sie hatte nämlich in Grillparzers Tagebüchern einen bestürzenden Satz entdeckt. Dieser Satz lautete: „Beim Falle und während desselben stellte ich die ruhigsten Betrachtungen an.“

Das war es, dachte die Strutz damals, als sie in der U-4 nach Hütteldorf hinausfuhr. Das war es und an diesem Punkte setzte sie ihre literarische Verarbeitungshandlung (LVA) an. Durch den Fall war Franz Grillparzer in eine meditative Stimmung versetzt worden. Während es immer schneller mit ihm abwärts ging, kehrte in seinen Geist Ruhe ein. *„Die Besonnenheit im Fallen – ist dies nicht gerade heute das Gebot der Stunde, ja, der einzige Ausweg vielleicht, und hat uns Franz Grillparzer nicht ge-*

zeigt, daß wir mit dem Gleichgewicht keinesfalls auch noch die Nerven verlieren müssen? Gibt es nicht gerade uns Hoffnung, daß der, der fast vom Plafond herunterfiel, am Ende unverletzt auf seinen Fußballen landete, und ist nicht Grillparzers seinen Fall abschließender Satz: ‚Ich konnte verloren sein und faßte auch nicht, wodurch mir's erspart wurde!' der Ausdruck von allem, was wir noch hoffen dürfen?"

So sprach die Strutz am Schluß der Franz Grillparzer Rede, aber der Keim dieser Rede, ihr Grundgedanke entstand schon auf der Fahrt nach Hütteldorf. Nahe der Station „Schönbrunn" hatte die Strutz sich von der Faszination der Idee endgültig überzeugt: die Momente des Fallens festhalten, in denen die Ruhe einkehrt, weil die Entscheidung über einen verhängt ist, die Entscheidung der Schwerkraft eben, daß man fällt, was einen beruhigt, weil man nichts dafür kann, weil man für den Fall nichts kann, keine Schuld und ein Unglück eben, gegen das alle Hoffnung damit steht und fällt, daß man instinktiv reagiert, zum Beispiel wie Grillparzer seinerzeit, der an jenem Apriltag des Jahres 1832 zu Mittag, während des Sturzes die Bewegung eines, der springt, machte und der in dieser Stellung wieder Boden unter die Füße bekam.

Als die Strutz in Hütteldorf ausstieg und sich ihre Konzentration aufs Ideale durch die rasche körperliche Bewegung zerstreute, mit der sie zum Ausgang schritt, konnte sie immerhin noch denken, daß sie mit Grillparzer endlich wieder *on good terms* war. In dem Moment wollte sie nach der Tragtasche der Waldheimapotheke greifen, schlicht um sicher zu stellen, daß Canettis „Masse und Macht" und das Heft „Medien. Neu?" mit dem interessanten Aufsatz über die Transformationen der Technoästhetik da waren. Sie waren aber nicht da, denn die Tragtasche der Waldheimapotheke war nicht da. Die Strutz hielt inne und ließ das Bewußtsein des Verlustes langsam auf sich zukommen.

„Nein!", sagte sie in dem Augenblick, in dem dieses Bewußtsein eingetroffen war, und ein Verlangen nach Heft und Buch ergriff sie. Sie kehrte, wie man sagt, „auf dem Absatz um" und genau in der Art, wie sie sich gerade noch sicher war, daß Heft und Buch bei ihr waren, war sie sich jetzt sicher, daß sie Heft und Buch auf der Bank der Station „Schottenring" zurückgelassen hatte. Daher noch einmal die ganze Fahrt, zur Abwechslung in der anderen Richtung, immer an Heft und Buch denkend, Heft und Buch deutlich vor sich sehend und dann runter auf den Bahnsteig hin zur Bank, auf der aber gar nichts lag. Sie starrte auf ihren ehemaligen Sitzplatz und wollte und wollte die Bücher dort hinsehen, aber diese Anstrengung brachte nur ein verschmutztes Weiß, die Projektionsfläche ihres reinen Begehrens nach zwei Büchern in der Tragtasche der Waldheimapotheke *(gegründet 1441 von Anton von Waldheim)* zum Vorschein. Nachdem sie die Leere zur Kenntnis genommen und die Hoffnung, die alle Suchenden ja so umtreibt, aufgegeben hatte, ging sie traurig nach Hause.

Dort, in ihrem Penthaus saß sie, nichts war an ihr auszusetzen, sie schaltete ihren Herd ein, den 1A Chromix 12, den kleineren, stellte aber gar nichts drauf und gar nichts rein ins Backrohr, schaltete das Radio an, auf Ö-Regional lief, nein, zog sich das *Seniorenquiz:* Wer wußte, daß der Babenberger Heinrich II. „Jasomirgott" genannt wurde, konnte einen Kurs in der Volkshochschule gewinnen. Sie ließ es laufen. Der 1A Chromix 12 glühte auf allen Platten, den ganzen Tag glänzte er in der Nische und die Strutz beobachtete seinen Glanz gerne von der Terrasse aus, wenn sie in der Nachmittagssonne den müden, unterrichtenden Mund zu Erholung geschlossen hielt. Dann sah sie immer ein klein wenig um die Ecke, an ihrer Bibliothek vorbei, genauer: an der Stelle vorbei, wo das Buch von Piero Rismondo stand, in das Parterre hinunter und dann links in die Nische hinein, wo der 1A Chromix 12, der kleinere, stets zuverlässig glänzte. Jetzt hatte sie aber nichts mit seinem Glanz im Sinn, er sollte glühen. Sie stellte den Fernseher an und da begann schon der ALTE RICHTER, wer hätte die 250. Folge versäumen wollen, in der der alte Richter, allen Folgen gleich, in der Kleinstadt im Kreis ging, aber überall war der Proksch, allen Folgen gleich, schon vor ihm da. Die Beamten kannten Proksch recht gut, sie waren ihm ja schon so oft gefolgt, und dennoch waren sie erstaunt, als auf einmal der alte Richter … Aber da reichte es Frau Dr. Strutz; die Altmännerüberlegenheit des unsterblichen Pensionisten, mit seinem Grinsen im Gesicht, und der davon ausgelöste triumphierende Aufmarsch von Kleinstädtern, die an der großen Stadt kein gutes Haar ließen, in die sie ohnedies nur bei extremen Ausnahmefällen fuhren, um alles in ihrem Sinne zu erledigen, boten weder einen Ersatz für ein verlorenes Buch noch für ein verlorenes Heft. Es war klar, gefunden werden mußte, was allzu leicht von ihr als verloren aufgegeben worden war.

Frau Dr. Strutz blätterte in einem der dicken Telefonbücher, die Kraftmeier so gerne in der Mitte zerrissen. Sie wählte schließlich die Nummer der Verkehrsbetriebe und kaum hatte es einmal geläutet, war die zuständige Stimme schon dran. Der Mann hielt wohl dauernd seine Hand über das Telefon, um beim geringsten Anzeichen zuzugreifen. Er sprach ohne Interesse das Wort „Verkehrsbetriebe" aus, in einer Tonart, die anklingen ließ, daß man sich keine Illusionen zu machen hatte, weder auf Erden noch bei den Verkehrsbetrieben. Frau Dr. Strutz erwähnte, daß sie ein Buch und ein Heft in der U-4 verloren hatte und der Mann am anderen Ende widersprach mit radikaler Sachlichkeit: *„Wann?"*, das heißt, er sagte phonetisch tatsächlich: *„Waun?"*, ein Wort, das viel mehr noch als selbst das Wort „Wahn" nach Wahn klang. Die Auskunft wurde von Frau Dr. Strutz erteilt und der Mann spuckte die Telefonnummer der Fundstelle aus. Die Strutz rief sofort die Fundstelle an, aber niemand hob in der Fundstelle ab. Immer wieder wählte sie die Nummer der Fundstelle, immer wieder hob in der Fundstelle keiner ab. Sie beschloß, ihren Verlust zu überschlafen, aber sie wachte schon um sechs Uhr früh auf und rief, noch traumbefangen, die Fundstelle an. Die Fundstelle meldete sich nicht und da rief sie wieder die Verkehrsbetriebe an. Mitten in ihre Schlaftrunkenheit sagte eine helle und glückliche Männerstimme: „Verkehrsbetriebe". Sie legte der Stimme der Verkehrsbetriebe ihren Fall klar und sie zweifelte keinen Augenblick daran, daß diese Stimme ihr die Lösung sagen würde. Der neue, wie ausgewechselte Mann am Apparat der Verkehrsbetriebe fragte sofort nach *ihrer* Nummer der Fundstelle und nachdem Frau Dr. Strutz die Nummer der Fundstelle dem Mann von den Verkehrsbetrieben gemeldet hatte, herrschte eine Zeitlang Schweigen. Der Mann suchte hörbar etwas und plötzlich war die Verbindung unterbrochen und die Strutz versuchte immer wieder die Verkehrsbetriebe anzurufen, aber es war immer besetzt und sie rief schließlich Lederer an, um Lederer, der frisch und hämisch war, zu bitten, den Direktor zu verständigen, daß sie in einer dringenden Privatangelegenheit unterwegs sein müsse und nicht zur Schule kommen könne und Frau Dr. Strutz spürte peinlich, wie es Lederer aus ihr heraussaugen wollte, auf welche Art er „Privatangelegenheit" verstehen dürfe. Aber sie tat, als ob sie nichts verstünde (und das ist immer der beste Umgang mit unglücklichen Liebhabern, nämlich so zu tun, als ob es ganz unverständlich wäre, worauf sie hinauswollen. Durch Unverständnis hängt man ein Begehren am besten ab; sich ja nicht in die nach Besitz greifenden Paradoxien ihrer abgeschlagenen Wünsche hineinverwurschteln lassen!).

Die Strutz war schon so weit, persönlich bei den Verkehrsbetrieben vorzusprechen, aber sie versuchte es noch einmal mit dem Telefonieren und dann wieder einmal und als es beim dritten Mal nicht funktionierte, versuchte sie es ein viertes Mal und die helle Stimme meldete sich jetzt und sie trug der hellen Stimme ihren Fall vor und sie zweifelte keinen Augenblick daran, daß die helle Stimme ihr die Lösung sagen würde. Der Mann erinnerte sich schlecht, aber er erbarmte sich ihres Falles, wenngleich er auch meinte: „Steht eh im Telefonbuch, die

Nummer von der Fundstelle!" Die Strutz führte aus, die Verkehrsbetriebe wären für sie die erste Adresse, sie würde doch den Verkehrsbetrieben voll und ganz vertrauen, wenn es um die Nummer der Fundstelle ging. Die helle Stimme antwortete: Der Kollege wäre eben ein Traditionalist gewesen und hätte ihr die alte Nummer der Fundstelle gegeben, es wäre ja so schwer, die Veränderungen, diese andauernden Modernisierungsschübe in den Verkehrsbetrieben zu ertragen und so würde man halt manchmal, vor allem bei Nacht, wenn Diensttun und Einsamkeit in eins fielen, eine alte Nummer nennen, weil man damit sich selbst das Gefühl geben könne, es wäre alles beim alten in den Verkehrsbetrieben geblieben.

O baby, baby it's a wild world, antwortete die Strutz in der Originalssprache. Aber sie begriff, ein Angestellter der Verkehrsbetriebe bestand darauf, daß es jenseits des formal Richtigen ein historisch Gewordenes gäbe, welches sich dem logischen Konventionalismus des Funktionierens widersetzte. Der Kontakt zwischen dem gebildeten Mittelstand und den Angestellten aller städtischen Betriebe schien ihr aus diesem Grund zerrüttet. Der Historismus der kleinen Leute war nichts für sie, die ja für jenen Durchschnitt schwärmte, der nicht kränkelnd in irgendeiner Vergangenheit verankert war. Oder an eine Institution gefesselt. Oder der freischwebende Durchschnitt? Wie macht das der Pynchon, dachte sie für einen Augenblick, daß alle seine Figuren so gesichtslos waren und dennoch auf den ersten Blick hundertprozentig als Individuen erkennbar? Und dann dachte sie an ihr Fischer-Taschenbuch von „Masse und Macht", das jetzt eingewickelt in eine Tragtasche der Waldheimapotheke, zusammen mit dem Merkur-Sonderheft „Medien. Neu?“, nicht zu finden war. „Bitte sagen Sie mir jetzt die Nummer der Fundstelle“, sagte die Strutz erschöpft – erschöpft auch von ihren Gedanken. Aber der Mann fragte sie, als ob vorher nichts gewesen wäre, *wann* sie denn ihren Verlust „getätigt“ hätte. „Ich tätigte meinen Verlust“, begann die Strutz und sie erzählte von neuem ihren Fall, keinen Augenblick daran zweifelnd, daß ihr die Stimme und nur diese Stimme die Lösung bekannt geben würde. „Ja aber dann“, sagte der Mann, „ja aber dann!“ Ja aber was dann? „Ja aber dann“, sagte er, „ja aber dann, dann kann ja ihr Buch noch gar nicht in der Fundstelle der Verkehrsbetriebe sein.“

Es war nämlich so, und die Strutz erfuhr es jetzt, daß jeder Fund, bevor er in die Fundstelle der Verkehrsbetriebe gebracht wurde, zuerst zu speziellen Fundsammelstellen gebracht werden mußte. Straßenbahn, U-Bahn und Bus verfügten nämlich über jeweils eigene Fundsammelstellen, sodaß aus Straßenbahn, aus U-Bahn oder Bus nicht sofort ausgeliefert werden mußte, was in ihnen verloren wurde. Die Strutz hatte alle Informationen beisammen und sie war hoffnungsvoll, wenngleich der Mann mit der hellen Stimme ihr zum Schluß gesagt hatte: „Aber a Büachl wird doch niemand extra abgeben. Des nimmt ma se mit und lest es z'haus!“ Aber was, dachte die Strutz, wenn die Bücher, ohne auf ein Interesse gestoßen zu sein, im Waggon liegengeblieben wären? Dann hätte sie eine der Putzfrauen oder ein Schaffner oder irgendein anderer Angestellter der Verkehrsbetriebe in der Fundsammelstelle abgegeben. Die Fundsammelstelle der U-Bahn war in der Station „Schlachthausgasse" untergebracht und sie rief den Kontrollraum der Station „Schlachthausgasse" sofort an. Die Lippen von Frau Dr. Strutz waren trocken, als sie die Frage nach einem Buch und einem Heft stellte, die beide in einer Tragtasche der Waldheimapotheke eingewickelt waren.

Good bye my friends it's hard to die, sagte sie, auf Antwort wartend, in der Originalssprache, und weil sie so angestrengt hinhörte, hörte sie auch, wie aus einem Radio im ersten Stock die Worte heraufklangen: „*Wir waren geistig und körperlich leer und deshalb haben wir die Punkte verloren.*" Sie schlug sich diesen Unsinn aus dem Kopf und war ganz klar und aufnahmebereit, als sie am Telefon die fragenden Worte hörte: „Masse und Macht. Medien. Neu?" Wie oft hatte sie selber in den letzten 24 Stunden „Masse und Macht. Medien. Neu?" gesagt, wie gut war es, diese Worte einmal gesagt zu bekommen.

Die Station „Schlachthausgasse" lag an der Linie U-3 und die Strutz beabsichtigte, die U-3 erst bei der Station „Stubentor" zu nehmen – nach einem kleinen Spaziergang, einer Veranstaltung ihrer Vorfreude, man kann ja nicht alle Glücksfälle eilig passieren, man muß im Gegenteil zuerst Zeiträume nachdenklich durchqueren, um seinem Glück nicht fremd, sondern vorbereitet zu begegnen. Das plötzliche Glück kann furchtbare Folgen haben, selbst dann, wenn es längst schon erwartet wurde, aber halt doch plötzlich gekommen ist. Viele Menschen sind daran gestorben, daß ihr Glück, auf das sie solange gehofft hatten, auf einmal da war: mit einem Streich ließ ihre Anstrengung nach, der Lebensfaden, den sie so aufwendig gespannt hatten, zerriß. Aber unterwegs zum Glück, auf Spaziergängen, kann schließlich auch einiges passieren, zum Beispiel ein Unglück oder nur fast ein Unglück, wie es bei Frau Dr. Strutz war, als sie in der „Schlachthausgasse" ihr Buch und ihr Heft abholen wollte. *Ist Lüge das Gegenteil von Wahrheit, ist Unglück das Gegenteil von Glück?* Damals war der Strutz aber gar kein Unglück passiert, ihr war doch gar nichts zugestoßen. Das Unglück, das außerdem nur fast eines war, war irgendeinem Fremden zugestoßen und der, der war doch selber schuld. War er selber schuld?

Der Strutz, als sie dann schon in der U-3 saß, Richtung „Schlachthausgasse", fiel ein Präzedenzfall ein. Konnte es sein, daß dort am Ring immer diesselbe Unglücksmöglichkeit auszuschöpfen war? Folgendes passierte nämlich: Als die Strutz den Ring am Parkring zum Stadtpark hin überqueren wollte, da sah sie einen Radfahrer, einen Herrn um die 55, das heißt einen, der nicht Fleisch und nicht Fisch war in seinem Jahrzehnt. Der Herr trug ein enganliegendes, stahlblaues Radlerdress und wollte seinerseits den Ring, aber vom Stadtpark her überqueren. Der linke Unterschenkel des Mannes steckte in einem Gummistrumpf. Der Gummistrumpf, ein altväterischer Artikel, stach aus der Eleganz der Radrennbekleidung als Fremdkörper hervor. Der Mann war vom Rennrad gestiegen, hatte einen Blick auf den Verkehr geworfen, schwang sich dann wieder in den Sattel, trat in die Pedale und ging in die Falle. *Die Ringfalle: Der zum Überqueren sich bereitstellende Mensch blickt in die Richtung, aus der*

der Verkehr, die Meute der Autos, Motorräder und Straßenbahnen kommt. Der Ring erscheint ihm als perfekte Einbahn und sind einmal die Einbahnverhältnisse überprüft, wähnt sich der Passant im Bilde. Der Passant hat aber bloß übersehen, daß die Verkehrsbetriebe den Ring in beiden Richtungen befahren, und während er gegen die eine Richtung, aus der alle zu kommen scheinen, umsichtig ist, läuft er in Gefahr, vom Ringwagen, der allein aus der anderen Richtung kommt, getötet zu werden. Gerade noch hatte die Strutz diesen Mann vor sich gesehen, als wäre er einer der Radrennsportler, die zur Ausübung ihres Sportes kleine, sich schlängelnde Massen bilden, in denen sie den Großglockner emporradeln. Im Bruchteil jener Sekunde, da der Mann fast wie von Berufs wegen sich in den Sattel schwang, war ein Wagen der Linie 1 auf ihn zugefahren und in genau dieser Schrecksekunde mußte der Mann instinktiv und mit übermenschlicher Kraft ins Pedal getreten sein, denn die Strutz sah nur, wie es seinen Körper und sein Rennrad auf den Ring hinauskatapultierte, haarscharf am mörderischen Triebwagen vorbei. Der Mann, der sich von seinem Tod weggerissen hatte, lag auf der Straße, rappelte sich am ganzen Leibe zitternd auf, während der Wagenlenker, der jeden mit der Warnglocke einer Straßenbahn möglichen Lärm gemacht hatte, aus seinem Wagen heraussprang. Der Straßenbahner rannte die ganze Strecke, die er, weil er seinen Wagen nicht bremsen hatte können, weitergefahren war, zurück. Er rannte am Gehsteig, wo ihm sein Straßenbahnzug die Sicht auf den Radfahrer versperrte und er daher nicht wissen konnte, welches Ausmaß der Unfall angenommen hatte. Als er außer Atem vor dem erst halb aufgerichteten, sich mit den Händen noch am Asphalt abstützenden Mann angelangt war, rief er zum Gotterbarmen: „Sie blindes Huhn!“ Das klang, als wäre er selber im tiefsten Inneren verletzt, anderseits aber auch, als wäre *„Sie blindes Huhn!“* der furchtbarste Fluch der Schöpfung, den zu verhängen ausgerechnet er nun verdammt war. Dieser Straßenbahner, das sah man sofort, mußte etwas Besonderes sein, denn er trug von der Uniform der Verkehrsbetriebe nur die Kappe, die ihm fremd auf dem Kopfe saß. Der Körper steckte in einer umfassenden Latzhose aus schwarzem Jeansstoff und am weißgrauen Hemd glänzten frische Schweißflecken. Sein Gesicht war bärtig und die Augen stachen hinter randlosen Brillen unglücklich flackernd hervor. Er wirkte wie ein erregter Student aus den siebziger Jahren, frisch von einem Kostümbildner für einen unmittelbar bevorstehenden Auftritt *am Set* zurechtgemacht; ein Statist, der seiner scharfen Typisierung wegen die Stars leicht in den Schatten stellte, auch aufgrund seiner Schuhe, klobig schwarzer Behältnisse für Füße von Schwerstarbeitern, die durch unwegsames Gelände zu ihren Arbeitsplätzen vorstoßen mußten. Diese Schuhe verhalfen jedem, der sie trug, selbst im Laufen zu Standfestigkeit. Dem Straßenbahner war die Kleinlichkeit nicht fremd; er zerrte den gerade mit dem Leben Davongekommenen zum ersten Wagen der Garnitur und stieß ihn dort, symbolisch gesprochen, mit dem Kopf an den Schaden, den seine Lebensrettung verursacht hatte. Für einen Augenblick schien es der Strutz, dieser Wagenlenker hielte sich für den Reiter eines heiligen Tieres, das durch einen gottlosen Akt entsakralisiert wurde. „Unser Leben“, hätte sie beinahe schon geglaubt, „was für ein klägliches Miteinander“, aber da ging einer der Autofahrer aus der stillstehenden Meute auf das Unfallopfer zu und überreichte ihm, während der Straßenbahner den Schaden in die Welt hinausbrüllte, eine Art Schweißtuch, das vom Rad auf die Straße gefallen war. Die Strutz zwang sich durch Vermittlung dieser Geste eines Fremden die Versöhnung mit dem Entsetzlichen auf, das beinahe geschehen war, und als sie dann in der U-3 saß, fiel ihr, wie gesagt, der Präzendenzfall ein, der ihr von Herzen wehgetan hatte und der ihren Schmerz, jetzt nach dem Erlebnis auf dem Ring, noch einmal vergrößerte. Sie wußte es nicht genau, aber sie dachte, daß *der Psychoanalytische Kongreß* damals in der Staatsoper stattgefunden hatte. Gesichert kam ihr nur vor, daß zwei Psychoanalytiker auf ihrem Weg vom Kongreß in die Ringfalle hineingelaufen waren. Sie waren auf der Stelle tot.

Außerdem fiel Frau Dr. Strutz während der Fahrt ein Satz Lichteneggers ein. Der Satz traf auf ihr Erlebnis nicht zu, aber er war für sich ein Klassiker geworden, denn er lautete: *Autofahrer tötete Radler, weil dieser ihn schnitt*, und in dieser Stadt resultierte das Verschiedenste aus Schnittpunkten, die über Linien zustande kamen, die einander an irgendwelchen Stellen berührt und auch geschnitten hatten. In dieser Stadt traf man nur sich selbst, weshalb man sich gezwungen fühlte, lautstark zu äußern, es wäre jemand anderer gewesen, den man getroffen hatte. Es gab in der Stadt eigene Foren dafür, große Plätze, in denen Massen von Menschen standen, die einander zuriefen, daß sie die, die sie waren, nicht wären. Die einen wurden mit Pfui bedacht, die anderen mit Bravo, aber es war nie sicher, ob Pfui nicht Bravo hieß oder Bravo nicht Pfui. So konnten sie es immer wieder von neuem versuchen und sie erwarben sich auf diese Weise ihre sogenannte *Identität*, über die sie in einem fort nachdachten, damit sie sie einerseits behaupten und anderseits abstreiten konnten. Sie handelten auch untereinander Pfuis oder Bravos aus, führten Akten, Zeitungsausschnitte, Gesprochenes und Abgebildetes bei sich, veranstalteten Prozesse, wahre Gerichtstage über sich selbst, um einander davon zu überzeugen, daß sie andere, schlechthin andere waren. Ihr Betrieb des Bezichtigens und des Abwehrens der Bezichtigungen, des Beschuldigens und der Entschuldigungen verlieh ihrem Sein an der Grenze zum Nicht-Sein, ihrem Anders-Sein, ein großes Gewicht. Aber weil sie für ihre Überzeugungskräfte nur einander hatten, kamen sie nie von sich los und ohne es zu merken, waren sie süchtig auf die Nebenwirkungen ihrer unaufhörlichen Versuche geworden: die Welt, die ganze Welt war verschwunden und hatte die Einheimischen auf ihren Plätzen mit den Beweisen ihrer Identität allein zurückgelassen. Das war die Idylle.

Hochgradig erschöpft langte Frau Dr. Strutz in der Station „Schlachthausgasse" ein. Das künstliche Licht im Untergrund tat ihren Augen weh, die Strutz, um Ausdruck bemüht, hätte vielleicht gesagt: „Das künstliche Licht im Untergrund *erstaunte* meine Augen." Der Kontrollraum der Station lag verlassen vor ihr, sie klopfte, begierig nach Buch und Heft, auf die Glasscheibe. Drinnen flimmerte es auf den Monitoren, die die Vorgänge auf den Bahnsteigen der „Schlachthausgasse" einsichtig machten. Die planetarische Technik im Außenbezirk. Über einem Pult, auf dem zwei herrische Mikrophone fixiert waren, leuchtete ein elektronischer Verkehrsplan, dessen Lichtspiele wohl den Standort der Züge signalisierten. Aber es war kein Mensch da und die Strutz klopfte noch einmal vergeblich, als sie dann, von der Lust am Wiederfinden getrieben, einfach den Raum betrat. *Streng verboten.*

Kaum hatte sie mit einem Schritt die Übertretung begangen, erschien eine schwergewichtige, tief gleichgültige Frau in der Uniform der Verkehrsbetriebe. Die Apathie der Frau wirkte so hypnotisch, daß die Strutz sich schämte, etwas zu wollen. „Ich muß Sie hinausweisen", sagte die Frau betont ohne Nachdruck und sehr müde ging die Strutz wieder zurück, stellte sich vor der Glasscheibe auf, während die gleichgültige Bedienstete von innen her ein kleines Guckfenster öffnete, durch das man zu ihr sprechen konnte. Die Strutz erklärte den Fall und fühlte währenddessen eine Mutlosigkeit, von der sie glaubte, daß es dafür doch keinen Anlaß gäbe. Dann aber sagte die Frau durchs Fenster hindurch *„Nein"*. Es hätten keinerlei Abgaben von Büchern stattgefunden. Die Strutz war wie vor den Kopf gestoßen (nicht „wie" – sie fühlte tatsächlich einen Schlag auf den Schädel) und sie rief in das Fenster hinein, daß man sie von der auslieferbaren Existenz ihrer Bücher bereits verständigt hatte. Aber das, sagte die gleichgültige Frau, wäre durch die Nachtschicht erfolgt. Jetzt hingegen handelte es sich um die Frühschicht und die Frühschicht könnte die Nachtschicht nicht bestätigen. Frau Dr. Strutz erwiderte, daß es doch eine Brücke zwischen Frühschicht und Nachtschicht geben müßte, eine Tradition, und sie fürchtete die Antwort zu bekommen, daß Frühschicht und Nachtschicht eben so verschieden seien wie Tag und Nacht. Aber die gleichgültige Frau in Uniform verschwand in dem Hinterzimmer, aus dem sie gekommen war, und kehrte erst nach geraumer Zeit wieder. Bei ihrer Rückkehr trug sie ein riesiges schwarzes Buch in der Hand und Frau Dr. Strutz fühlte sich an ihre Jugendzeit erinnert, als sie ins *Theater der Jugend* hatte gehen müssen, um dort ein Stück zu sehen, in dessen letztem Akt der Held in den Himmel kam, wo ihn ein eleganter weißhaariger Herr empfing, der in einem riesigen schwarzen Buch blätterte, ob der Held auch ja darin verzeichnet war. Es war das Buch des Lebens. Die gleichgültige Frau schlug das Buch des Lebens auf und kämpfte sich zu den letzten Eintragungen vor. Die Strutz sah, das Buch war liniert und seine vielen tausend Zeilen waren von den verschiedensten Handschriften mit Eintragungen übersät. Das fette Gesicht der Frau verschwand in dem Wälzer und Frau Dr. Strutz hatte einen Haß. Alle standen in der Schuld derer, die sie beschuldigten. Alle griffen alle an, alle waren angegriffen. Die Frau las mit dem Finger, langsam schlich der Finger übers Papier, sie las jeden einzelnen Buchstaben mit dem Finger auf. Die Strutz wartete. Dieser Druck am Herzen, die Schmerzen den linken Arm hinunter, der Blutdruck und irgendeine Stimme im Ohr: Ich hatte diese Schmerzen im linken Arm, ich warne Sie, wenn Sie diese Schmerzen haben, dann seien Sie nicht so dumm wie ich es war, spannen Sie aus, bevor es zu spät ist! Die Frau erhob sich, nachdem ihr der Finger auf einer Zeile stehen geblieben war. Sie verschwand von neuem im Hinterzimmer, das Buch hatte sie eines Besseren belehrt. Dieser Augenblick war der Strutz unvorstellbar erschienen, aber als er eintrat, nahm sie ihn kühl zur Kenntnis: Jetzt würde sie wieder erhalten, was sie als Leere, als *nicht da* die letzten Stunden angestarrt und auf diese Weise besessen, nicht (aus den Augen) verloren hatte: ein Buch und ein Heft. Gleichgültig kam die Frau aus dem Hinterzimmer, ihr Glück war, daß ihr alles eins war und wenn sie auch vor kurzem noch das Gegenteil von etwas behauptet hatte, so machte es für sie keinen Unterschied, daß es dann doch so war, wie es von ihr einmal gleichgültig verneint wurde. Die feiste Faust hielt die Frau um die Tragtasche der Waldheimapotheke geschlossen, so sperrte sie Buch und Heft die Luft ab, sperrte sie ins Vakuum ein. Sie verließ den Kontrollraum und händigte der Strutz ohne weitere Formalitäten den Fund aus, dann verschwand sie mit schlurfenden Schritten hinter der Glasbarriere.

Frau Dr. Strutz, schon vorhin hochgradig erschöpft, konnte nicht aufatmen. Das Nachlassen der Spannung ging ihr ebenso an die Nerven wie die Spannung selber. Sie fuhr sofort wieder mit der U-3 zurück und dachte, jetzt war dieser Tag ein für alle Mal ausgefüllt, jetzt könnte es zu nichts mehr kommen und sie holte im Zug nach der Station „Stubentor“ das Merkur Sonderheft „Medien. Neu?“ aus der Tragtasche der Waldheimapotheke hervor, um darin den Aufsatz über Transformationen der Technoästhetik zu lesen, aber wie sie das Heft auch drehte oder wendete, in dem Heft war kein Aufsatz über die Transformationen der Technoästhetik und das war nun der Punkt, an dem der erfüllte Tag der Frau Dr. Strutz der Beginn einer Reihe von Tagen war, das heißt, es war der Punkt, an dem dieser Tag nicht folgenlos blieb, sondern eine Tradition bildete.

Frau Dr. Strutz, das Buch und ihr Heft in der Hand, wußte an diesem Tag ungefähr bei der Station „Rochusgasse", daß es so nicht mehr weiterging und sie war entschlossen, ihre Nervosität an ihren Büchern auszulassen; alle Bücher sollten fort, es sollte Ordnung in die Bibliothek einkehren, eine strenge Ordnung, nicht diese Willkür aus Geschenktem und Angekauftem, aus Benötigtem und Unnützem. Eine *Entscheidung* sollte Frau Dr. Strutz von der Nervosität befreien und es sollte eine Entscheidung über die Bücher sein, denn die Bücher waren an dem Tag, an dem sie beschloß, über sie eine Entscheidung zu fällen, an ihrer Nervosität schuld. Studien belegen dies oder jenes und eine Studie der Universität Oxford belegte, daß sich alle drei Jahre die Anzahl der Menschen verdoppelte, die zu neuen geistigen Ufern aufbrächen. Jetzt war es eben die Strutz und ihr Entschluß war gefaßt. Den Büchern würde ein Gesetz aufgezwungen werden, damit diese mit ihrer blödsinnigen Vielfalt Frau Dr. Strutz nicht mehr nervös machen konnten, und als der Zug in die Station „Kardinal-Nagl-Platz" einfuhr, wußte sie, welcher Art ihr schneidender Eingriff in das häusliche Bibliothekswesen sein würde: Nicht kein Buch, sondern nur ein Buch, dieses aber in allen Ausgaben, derer man habhaft werden konnte, um über eine Bibliothek zu verfügen, die den schwachsinnigen Pluralismus der Bücher keineswegs verleugnete, sondern ihn bloßstellte, parodierte. *Sie* und nicht Lederer würde das Bibliotheksproblem lösen! Beim „Stubentor“ verzog sich, wie man sagt, „ihr Mund zu einem bösen Lächeln“, die Strutz legte die Tragtasche der Waldheimapotheke weg, ließ sie, als sie ausstieg, fürsorglich auf einem freien Sitzplatz liegen und nun gab es nur noch die eine Frage: Welches Buch sollte es sein, welches Buch durfte es sein? Ach, sie hätte es so gewünscht, daß das Buch Grillparzers Tagebuch gewesen wäre, aber dieses Tagebuch stand zu direkt im Zusammenhang mit dem Tag, der den Ausschlag gegeben hatte. Aber welches Buch dann?

Als sie zuhause ankam, fühlte sie sich befreit, befreit von der Tragtasche der Waldheimapotheke und sie wollte die Wahl nicht aus ihrer Bibliothek treffen. Sie wollte nicht um etwas herumschlendern und es jovial mustern, das demnächst von ihr aufgelassen werden würde. Solch biedermeierlicher Sadismus wäre für sie keine Haltung gewesen und sie entschloß sich, auf einen Zufall zu warten und der Zufall kam, als sie wirklich nicht absichtlich einige Tage später Radio Niederösterreich eingeschaltet hatte und auf diesem Sender die Stimme einer sogenannten großen Schauspielerin erklang, von der man schon lange nichts gehört hatte. Diese Stimme, einst widerwärtig strahlend, herausgeputzt von der Erwartung, in den Ohren gut anzukommen, hörte sich jetzt alt, ausgemustert an. So sprach man doch heute nicht, so pathetisch, mit jedem Ton, den man herausbrachte, den Sinn des Gesagten lobend! Aber aus dem Wortbrei der hochtrabenden Schauspielerin stachen Frau Dr. Strutz einige Namen ins Ohr: Mr. Heathcliff, Hareton Earnshaw und Cathy.

Cathy!

Frau Dr. Strutz kannte die Namen. Damals war sie sechzehn gewesen und sie hatte den Sommer in London verbracht, als *paying guest* mit *luncheon vouchers,* um zwei englische Ausdrücke anzuwenden. In ihrem Zimmer war ein Taschenbuch vergessen worden, es mußte vergessen worden sein, denn es war zwar ein englisches Buch, aber es lag im Zimmer in deutscher Übersetzung vor und die Strutz, die damals in London derartig einsam war, daß sie, um eine Ansprache zu haben, Menschen auf der Straße nach dem Weg fragte, den sie gar nicht wissen wollte, las das Buch gierig aus. Sie erinnerte sich an ihr Lebensgefühl beim Lesen. Ihre von der Langeweile des Alleinseins in London gepeinigte Seele hatte sich mit dem Schmerz der Figuren des Buches vereinigt. Sie war, um zu lesen, im Park von Lewisham auf einer Bank gesessen oder manchmal hatte sie sich auch auf den Rasen gelegt. An den Wochentagen war sie fast allein, am Sonntag spielten kurzbeinige Engländer mit hartem Dribbling einen schnellen Fußball, aber sie, die junge Strutz, war von der Einsamkeit Yorkshires eingehüllt. Durch Yorkshire und seine Landsitze war sie von der eigenen Gegenwart isoliert, Yorkshire war da, die Spieler waren weg, sie hörte deren Rufe nicht und wenn sie von ihrem Buch aufblickte, dann nahm sie ihre Umgebung bloß als überflüssige Unterlage der wirklichen Welt wahr. Sie lebte in einer Übersetzung und das Englisch, das sie von überall her hörte, verhielt sich angenehm unterschieden von dem Deutsch, welches im Buch Englisch repräsentierte.

Nach so vielen Jahren hörte die Strutz auf Radio Niederösterreich die Namen wieder, auch „Thrushcross Grange“ und „Wuthering Heights“, und es war klar, das *eine* Buch der Dr. Strutz würde „Sturmhöhe“ von Emily Brontë sein. Frau Dr. Strutz hatte keine detaillierte Ahnung, was in dem Buch drinstand und sie hatte auch nicht vor, „Sturmhöhe“ noch einmal im Leben zu lesen. Sie hatte nämlich sehr deutlich den nicht-sprachlichen, den unartikulierten Kern des Buches im Gedächtnis, also genau das, was man nicht nacherzählen konnte, und sie dachte, nicht wissend, ob es ihr recht oder unrecht sein sollte, daß es doch ein selbstzerstörerischer Aufwand war, für Inkommensurables, das heißt: für den eigentlichen Wert so viele Worte, ja, einen ganzen Roman machen zu müssen. „Sturmhöhe“ war für die Strutz ein Buch der Temperaturen, es setzte ihren Körper der Gefühlskälte und der Hitzen aus und sie konnte ihr Leben lang frieren oder überhitzt sein im Sinne Emily Brontës. Frau Dr. Strutz spürte ihren Leserinnenkörper von damals und sie spürte, wie das von Worten angezeigte Steigen und Fallen der Temperaturen auch heute noch ihren Sinn für das jeweilige seelische Klima regelte. Der Rest war eine Frage der Organisation: Sie überlegte, ob sie die Bücher, mit Ausnahme der dafür ganz ungeeigneten, der Schülerlade des FRANZ GRILLPARZER-GYMNASIUMS vermachen sollte. Aber sie empfand gegen diese Idee plötzlich einen Widerwillen, stärker noch, ein sonst immer nur schleichender, unterschwelliger Haß war jetzt für einen Moment ausgebrochen. Die Schule hatte ihr so viel genommen, was sollte sie, Frau Dr. Strutz, dieser Schule noch geben!

Danach fiel die Entscheidung. Sie würde ihre Bücher in Kisten verpacken, geistesgegenwärtig und nicht ohne Zärtlichkeit, eines nach dem anderen, um die Erinnerung an jedes einzelne von ihnen zu ermöglichen. Diese Bücher sollten nicht aus dem Gedächtnis gestrichen werden, befreien wollte sie sich allein von ihrem Besitz und es sollte in ihrer Wohnung nur noch koreanische, australische, holländische und Ausgaben aus aller Welt des einzigen Buchs „Wuthering Heights“ von Emily Brontë geben. Gegen die absurde Vielfalt, gegen das Chaos – die absurde Einheit, die höhnische Ordnung!

Vis-à-vis von der Volksoper befand sich der Buchladen „Aus zweiter Hand“ und die Verhandlungen mit dem Inhaber waren schwer und langwierig. Sie tranken beim Feilschen unzählige Flaschen „Preblauer“, das neutralste und am meisten neutralisierende unter den Mineralwässern. Der Händler war ein schlanker, großer Mann, an der Grenze zum Verkommen. Von seinen fetten, schwarzen Haaren fielen die Schuppen wie Konfetti. Seine Brillen waren so dick, daß die Strutz glaubte, er konnte dieser Brillen wegen nichts sehen; durch eine solche Glasmauer kam doch kein Augenlicht mehr durch! Als die beiden sich schließlich auf einen Schilling pro Buch geeinigt hatten, sagte der Mann, während seine Schuppen vor ihren Augen tanzten, der Transport der Bücher wäre selbstverständlich ihre Sache. Dies war der Totpunkt der Verhandlungen. Aber als der Händler einsehen mußte, daß sein Angebot, fünfzig Groschen pro Buch und dafür, wie er sagte: „Abholung“, ins Leere stieß, gab er nach. Er dachte, keinesfalls maliziös, sondern behäbig solide, daß er die Frau beim Zählen der Bücher betrügen und schon auf *seine* Rechnung kommen würde. Er war einer der besten Zähler von Büchern, auch seine Konkurrenz ließ bei ihm zählen! Das Ende der Geschichte: Die Strutz legte die zu Geld gewordene alte Bibliothek, die Wissensschwarten und die Phantasieprodukte, gleich für die neue, einheitliche an – und so war wiederum ein Chaos zum Grundstein einer neuen Ordnung geworden.

Final curtain. Die Strutz steht immer noch in der Englischen Buchhandlung. Sie denkt an den Stadtrat und daran, wie schwer es war, als er noch mit der Gattin lebte und die Geliebte, Frau Dr. Strutz, überall seinen Liebesverrat witterte. Sie sprach damals nicht geradeheraus zu ihm, sondern etwas Doppelzüngiges war in ihr intelligentes Wesen gefahren. Einmal, als ihr seine Zeitknappheit die Luft nahm, als ihr die Nähe des Stadtrates, die oft eine aus der Ferne war, ebenso unerträglich vorkam wie diese Ferne selber, herrschte sie ihn an: *„Wenn Dich der Schlag trifft, dann werde ich es erst aus der Zeitung erfahren!“* und Frau Dr. Strutz, zur Form des Bösen auflaufend, genoß den vielschichtigen Sinn ihres Vorwurfs: *Erstens* hatte sie mit einem Satz die Trauer darüber zum Ausdruck gebracht, daß der Stadtrat, der ihre Nähe ohne weiteres beanspruchte, wenn es ihm beliebte, anderseits oft dermaßen weit weg von ihr war, daß sie sogar von der Gefährdung seines Lebens ausschließlich durch eine anonyme, kalte Institution erfahren würde. *Zweitens* aber machte der Vorwurf dem Stadtrat klar, daß er seine Geliebte in eine Situation gebracht hatte, in der sein Schlaganfall für sie viel weniger schlimm war als die Tatsache, daß sie davon nichts Direktes erfahren konnte. Der Stadtrat hatte damals mit der Aussichtslosigkeit des in die Enge Getriebenen versichert, niemals irgendwo zu sein, ohne eine Liste der bei seinem Ableben sofort zu verständigenden Nächsten parat zu haben. Seltsam, ausgerechnet in dem Moment, so viele Jahre später, da alles schon gelöst ist, ist sie stolz auf ihre fesselnde Doppelzüngigkeit von damals. *In meinen Leidensjahren habe ich Kontrolle über dich erlangt.* Der Stadtrat gehört ihr so wie Lederers Liebe, so wie „Wuthering Heights" (in vielen Exemplaren), so wie der Augenblick jetzt in der Englischen Buchhandlung, wo sie sofort einen Tonträger verlangen wird, gespeicherte abspielbare Akustik Radio Audio, nämlich die Kassette „Wuthering Heights", gelesen von Martin Shaw, eine geradezu obszöne Strichfassung im übrigen, am Anfang wie von Katzenzungen gesprochen, dann aber, genauer ab dem zweiten Chapter, also ab *Yesterday afternoon set in misty and cold,* ja, ah, das englische Wetter, mit diesem Wetter tritt eine Dunkelheit in die Stimme des Shaw ein, eine Leidenschaft nämlich, durch die die Salonkälte dieses britischen Schauspielers fast zur stürmisch gebändigten Natur wird, von der er ja doch nur spricht.

Aber der Strutz ist's sowieso egal, sie will ja bloß eine Sammlung vervollständigen, einen formalen Akt setzen, ein Ding mehr zu allen anderen Dingen haben. Die Maturantinnen, die den Horizont ihrer Leselisten entlang der Regale abgeschritten sind, gehen jetzt bei der Tür hinaus und das hochqualifizierte Personal der Englischen Buchhandlung kümmert sich weiter kühl um seine *paying guests.* Die Strutz sieht einer Amerikanerin zu, die den Verkäufer, einen Engländer, in ein Gespräch über Wittgensteins „Philosophical Investigations" verwickelt. Die zwei englischen Sprachen verzahnen sich ineinander zu einer Lebensform. Der Österreicher hat Lebensart, hier ist er ausgeschlossen, auch wenn es um einen Text geht, der im Original deutsch war. Die Amerikanerin hätte ihrem Sohn gerne die „Investigations" geschenkt, sie wären aber zu teuer. Das Oxford Englisch antwortet ihr, in Amerika gäbe es dieses Exemplar gar nicht, die dort erhältlichen „Investigations" wären, falls diese hier teuer, unerschwinglich. Was kriegt man da, was kriegt man dort? Das ist die Frage im Preisvergleich. Im Kopf der Strutz übersetzt sich alles schnell, sie ist ja beinahe zweisprachig, und als die österreichische Buchändlerin sich einmischt, weil es mit Wittgenstein nichts wird, denkt die Strutz, alles was die sagt, soll ja nur besagen, daß sie in jeden englischen Dialog paßt. So eine spricht einen unentschiedenen, aber anspruchsvollen Akzent. Aufdringlich, wie sie diese übertriebene Aneignung des perfekten Englisch (Word Perfekt) hören läßt. Und die Strutz, ist das nicht ihre eigene Sprache?

Wir müssen uns unserer US-Wurzeln besinnen. Als der Stadtrat mit dem Herrn Bundeskanzler in Amerika auf Staatsbesuch war, da hat sie, die Strutz, es ja im Fernsehen gesehen: Ein amerikanischer Geheimdienstoffizier (trug er nicht am Revers ein weltweit sichtbares Schild mit der Aufschrift seiner Identität?) hatte den beiden die Baseballregeln erklärt. Da machten sie kein Geheimnis daraus, aus den Regeln, und die beiden saßen staunend in der Loge: Es ist immer gut etwas Neues zu erfahren, auch wenn es naturgemäß unbegreiflich bleiben muß. Was versteht man schon, wenn man die Regeln verstanden hat und wer spielt eigentlich? Die Athleten und die Yanks. Die Athleten sind zuerst am Schlag, sehen Sie? Und haben die Athleten einmal ein Aus gemacht, dann sind die Yanks am Schlag. Neunmal ist jede Mannschaft am Schlag ... Aber gibt das nicht immer dasselbe Ergebnis, wenn jede Mannschaft gleichviel Aus macht? Nein, nein, nein ... sehen Sie, ein Aus – ein Aus ist immer ein Aus ... Da ist schon der erste Spieler, er versucht jetzt den Ball so weit zu schlagen wie er kann, auch um so viele Male herumzukommen wie er kann. Gelingt es ihm um alle Male herumzukommen, dann hat er einen Punkt gewonnen ... Natürlich, der Werfer versucht das möglichst zu verhindern. Wer ist der Werfer? Der, der wirft ... Na ja, der Spieler in der Mitte ... Das war ein Aus! Nein, nein, das war ein Schlag, das war ein Schlag ... er darf noch zwei Mal schlagen, bevor es aus ist. Nein! Sicher, weil er ja ... Das würden Sie doch keinen Schlag nennen, er hat ihn kaum berührt. Tja, er braucht ihn auch nicht zu berühren. Sehen Sie, es gilt als Schlag, solange er den Ball übers Spielfeld trägt, also zwischen des Schlägers Schultern und Knien, verstehen Sie, das ist ein Schlag ... Wenn der Schläger wirklich geschickt ist, dann müßte er den Ball nicht loslassen ... Sehn Sie, wenn er jetzt, ich meine, wenn er ...

„Haben Sie Kabelfernsehen, Herr Bundeskanzler?“, fragte damals der Stadtrat, während der Geheimdienstoffizier unverdrossen die Regeln erklärte. *Richte, o Bundeskanzler, die Verzagten auf und helfe den Kranken.*

„Herr Stadtrat“, antwortete der Bundeskanzler, „ich sehe erstens wenig fern und möchte zweitens verhindern, daß meine Familie zu viel fernsieht, denn wenn ich nachhause komme, was, weil ich Tag und Nacht zu tun habe, nur selten, aber wenn überhaupt, sehr spät geschieht, dann möchte ich gern mit den Mitgliedern meiner Familie *sofort* sprechen, ohne dabei fernzusehen, aber dies alles ist viertens völlig gegenstandslos, exakter *gegendstandlos*, weil ich in einer Gegend wohne, die in die Kabelvernetzung nicht integriert ist und es so bald auch nicht sein wird. Die Punkte eins bis drei gelten freilich weiter für die Möglichkeit der Anbringung eines Satellitenempfängers, der eben aus den erwähnten Gründen für mich nicht in Frage kommt. Tritt aber der Fall ein, daß ein Ereignis im Kabel TV unter meine Dienstverpflichtungen fällt oder diese kommentiert, dann mache ich von der mir häufig angebotenen Hilfe Gebrauch und bitte jeweils einen Bekannten, mir mittels Videogerät eine Kopie zu besorgen.“ „Ich“, sagte der Stadtrat und er fügte virtuos ein rhetorisches „äh“ hinzu, „ich, äh, meinte, mit dem Kabel TV könnten Sie ja auch zuhause Baseball sehen.“ Spielen?

In der Peinlichkeit des Augenblicks erlebte der Stadtrat plötzlich die Gegenwart als vergangen und etwas Vergangenes wurde ihm gegenwärtig, nämlich die Stadt Linz und sein Linzer Aufenthalt. Die Sinne ließen ihm nach und segneten das Zeitliche und gleichfalls den Ort. Dies geschah nach der amerikanischen *jet lag* Nacht und dem üblichen Sterben um vier Uhr früh. Es war vier Uhr früh, dahinter war der Lärm gelegen und der Transport des Körpers durch die Fluggesellschaft über den Ozean. Die Finsternis des Schlafraums, die Unruhe im Halbbewußtsein, das Schweigen von allem, dann aber elektrisch beleuchtet. Der Stadtrat, inmitten halbgelesener Prospekte (die USA!), Eiswasserkälte in der Brust, Todesangst vor dem Morgen, vor dem plötzlichen Schmerz in der nächsten Minute, diese zitternden, von Träumen vergällten Augenblicke ohne Schlaf, mit allen Wünschen hellwach. Oh, verdammte Zeitung! In der Zeitung hatte der Stadtrat vor siebzehn Jahren gelesen, um 4 Uhr früh passierten auf der Welt die meisten Tode. Er, der wie kein anderer, vielleicht außer Lederer, in der Lage war, den Unterschied zwischen Brand*legung* und Brand*stiftung* zu erläutern, setzte sich, was das Verlöschen seiner Lebensflamme betraf, als einfaches Element eines statistischen Spiels ein: Um vier Uhr morgens sterben die meisten, um diese Zeit bildet sich täglich und in aller Welt der größte Haufen Toter. Eine innere Uhr zeigte seit siebzehn Jahren dem Stadtrat die Zeit an, das häufigste letzte Stündlein. *Schon vier Uhr vorbei? Geschafft!* Aber in der Fremde fällt der Überfall des Todes durch die Vorahnung viel gewaltiger aus als daheim. Die Erschütterungen wirkten am Tage nach und als er dem Bundeskanzler in die so wenig fernsehenden Augen sah, sah er sich in Linz. *Was tun, wenn vor Ihnen ein Mensch umfällt oder auf seinem Sessel zusammensinkt? Wenn ein Mensch plötzlich die Augen schließt* *und sein Kopf zur Seite fällt? Wenn er fahl wird und sein Aussehen blitzartig verfällt? Wenn er auf Ansprache keine Reaktion zeigt, wenn seine Atemzüge schwankend und seltener werden?* Linz war nicht seine Stadt. Den Pöstlingberg hinauf, ein Anfall in der Kleinbahn. So schlimm war es noch nie gewesen. Vor zwei Jahren vielleicht?

Damals war der Stadtrat still im Straßengarten des Cafés „Kammerspiele" gesessen. Plötzlich schritten von unten, vom Kai her, Kapellen ein. Aber es konvenierte ihm nicht. Austropop. Es wurde getrommelt, in die Trompeten geblasen, tschinellt und geflötet. Die Marschierer trugen dicke schwarze Lederhosen, Janker, auch Hirschfänger und sie schritten aus. Sie trugen Hüte und Schärpen und sie nahmen der Straße den Platz. Dem Stadtrat die Luft. *Ist das mein Totentanz – jetzt um halb zwölf?* Der Aufmarsch hörte nicht auf, es war das gesamte Musikprogramm, ein Peitscheln, ein Stiertschln, ein Auftrumpf und ein Laut. Die gleichartigsten Formen von Musik im Gehen nebeneinandergestellt. Es war ihm zumute, als schritten die lebenden, schwer beschuhten Kostüme durch ihn hindurch. Austrophob, *der unbekannte, austrophobe Mandatar?* Ins Land einischauen.

Auch die Fahrgäste der Pöstlingbergbahn sitzen im Inneren des Stadtrats und lassen dort ihre Fahrkarten zwicken. Die Menschen da drinnen sind ihm endlich ans Herz gewachsen. Er hört ihre Stimmen wie von draußen; es ist der Klang einer wuchtigen Larmoyanz. Der Pluralismus der Ressorts, die Einheit der Vernunft und die Vielheit ihrer Stimmen. Die Demokratie. In der Pöstlingbergbahn ist der Stadtrat von den einheimischen

Stimmen verzaubert, verhext, verdammt. Leicht eingedrückte Töne, säuselnde Überheblichkeiten, wie gemacht für Zahnschmerzen und Beschwerden. Wer kann schon verstehen, was es heißt, wenn ich sage, daß ich Zahnschmerzen habe? Noch das Rohe in den Stimmen ist vom Schmerz ausgekocht. *Ihr Fahrschein bitte?* Der Stadtrat faßt sich wie ein Fremder an die Stirn. Er hat keinen Sitzplatz, die Pöstlingbergbahn, dachte er in Amerika, während der Bundeskanzler selbstreferentiell, jedoch auf den Stadtrat gemünzt, augenzwinkernd äußerte: *„Die menschliche Fauna ist auch in der Politik äußerst kompliziert"*, die Pöstlingbergbahn hat zu wenige Sitzplätze. Die Ausflügler kommen einander in der Pöstlingbergbahn zu nahe. Die Bahn hat etwas Liebes, aber zu viel davon. Draußen schiebt sich, Stück um Stück, die Natur vorbei. Sind das Einfamilienhäuser am Waldesrand? Wie leben wir, wie arbeiten wir, wie einsam sind wir? *Well, I am a one man band/nobody knows or understands/is there anybody out to lend/me a hand to my one man band?* Das Leben schwankt zwischen Berufskrankheit und Arbeitsunfall, man muß es studieren, so einfach ist das. Es ist natürlich verboten, mit dem Fahrer zu sprechen, denn vielleicht hätte er während der Fahrt doch etwas zu sagen.

Der Stadtrat läßt sich nicht mehr fahren, nicht mehr gehen, er braucht den Auslauf, er läuft selbst den Pöstlingberg hinauf. Die Krawatte weht ihm um den Hals und der Stadtrat hört im Laufen den Rhythmus seiner schnellen Schritte ab. Das Aufstampfen der Füße, die Erschütterungen der Gehörgänge, das allmählich lauter werdende Geräusch der Lungen hüllen ihn ein; er ist allein. Es wird schon alles gut werden, es wird schon alles gut werden, läuft er. Es ist ja ein traumhafter Lauf. Die Unebenheiten des Weges, der Lichtwechsel, wenn er hinter einem Baum hervor oder in einen Waldweg einläuft, spornen ihn an. Es ist sein schönstes Gefühl, wenn er spürt, wie die vielen Bewegungen sich über seinen Leib koordinieren. Alles wird laufend erledigt.

Oben aber, auf dem Pöstlingberg, ist nichts, man kann nur die Stadt von oben aus sehen. Die Stadt sieht blaß aus. Sie schwimmt im eigenen, weißlich grau grünen Saft und der Himmel über ihr scheint in eine schwarz gefleckte Lufttunke getaucht zu sein. Das Spiel der Elemente, aber Graz ist natürlich viel schlimmer, am Morgen berechtigt das Wetter noch zu den schönsten Hoffnungen, zu Mittag hat man schon unrecht gehabt! Der Läufer streckt und reckt sich im Stillstand, am Aussichtsplatz hört er eine hagere Dame sprechen. Sie spricht zur Lage der Nation und der Stadtrat schnappt den Sinn ihrer Rede Wort für Wort auf. Die Amerikaner, sagt die Dame, haben uns stärker gemacht, denn was *uns* nicht umbringt, macht uns eben stärker. Sie haben uns Schokolade mitgebracht und als sie gingen, waren wir frei und da verlangten wir von unserer Regierung, für die Einkommensverluste aufzukommen, die wir wegen des Verschwindens unserer Besatzungsmacht erdulden mußten. Wer sonst, wenn nicht die Regierung, hätte den Preis der Freiheit zahlen sollen? Gnädige Frau, fragt der Stadtrat, was ist der Sinn, die Essenz unserer Geschichte? Die hagere Dame antwortet scharf, sozusagen wie aus der Pistole geschossen: „Daß wir ein *Mordsglück* gehabt haben!"

und der Stadtrat, mit dem Wort Mordsglück im Ohr, beginnt glücklich von neuem zu laufen. In der Höhe des Pöstlingbergs ist der Sand in Turbulenzen geraten, der Stadtrat im Gegenwind atmet Sand ein. Dagegen will er den Mund verbissen schließen. Zu spät. Die Zähne des Stadtrats fühlen sich wie Stummeln festgewordenen Sands an der Kippe zum Zerbröseln an. Sein Magen hält sich fest umklammert. Der Stadtrat läuft an wallfahrtsmäßigen Hütten vorbei, an Verkaufsständen, die dem Glauben und dem Aberglauben eine Chance geben, sich schmerzlos auszudrücken. Der Geist ist mit euch, mit euch, ihr Schwestern und Brüder! Die Kasse aber bleibt bei uns.

Auf der Terrasse eines Restaurants versucht der Stadtrat Fuß zu fassen. Dort faucht der Wind, ein Tischtuch flattert als Trauerfahne der Gastlichkeit den Hang hinunter. Der Tisch ist nicht abgewischt worden, der Stadtrat macht einen Fettfleck in sein Notizbuch. Er streicht den Fettfleck aus seinen Notizen mit nervösen, blattfüllenden Strichen. Von anderen Tischen her weht der Wind mit dem Sand auch Stimmen herüber. Ein Dialekt verschlingt alle Wörter, mästet sich mit jedem Satz; harte, kantige Töne, von Gelächter aufgeschwemmt. Was uns nicht umbringt, macht uns härter. Manchmal zuckt der Stadtrat unter der peitschenden Unfreundlichkeit, ja, Feindschaft der Kellner auf. Sie tragen „Bruckfleisch nach Opas Art" an ihm vorüber und „Berner Würstchen", in die kleine Papierflaggen der Bundesrepublik Deutschland eingesenkt sind. Alles, was ich bin, ruft er einem Kellner zu, bin ich *ohne Titel* geworden. Er fühlt sich ganz wohl in diesem Satz, von dem er allein weiß, was es bedeutet, daß er wahr ist. Die Rauheit des Lebens in all seinen Vokabeln. Überhaupt ist das Verständnis eines Vorstands schwer zu erringen. Eine Herrschernatur ist damit abgefertigt, das letzte Wort zu haben. Der Stadtrat lehnt sich auf dem internationalen Plastikstuhl souverän zurück, auf der ganzen Welt gibt es solche Plastikstühle. Man sitzt in Korea darauf, sie stehen auf Balkonen in Finnland und sie leuchten unter der griechischen Sonne. Der Stadtrat, den hier oben niemand bedient, blickt mit dem Gedanken an die Weltgesellschaft ruhig in sein Land hinaus. Aber Amerika? Überall in Amerika Ausdrücke, die aus der Fremde *wirken.*

In Amerika hätte der Stadtrat dem Bundeskanzler so gerne von Linz erzählt. Davon, daß er am liebsten mit dem Schiff donauabwärts gefahren wäre, aber daß im Juni die Donaudampfschifffahrtsgesellschaft noch nicht in Betrieb war. Sie aber saßen bei einem frostigen Krug „Bud“ in der „American Trash“ Bar, dem willkommenen Gomorrha im Vergnügungsfriedhof der Upper East Side, obere First Avenue. Der Barmann kam aus Neuseeland und die Barflies von der Donau. *Nimm uns, o Bundeskanzler, auf in die Schar Deiner Erwählten.* Der Stadtrat war vom alten Dichter, der im österreichischen Kulturinstitut übernachtete, aus dem Gespräch mit dem Kanzler ausgebootet worden. Jetzt saßen die zwei da und achteten den dritten, den unbekannten Mandatar, nicht. Sein Trauma.

Diese vielen antiquarischen Buchläden in der Eight Street und der Fourth Street … Das war herrlich damals … heute kann kein Mensch in Manhattan mehr einen Buchladen unterhalten … nur Restaurants zahlen sich noch aus … Oder Schuhgeschäfte … Ja, genau – dort, wo in der Eight Street früher die Buchläden waren, sind jetzt Schuhgeschäfte … Na ja, Ecke Broadway/Twelfth Street, da ist noch einer … „The Strand" … Der ist unglaublich groß – ich geh' da nur hin, wenn ich nach was Bestimmtem suche. Ansonsten haut der mich um … Das ist eine wunderbare Stadt … Ich würd mir gern ein Haus in Brooklyn kaufen … Ich brauche diese Stadt … Sie ist wie eine Medizin gegen Lethargie und Selbstzufriedenheit … Du gehst auf die Straße und die ganze gegenwärtige Welt entfaltet sich um dich herum … dabei geht's mir gar nicht um die kulturellen Ereignisse, mich interessieren die Leute auf den Straßen, dieses urbane Kaleidoskop … Wenn man in einer netten kleinen, abgeschlossenen Gesellschaft lebt, dann kann man leicht vergessen, was auf der Welt passiert … Bei uns wollen sie alle sicher sein … die Sicherheit … hier ist das so: heute hip, morgen out … In dieser Stadt lernst du dich in der Nacht mit einer Gewißheit niederzulegen, von der man weiß, daß sie am nächsten Tag nicht mehr gilt … aber aushalten tut man das alles nur, wenn man nicht jeden Morgen im Berufsverkehr steckt … Ja, wenn ich hier jeden Morgen um acht mit der U-Bahn zur Arbeit müßte, dann würde ich wahrscheinlich bald einen gewissen Haß entwickeln … Das ist aber doch das Interessante an New York, daß es allmählich zusammenbricht. Das ist es, was mich so fasziniert: Das hier ist die Realität … Die globale Entwicklung … und ich habe sie direkt vor der Haustür.

Sein amerikanisches Trauma. Das ist nicht der Osten, das ist nicht der Westen, das ist New York. Paul Morgan, der Barkeeper aus Neuseeland, den die Eingeweihten im Lokal selbstverständlich *Crocodile Dundee* nannten, hantierte cool unter seinem *American trash:* Der Himmel der dämmrigen Bierschwemme hing voll von malerischem Schrott aus Surf- und Motorradunfällen und aus sorgfältig gesammelten, verbrecherischen Resultaten der Designerbranche.

Der Stadtrat richtete seinen Blick nach oben, aber von dort kam nur Spott und keine Hilfe. Er hätte so gerne mitgesprochen, sich eingemischt, am liebsten mit dem Satz: „*Europa braucht die USA – als Flankenmacht.*" Aber er hatte dazu die Kraft nicht mehr, er fühlte sich völlig ausgebrannt, *burnt out.* Syndrom?

FRANZ SCHUH

DAS PHANTASIERTE EXIL

Essays

„Das phantasierte Exil“ könnte im Untertitel heißen: „Texte über die Unmöglichkeit des Fortkommens.“ Da aber alle fortkommen und da alles fortkommt, kann es sich nur um ein sogenanntes „persönliches“ Problem des Autors handeln. Der Autor hat das Gefühl, und er beschreibt es in einigen autobiographischen Essays, daß es Lasten gibt, die einen nicht freigeben. Man kann sich auch nicht einfach liegenlassen und fortreisen. Es gibt aber den Wunsch nach so einem Exil, in dem man sich vielleicht beim Schreiben ohnedies schon befindet; in der eigenen kleinen und, wenn man Glück hat, großen Welt.

„Exil“ ist nicht bloß eine Metapher, sondern unter Umständen ist damit ein realer Zufluchtsort gemeint. So ein Zufluchtsort hat eine positive und eine negative Seite: die positive Seite, daß es ihn gibt, und die negative, daß man ihn aufsuchen muß. In einer Welt der Aufbrüche ist es immer gut, wenn man eine Vorstellung davon hat, wo man hinkann, wenn man nicht mehr bleiben darf oder möchte.

Als Ort des Begehrens verstehen sich dabei nicht bloß die Länder, Staaten und Nationen, sondern zum Beispiel auch die vielen Nirgendwos, die Utopien, und hier keineswegs allein die bekannten und die klassischen. Eine jede beliebige reicht, um ein Exil zu phantasieren, und es ist nur schwer zu sagen, welche Phantasien eskapistisch sind und welche am Ende dazu dienen (darauf vorbereiten), im Notfall ein wirkliches Exil zu finden.

160 Seiten, brosch., ISBN 3-85415-088-1
Verlag Ritter Klagenfurt, 1991

FRANZ SCHUH

LIEBE, MACHT UND HEITERKEIT

Essays

Ganz gleich, was Franz Schuh zum Thema seiner Essays macht, die Verquickung von Literatur und Politik, die Trivialliteratur oder Hochliteratur, ob er den Kriminalroman oder Karl Kraus und Elias Canetti oder die Liebe in den Mittelpunkt seiner gedanklichen Bewegung rückt, es ist die Kraft des Satirikers und Polemikers, die offenlegt und durch Heiterkeit freimacht.
Indem Schuh den Anlaß seines Schreibens mit seiner Gedanklichkeit bloßlegt, bietet er eine Möglichkeit der Verständigung, die sich vor allem über das Lachen als Quelle zwischen ihm und dem Leser als positives Erlebnis einstellt. Mit dieser Quelle als Schreiberfahrung relativiert Franz Schuh seine eigene Ernsthaftigkeit wie die des Gegenstandes, der ihn zum Schreiben treibt.

268 Seiten, Leinen, ISBN 3-85415-031-8
Verlag Ritter Klagenfurt, 1985

FRANZ SCHUH (Hrsg.)

FREMDENVERKEHR

Kritische Texte über den Tourismus

Aus verschiedenen Blickwinkeln wird hier der Fremdenverkehr von 25 Autoren betrachtet und bis in die verborgensten Ecken seiner scheinbar so selbstverständlichen Alltäglichkeit kritisch, manchmal heimtückisch und hinterlistig ausgeleuchtet. Systematische Absichten waren für diese Auswahl nicht entscheidend, „es ist ein anarchisches Spiel, das den Zusammenhang liefert, und ein jeder Leser muß ihn für sich selbst herausfinden“ (Franz Schuh).
Daß der Leser in diesem Spiel, in der Erfahrung des Zusammenhangs seine eigenen, bis dahin nicht bewußten, verborgenen Vorbehalte und Widerstände gegen einen expansiven Fremdenverkehr entdecken mag, liegt auf der Hand.

184 Seiten, Hartband, ISBN 3-85415-022-9
Verlag Ritter Klagenfurt, 1984